文春文庫

戴天

千葉ともこ

文藝春秋

目次

おもな登場人物

崔子龍《さいしりゅう》　名門崔家の嫡男。監軍蠅隊の隊長。
杜夏娘《とかじょう》　崔子龍の幼馴染。
王勇傑《おうゆうけつ》　崔子龍、杜夏娘の幼馴染。
真智《しんち》　天童と謳われた若僧。
辺令誠《へんれいせい》　監軍使。皇帝に寵愛されている宦官。
羊暗《ようあん》　崔子龍の部下。蠅隊副隊長。
月吾《げつご》　崔子龍の部下。
牛蟻《ぎゅうぎ》　監軍蟻隊の隊長。
高仙芝《こうせんし》　唐軍総大将。
圭々《けいけい》　義恵寺の若僧。
玄宗《げんそう》　唐国第六代皇帝。
楊貴妃《ようきひ》　皇帝の寵姫。
楊国忠《ようこくちゅう》　唐国宰相。楊貴妃の親族。

主要関連地図

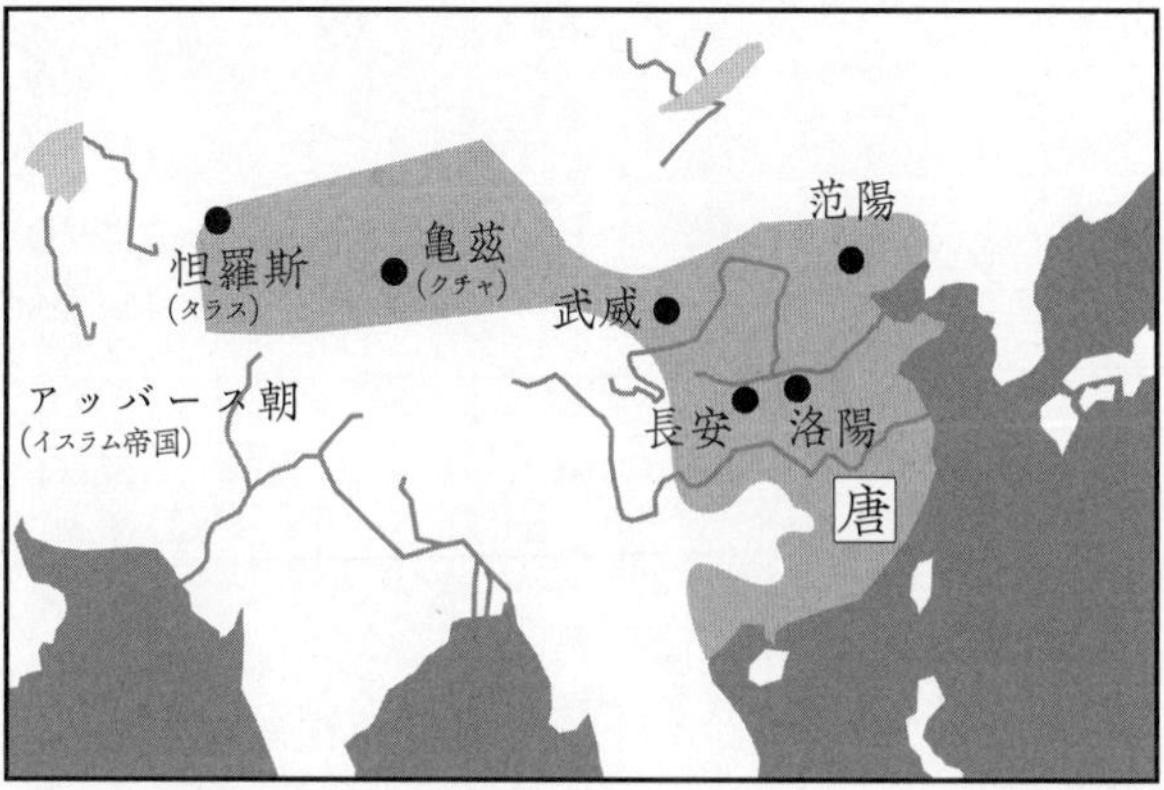

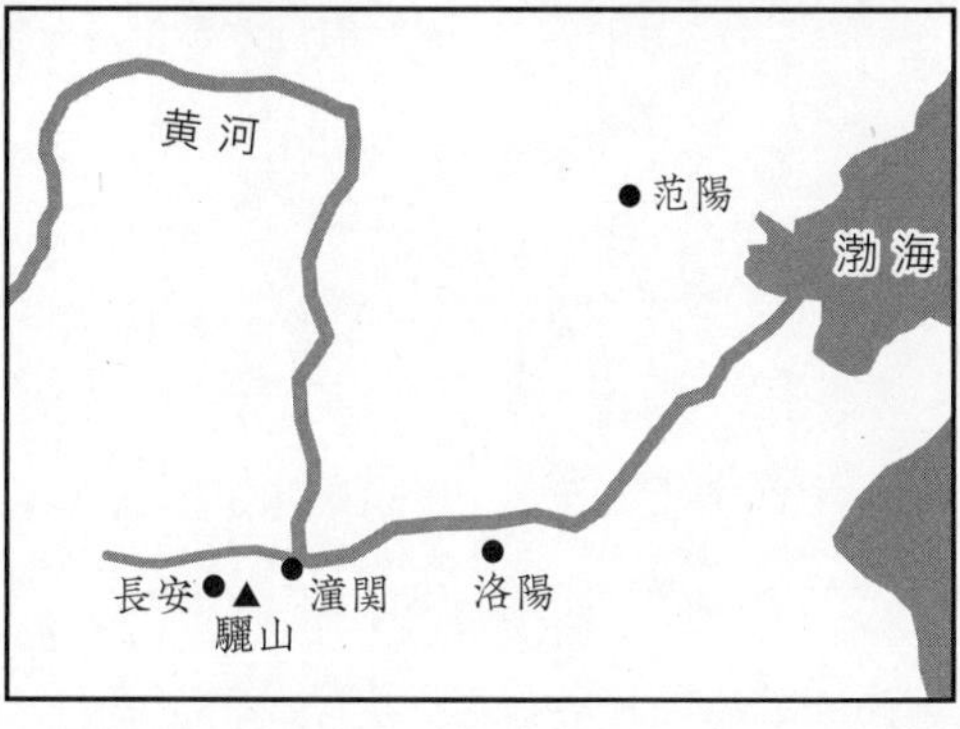

戴天

序章

吹き荒れる風のなかに三人はいる。

崔子龍《さいしりゆう》の髻《もとどり》のほつれ髪は逆巻き、幼さの残る背から何かが立ち上っているように見えた。その隣では、同じく友人の王勇傑《おうゆうけつ》が肩をいからせている。杜夏娘《とかじよう》も、二人の肩越しに見える光景に息を飲んだ。

市場の裏通りで一方的に殴られているのは、一度だけ遊んだことのある男児だ。杜夏娘と同じ六歳。鼻がまがり、熟《う》れすぎた果実のように頭から首までが赤く濡れている。

男児を囲んでいるのは五人で、歳も杜夏娘よりふたつ年上の崔子龍と王勇傑のさらに十は上に見えた。西市《せいし》のごろつきに使われている遊俠《ゆうきよう》少年たちだろう。

男児が目を付けられたのは、おそらく肩が当たったなどたいした理由ではないのだ。仮に正当な理由があったとしても、六歳児を相手に許される殴り方ではない。

痛めつける音が耳に入るたび、杜夏娘の身がすくむ。あまりの恐ろしさに、ふたりの手を探した。大人には及ばぬ、かといってもう幼子のものとも言えぬ三つの手が重なる。

崔子龍は少し冷静になるために、王勇傑は連携をとるために、杜夏娘は勇気をもらうために。音を立てて吹きすさぶ風のなかで、三人は視線を交わした。

「ただ飛び込んでいっても助けられない。夏娘は女将《おかみ》さんを呼んでこい」

王勇傑が女将と言ったのは、西市の有名な酒楼の店主だ。肝の据わった人で相手がだれであろうと、曲がったことを許さない。子どもなりに、どの大人が公正で頼りになるのかが分かっている。王勇傑が女将を呼びに杜夏娘を仕向けたのは、怪我をさせまいという配慮もあるのだろう。それに三人の中では杜夏娘の足が一番速い。

崔子龍はもう耐えられぬといった様子で、卑劣な行為に耽《ふけ》る者たちに真っ赤な顔を向けていた。

突撃するふたりの雄叫びを背で聞きながら、杜夏娘は駆けだした。逸《はや》る胸を押さえ、表通りの雑踏に飛び込んだ。

――戻ったときにふたりが死んでいたらどうしよう。

身が凍るような想像に視界が涙で歪む。これは現実で、いつも三人で興じている英雄ごっことは違う。

遊戯では、思い思いに好きな英雄になり切る。崔子龍はその子龍という名が字《あざな》となっている三国志の趙雲《ちょううん》を、王勇傑は眷属《けんぞく》の鬼を操る増長天《ぞうちょうてん》を、杜夏娘は女仙を統《す》べる西王《せいおう》母《ぼ》を演じる。悪役は三人が創りだした魔物だ。交代で演じ、必ず倒される。だが今、直面している事態には、そんな都合のよい結末は約束されていない。崔子龍に武器はなく、王勇傑に眷属はおらず、杜夏娘に女仙たちはいない。

自分の身を明かせばいいのに、と杜夏娘は、美形ともてはやされる幼馴染の顔を思い浮かべる。あの向こう見ずが家の名を出せば、長安のたいていの庶民はひれ伏すのだ。

崔子龍の家は山東《さんとう》貴族の名門崔家。唐朝の第二代皇帝の太宗《たいそう》が家柄を示す氏族志の編纂を臣下に命じた際、山東貴族の崔氏が一番に、唐朝の李氏が三番目に格付けられたという逸話がある。太宗はその結果に立腹して、再編纂を命じたとも言われている。さすがにその崔氏の直系ではないが、傍系でも名門にかわりはない。

家柄について、崔子龍が人前で話すことはない。

かつて、自宅の場所を口にしたとき、一緒に遊んでいた子らだけではなく、周囲にいた大人まで態度を急変させた。そのときの崔子龍の面食らった顔が忘れられない。頰を硬直させ、見開いた目のきわは血の気が引いて真っ白になっていた。

杜夏娘は酒楼の裏口から厨《くりや》へ飛び込む。

湯気の立つ厨に淡い光が射しこみ、数人の庖人《ほうじん》が忙《せわ》しく働いている。職人気質のいかめしい顔がぎろりと杜夏娘を見下ろす。助けてください、という言葉が出ない。

「何怖がらせてんだい」

庖人らを窘《たしな》めて近づいてくる影が目に入った。三日月形のくっきりとした額の傷を見て、安堵でへたりこんだ。

「なにかあったのかい」

汗にまみれた顔を拭う女将の前で、杜夏娘は声を上げて泣き出していた。

杜夏娘が女将たちを連れて裏通りに戻ると、ふたりの小さな英雄はいまだ気焔《きえん》を吐いていた。崔子龍と王勇傑の顔は腫《は》れ上がり、背格好が同じなので、どちらがどちらなのか分からない。

いかめしい庖人たちを従えた女将の姿を見て、遊侠少年たちは一瞬怖じ気づいた顔を見せ、その表情を取り繕うように悪態をつき、去って行く。

「頰も鼻も骨が折れちまってる。はやく医者に見せてやりな」

ぐったりする男児を抱きかかえて指示を出す女将の側で、いかに果敢に対抗したのかを王勇傑が賢《さか》しらに語り始める。その頭の上に雷が落ちた。

「お前たちも医者だよ！」

まるで猫でも扱うように、王勇傑の首根っこを摑む。

もう大丈夫だ。恐ろしいことは起きない。そう分かると、杜夏娘の目からまた涙がこぼれた。

崔子龍も王勇傑も、どうして恐ろしい相手に立ち向かっていけるのだろう。当たりどころによっては死ぬことだってあると、ふたりとも知っているはずだ。しかも今日の相手はごろつきの手下で筋も悪い。

助けるにしても、やり方を考えたほうがいい。吹きすさぶ風に身を晒《さら》している崔子龍にそう訴えると、

「見過ごせるものか」

と腫れた唇が動いた。

咎《とが》めたはずの杜夏娘の心が、急に温かいもので満ちた。

＊

そこにいる、というのは気配で分かった。

杜夏娘は浮彫細工の施された窓から、雨にけぶる庭を覗く。佇《たたず》んでいたのはやはり崔子龍だった。

来年に控えた貢挙《こうきょ》（官人登用試験）のために、しばらくは会えぬと言っていたはずだ。しかし、翠雨《すいう》の下、咲き乱れる素馨《そけい》（ジャスミン）の合間に見えた長身は、間違いなく幼馴染のものだった。

傘も雨避《あまよ》けもなく、濡れるままになっている。杜夏娘も雨下《うか》の人となって、その肩背に近づいた。

崔子龍の手の甲が杜夏娘の頬に触れた。互いの顔を手でぬぐう。家の者の姿は見えず、この世でふたりだけしかいないように感じるほど、雨は静かだった。

話があって訪ねてきたのだろうに、崔子龍は黙り込んでいる。

「何かあったのですね」と訊《き》くと、

「くだらぬことだ」

と言いよどむことなく返してくる。崔子龍にとってくだらぬことといえば、婚姻のことしかない。

崔子龍には二人の兄がいたが、続けてはやり病に襲われる悲運に見舞われた。崔子龍は十にして突如継嗣《けいし》の身となり、外での遊びを厳しく戒《いまし》められるようになった。

だが、そう命じられて従うほど素直な男ではない。

——長安西市の趙雲

相手が役人だろうと、理不尽を許さない。多く税を取ろうとする吏員《りいん》がいれば、立場の弱い商人らに代わって申し立てる。暴行の場に居合わせれば、相手がならず者だろうと武将だろうと立ち向かう。心根は子どもの頃と同じ、義に篤い勇俠《ゆうきょう》として名を知られるようになっていた。出自はすでに隠しきれなくなっていたが、いつしかそれを利用する強《したた》かさも身につけていた。

俠士《きょうし》きどりの息子に、崔家の家長は、一日でもはやく妻を娶り子をなすようにと厳命している。まずは貢挙に受かってからと、崔子龍は毎日のように持ち込まれる縁談を断っているが、ほんとうの理由は別にある。

「夏娘以外の娘とはおれは契《ちぎ》らぬ」

これまでも何度聞かされたことか、あまりにも明け透けな物言いが杜夏娘の心をくすぐる。嬉しい反面、それほど頑《かたく》なにならずともよいのにとも思う。

——この人は直《ちょく》にすぎる。

男子が子を作らぬのは、儒《じゅ》の教えによれば大罪で、まして崔子龍は名門の嫡男だ。まずはだれか家柄のあう人を妻に迎えて、はやく子をなせばいいのだ。そうすれば親の顔も立てられるし、周囲とも事を荒立てずに済む。ひとりの幼馴染にこだわる必要はない。

そう何度説いても、この人は駄目なのだ。杜夏娘ひとりを妻にするという一点をけして曲げない。真っすぐな気質は崔子龍の美点でもあるが、それによって、この人は今後さらに大変な思いをするかもしれない。

もうひとりの幼馴染、王勇傑は貢挙登第《とうだい》（合格）のために、熱心に高官へ詩を送っている。崔子龍はそういったことが不得手だ。逆に、

——能力よりも家柄や権勢がものをいう朝廷で、おれは民のための仕事ができるのだろうか。

などと真顔で青臭いことをこぼしている。杜夏娘はそんな幼馴染を笑えなかった。歳を重ねるほど世の中が見えてくる。見えるにつれて、できることが限られ、自分の存在が卑小《ひしょう》になっていくような気がする。

子どものころ夢中になった遊戯のように、皆が英雄でいられたらよいのにと思う。そんなことを夢みるなんて愚かだろうか。

しぶく雨で崩れた杜夏娘の髪に、無骨な指が触れた。拙《つたな》い手で直そうとするから、簪《かんざし》がするりと落ちて髪がほぐれる。この人は手先まで不器用だ。

淡い光をはらんだ雲の下で、素馨の花が足元を灯すように純白の光を放っている。

妻になれなくてもいい。ただ、これだけは言っておきたい。

梳《す》くように髪に入った五指の硬い感触に、心地よい痺《しび》れを覚えながら、杜夏娘ははっきりと伝えた。

「わたくしはあなたと一緒に走れる」

第一章　蠅《はえ》と蟻《あり》

一

砂をはらんだ風が轟《ごう》と音を立て、竹で組まれた物見櫓《やぐら》を巻き上げんばかりに吹いた。日輪がまばゆい光を放ち、地に照りつけている。額から顎へと汗が伝い、口中が砂でざらつく。崔子龍《さいしりゅう》は唾ごと飲み下した。

足が震えているのは、櫓の激しい揺れのせいではない。

視界を遮《さえぎ》っていた砂塵《さじん》が風の轟音とともに、流れていく。見わたすかぎりの地で、敵味方あわせて約七万の兵が、立ちのぼる砂埃のなかで干戈《かんか》を交えている。風に乗って、錆びた鉄のような血の臭いが櫓の上まで届いた。

天宝《てんぽう》十載《さい》（七五一年）、長安《ちょうあん》からはるか西、天山《てんざん》山脈を越えたさらに先の怛羅斯《タラス》河畔。せせらぎの美しいのどかな平原で、唐《とう》軍と黒衣大食（アッバース朝イスラム帝国）軍が激突した。

事の発端は、河畔の近くに位置する石国《シャーシュ》が唐軍の討伐を受け、その援軍要請に黒衣大食《アッバース》が応えたというものだ。互いの手を探るように兵を小出しにして戦い、夕刻になるとそれぞれの陣に引くという展開が四日続いた。

それだけの交戦をへても、黒衣大食軍は三万の兵を維持しているように見える。

一方の唐軍も総大将が大軍をよく統率し、死者を最小限におさえて善戦してきた。半数は西域諸外国からの援軍だが、総勢約四万の兵を保持している。ただ本拠地から離れた遠征であり、消耗戦は避けたい。敵将も決着を望んでいるのか、今日になって総攻撃を仕掛けてきた。

おそらく、今日が決戦になる。崔子龍は唐軍のしんがりを見据えた。

諸外国からの援軍が横並びで控えている。長髪を後ろに流し、練帛《ねりきぬ》で額を巻いている葛邏禄《カルルク》族の動きが目に入った。服から武器まですべて黒でそろえた兵装をととのえ、騎乗している。今は唐軍有利の戦況にあり、援兵に出陣の要請が出ているとは思えない。

――やはり、思い過ごしではない。

葛邏禄族の動きがおかしい、そう上官に訴えたが相手にされなかった。しかし、本能が崔子龍に危機を告げている。

しんがりで禍々《まがまが》しい黒い風が逆巻いたように見え、崔子龍は戦場に背を向ける。脈打つ胸を押さえ、ずるずるとその場に腰を落とした。

報告はした。出来るだけのことはしたのだ。それにひとつの蕃族《ばんぞく》が異変を起こしたとて、たいした影響はあるまい。何人も唐国の武将がいるのだから、末端の自分が気を採《も》むようなことではない。そもそも、自分は敵と戦闘するための兵ではないのだ。

言い訳じみた言葉を次々と並べ、崔子龍はおのれを落ち着かせようとする。

「崔隊長とあの方とどちらがお強いのでしょう」

崔子龍の隣で、小さく透きとおるように白い手が、西に広がる平地をさした。

櫓の上には、崔子龍のほかにふたりの物見がいる。双方とも最近崔子龍の隊に入ったばかりの新顔で、無邪気に櫓から身を乗り出しているほうはまだ幼い。十を過ぎたばかりの月吾《げつご》という胡人《こじん》の少年で、陽に照らされて金の髪が淡い光をはらみ、風が華奢な首もとをさらっている。

戦場を見ずとも、比較している相手は察しがついた。

「やめよ、総大将に無礼ぞ」

月吾の碧《あお》い瞳が見つめているのは、勇決さとその端麗な容姿で讃えられる唐国の総大将、高仙芝《こうせんし》だ。相手は国の英雄であり、比べるのもおこがましい。

月吾がもぞもぞと腰をくねらせる。

「小便なら、ここでしてしまえ」

崔子龍の言葉に、月吾は勢いよく行縢《むかばき》を脱ぐ。複数のしろい傷痕がのこる股間があらわになり、陰毛もそろわない肌が日に照らされる。盛り上がった肉芽《にくが》にあいた穴から、黄色い水が放たれた。

陽根をうしなって間もないのか、まだ放尿の調整ができないのだろう。

本陣のさらに背後の丘に陣取った崔子龍らの部隊は、

――監軍《かんぐん》
と呼ばれる。辺境で戦う軍が功を偽らぬように監視をするために配備される機関だ。このたびの編成は、長たる監軍使を宦官《かんがん》が拝命しており、配下にも宦官の兵が交じっている。

性器を切り取られた宦官は、本来は皇帝の家奴《かど》として後宮で仕えるが、遠い戦場においては皇帝の耳目の役割をになう。

暑く狭い櫓に、異臭がこもる。月吾は懐《ふところ》から天鼠《てんそ》（こうもり）の形をした小さな木箱を取り出すと、太腿をこすり始めた。

「何を塗っている」

「後宮に入るとき、母が髪を売って持たせてくれた薬です。傷でもかぶれでも、なんにでも効くって」

嬉しそうに語るその顔は、まだ母が恋しい年少のものだ。あせもの目立つ太腿も、子どものやわ肌そのものだった。

もうひとり、崔子龍の背後で身を震わせて座り込んでいる者がいる。

この男は宦官ではない。兵站《へいたん》の部隊から、唐突に崔子龍のもとへ配属された。自分の隊に宦官以外の兵が来るのははじめてだが、ずっと怯《おび》えた様子で、腕は立ちそうにない。

くせ毛が強く、震えるたびに括《くく》った頭から飛び出た髪が揺れている。胡人の血が入っているのか、髪の色は夕陽のように赤い。

ふと、狭い場でいかにも胡人らしい容姿をした者に挟まれていることに気づく。胡人の姿はときとして崔子龍に忌まわしい過去を喚起させ、落ち着かなくさせるが、「大丈夫だ、このふたりなら問題ない」とおのれに言い聞かせる。呼吸を整えて赤毛に問うた。

「戦が怖いか」

壊れたからくり人形のように、赤毛は首を幾度も縦に振る。行縢を腹まで上げた月吾が、仁王立ちになって得意げに言った。

「勝てる戦ですよ。数でもわが軍がまさっている」

兵の数だけではなく、勢いでも唐軍が押している。英雄を総大将としたこの行軍は、当然のごとく成功するものと本国でも見込まれている。赤毛は大きく身震いをして、目を伏せる。

「私はおのれの先が見えます。これから敵の捕虜になるのです」

その確信めいた物言いが気になった。崔子龍の頭にまず浮かんだのは、葛邏禄族の動きだ。

「なぜそう思う」

「紙を使って占う紙識《ししん》ができるので」

ただの占いだと分かり、拍子抜けした。

咲いた花の形で占う花識《かしん》や、頭に浮かんだ詩のとおりに事が動くという詩識《ししん》は耳にしたことがあるが、紙識とは初めて聞く。散らした紙の形などで占うのか。占いではおのれの卦《け》は出ないと聞くが、この赤毛は自分のことでも分かるのだろうか。

「長安に戻って、記録を扱うお役目に携わりたかったのにな」

戦場から響く音にかき消されそうな、か細い声で赤毛がぼやく。袖で額の汗をぬぐい、顔を上げた。崔子龍と目が合うなり、素《す》っ頓狂《とんきょう》な声を上げて飛びさがる。

「あなたは、総大将――」

尿で汚れた床でうやうやしく平伏する赤毛に、崔子龍は笑った。

「今頃おれの風貌に気づいたのか。安心しろ、おれは唐国の総大将ではない。高将軍ならば、唐軍の本陣だ」

顎で戦場を指す。高仙芝に似ていると、ほかの者からも指摘されたことがある。崔子龍自身は遠目にしかその姿を見たことがないので、真偽のほどは分からない。高麗《こうらい》出身の高仙芝と、山東《さんとう》貴族の崔子龍の顔が似ているというのは不思議な話だった。

赤毛はまばたきを繰り返してから、食い入るように崔子龍の顔を見て、首を傾げた。

「高将軍は男の私でも心がときめくような美男ですが、確かに似ている。似てはいるのですが、何かが違う」

「あちらは英雄、おれはしがない一隊長だからな」

目鼻立ちが似ていても、面相は異なるだろう。貌《かお》には生き様が現れる。

「お待ちください」

赤毛はおもむろに懐から小さな紙を取り出し、こすり始める。紙を散らして占うわけではないらしい。神妙な顔で崔子龍の顔を見つめ、白紙に目を落とした。一瞬、風が静かになった気がした。神託のように言葉が降りてくる。

「先がない」

放たれた言葉に崔子龍は鼻白む。どうやらこの赤毛の占い師は、崔子龍を怒らせたいらしい。先がないとは性器を欠損した男――宦官を侮辱するために使われる言葉だ。

「たいしたお告げだ。宦官ではないおれが陽物《ようぶつ》を欠いているとよく分かったな」

皮肉を込めて言った言葉は赤毛の耳に入っていないようだった。薄く閉じた瞼《まぶた》がさらに伏していく。

「昏《くら》い運命――身近な者に裏切られ、身を削られ、心をむしばまれる」

当たっている。今こんな辺境にいるのも、その昏い運命の流れなのかと思うほどだ。もうこれ以上は聞きたくなかった。礼を告げて話題を変えようとすると、赤毛は突如「あっ」と小さな声を上げた。

「なんだ、続きがあるのか」

赤毛は目を閉じ、ぶつぶつとなにやら小さな声でつぶやいている。顔を上げると、はっきりとした声で言い放った。

「女の姿がある。女と出会えれば、国を乱すけだものを倒す英雄となる」

女といわれて、澄んだ翠《みどり》の光にみちた景色が脳裏に広がった。

白い素馨《そけい》の咲き乱れる庭で、女は何かを崔子龍に伝えようとしている。長安を出立してからの長い進軍の間で、何度も頭をよぎった光景だ。

「それはどういう意味だ」

乱暴に揺さぶられて、赤毛は目を回す。

「私はなにを言っていましたか」

「覚えておらぬのか」

「識が降りるときは、意識がないのです」

まだ目を瞬《しばた》かせている赤毛を、崔子龍は離してやった。

「女と出会えれば、おれは英雄になれるそうだ」

その女が再び自分と会ってくれるとは思えなかった。陽物を欠いた監軍の一隊長が、英雄になどなれるわけがないのだ。

「お前、その占いを武官の前でもやったのか」

「私の本職は紙漉工《かみすきこう》で、書記官のもとでこの戦の吉凶を占いました」

戦場にあっても、記録のための紙が必要になる。筆記具をととのえる要員として従軍しているのだろう。総大将付きの書記官とやりとりがあるのなら、高仙芝の顔を知っているのも納得がいく。

赤毛の占いでは、この戦は凶。それで上官を怒らせ、嫌がらせで監軍に入れられたのだ。武器を取らぬ兵站の隊員に、この仕打ちはやりすぎだろう。

――この戦は負けるのか。

崔子龍は、再び戦場に目を落とす。

唐軍の左翼大隊が、少し引き気味になって敵兵を誘っている。

その誘いに敵が乗った。引いた唐の左翼を、大きな盾を持った歩兵隊で壁をつくり、押さえ込んでくる。歩兵隊の壁のうしろを敵の騎馬隊が駆けぬけ、唐軍の真横にまわる。横腹から切り込まれた形になった唐の左翼は、一見統制が崩れたかのように見える。

おそらく、この展開は高仙芝の筋書きどおりだ。案の定、しばらくして唐軍の左翼が押し返し始めた。後方に隠していた精鋭の騎馬隊が前面に出たのだ。思いがけない反撃に、敵の騎馬隊は足をすくわれている。

このまま押せば、唐軍は雁行《がんこう》に近い陣形になる。右翼の騎兵が、左翼に合わせて上がり始めている。包み込むような陣形に持ち込むつもりなのだろう。それだけの余力が唐軍にはある。

「これなら、今日の戦で決着がつきそうですね」

月吾の上機嫌な声に生返事をして、崔子龍は唐軍のしんがりを睨《にら》んだ。やはり葛邏禄族がいつでも出撃できる兵備で騎乗している。

崔子龍は胡人や胡人の身体の特徴そのものを忌み嫌っているわけではない。今のように月吾や紙漉工とも、支障なく過ごすことができる。

ただ、敵意をむき出しにした胡人と相対すると、忌まわしい過去を思い出すのか、身体が竦《すく》む。だからといって、ここで怯えているだけでは唐軍が敵の罠にはまる。

崔子龍は震える腕をもう片方の手で摑んだ。

「紙漉工よ、名はなんという」

「知紙《ちし》、紙を知ると書いて知紙といいます」

この男らしい良い名だと思った。

「捕虜よりも、文書を扱っているほうがお前にふさわしい。おれの顔さえ目に入らぬほど思いつめていては、敵兵に捕らえられても文句はいえぬ。周囲をよく見よ」

赤毛を揺らして、知紙は目が覚めたような顔をした。一方で月吾はきょとんとしている。

「よい讖を聴かせてもらった。ふたりともおのれの身を守れ」

言い終えぬうちに、しんがりから葛邏禄族の喊声《かんせい》が上がった。

崔子龍はいそぎ、物見櫓のはしごに足を掛ける。谷底にでも飛び込むような覚悟で、吹き荒れる風の中へ身を投じた。

櫓を下りると、崔子龍の手許に長刀が飛んできた。槍のように、長い柄《つか》の先に刃がついている刀である。

「大将、思っていたよりもよろしくない展開です、これは」

崔子龍愛用の長刀を投げてきたのは、副隊長の羊暗《ようあん》だ。たいして焦った様子もない顔を戦場に向けている。

友軍であるはずの葛邏禄族が後方から唐軍を攻撃している。唐軍が攻勢に転じるのを待ち、後方への注意が疎かになるのを狙っての裏切りだった。

「大将はやめろと言っているだろう」

好かれてはいない、と感じている。

命令には従うが、崔子龍に対する羊暗の態度には、お坊ちゃま育ちだと軽んじるような感情が滲《にじ》んでいる。

人を寄せ付けない狷介《けんかい》な男だが、いつぞや小競り合いで横腹に短剣を刺されたまま半日気づかずに、好物の羊の汁物をすすっていたことがある。冗談のような話だが、刺さり方によってはそういうことがあるらしい。それ以来、皆から羊暗と呼ばれている。容貌は羊よりも狼の鋭さがあった。

唐軍の太鼓が鳴り響いている。態勢変更の命だ。前方の黒衣大食《アッバース》軍と後方の葛邏禄族の挟み撃ちに耐えうる守勢に変えるつもりなのだろう。

「唐軍の崩れが早いな」

各将が総大将の意図を察して動こうとしているのが分かる。だが、急に攻勢から守勢に切り替えるのは容易ではない。指示を伝える太鼓の音が急かすように打ち鳴らされているが、各隊の動きはそれに追いついていなかった。

葛邏禄族の猛攻に後方が崩れる。

「蠅《はえ》隊だけで出る」

崔子龍の言葉に、旗下の兵が顔を向ける。この隊は新入りの知紙を除いてみなが宦官で、蠅隊と呼ばれている。隊旗の竿を肩にかけた羊暗が、物見櫓の前を顎で指す。

「上からの許しは？」

一隊五十人の十隊が丘の上に整然と並び、その中央に日よけの薄布を下ろした輿《こし》が鎮座している。羊暗が上と言ったのは、監軍の長である監軍使だ。

「場合によっては出ると宣告しただけだ」

なるほどとぼやいて、羊暗は隊長より先に馬上の人となる。

「おれを止めぬのか」

「命じたのはあなただ」

義務ゆえ従うのだと言っている。その感情のない言葉を、天を突くような喊声がかき消した。黒衣大食軍が勢いを増し、前線が混戦し始めている。

ここまで唐軍が追い詰められても、輿は沈黙したままだ。監軍使の指示なく勝手に動けばただでは済まない。だが、このままでは唐軍が危うい。

騎乗した約五十の兵に、崔子龍は命じる。

「総大将を守れ。おれと似ているらしいから分かるだろう」

恐怖はまだ消えていない。むしろ、背後から唐軍を襲う胡族の猛々しさを目の当たりにして卒倒しそうだった。

それでも今動かねば大勢の兵が死ぬ。頰を叩き、おのれを鼓舞する。鎧《よろい》を被っていれば髪の色は分かりにくく、目さえ直視しなければ胡人であっても何とかやり過ごせる。襲ってくる胡兵たちも、樹木か何かだと思えばいい。崔子龍はそう自分に言い聞かせる。

物見櫓の建てられた丘を、一気に駆けおりる。勢いのまま両軍の横に回り込み、混戦する戦場に切り込んだ。

突如あらわれた異質な一隊に、敵兵だけではなく味方の兵すら驚いた顔をする。

長刀を振り上げる間も与えずに、蝿隊は敵の横をすり抜けていく。蝿隊の強みは一糸乱れぬ動きだ。本隊の精鋭でも、これほど同調できる隊はない。雁《かり》の群れのように統率された動きで、敵味方で剣戟《けんげき》を交える中を移っていく。

敵陣に手を伸ばそうとしていた左右の先陣は、押し返されて乱れている。次第に逃亡する唐兵が出始めた。戦おうとする兵と逃亡する兵がぶつかり合い、もつれあっているところに、黒衣大食の軍がすりつぶすような圧力をかけている。

ひときわ美麗な白銀の鎧を、崔子龍の目が捉えた。黒い武装で統一した葛邏禄族が高仙芝を目指している。狙っているのは大将首――。

高仙芝が弓を番《つが》える。なめらかな手つきで放った矢がきれいな弧を描く。

白き英雄、騎射を良くす。世間に聞こえるとおりの腕で、黒い戦士の隊頭の兵が落馬する。周囲から歓声が上がるが、葛邏禄族の動きが速く、二矢、三矢が当たらない。弓を捨て、高仙芝が刀を抜く。黒の戦士らと対峙せんとしたところへ、崔子龍は飛び込んだ。

「閣下、御指示を！」

敵兵にとどめを刺し、崔子龍は振り向きざまに叫んだ。おのれと似ているだろうか、高仙芝は目で力強く応え、左手を上げる。

それに応じようとして顔を上げたとき、崔子龍の視界に敵の胡兵の顔が入った。碧い目に殺気が滲む。それだけでもう駄目だった。身体が硬直し胃液がせり上がる。何とか飲み下したものの、動きが遅れた。

目の前に銀の刃が迫る。避《よ》けきれないと思ったとき、突如、一隊が姿を現した。

顔に大きな火傷痕のある小柄な男が、崔子龍の前を駆け、敵の腕ごと刀を刎《は》ね飛ばす。

その出現に高仙芝は驚いたようだったが、崔子龍も目の前に立ちふさがった騎馬隊が味方だと気づくのに、数瞬かかった。

――なぜ、蟻《あり》隊がここに。

同じ監軍の隊だ。火傷痕の男が隊を指揮している。

敵兵の勢いを削ぐように、蟻隊は外側にいなし始めた。宦官らの甲高い雄叫びを聞きながら、崔子龍も動く。蟻隊がいなした黒の戦士を一騎ずつ攻撃する。続々と敵兵が倒れていく。その流れに気づいたのか、葛邏禄族の勢いが止まる。そのもたついていた兵に蠅隊の兵が飛び掛かった。

統率された、美しい動きだった。

葛邏禄族は左右からの攻撃に押されていく。しかし、追い詰めて死力を出させるのは避けるべきだ。申し合わせたように蠅隊と蟻隊は後方を空け、敵が逃げるための道を作った。敵兵はその唯一の退路に殺到する。やっと葛邏禄族が引いた。

見回すと、人馬ともに立っているものはまばらになっていた。赤く染まった地に、兵の遺体が折り重なるように転がっている。

「唐は負けたのか」

紅く震えるような夕陽が、地平線に沈んでいく。その紅色に溶けていくように、黒衣大食の軍が引いていく。

残照の中、生きて立っている唐兵は数千もいない。死臭にかまわず敏捷《びんしょう》に動いている隊がいる。死体を検《あらた》め、生存者の確認をしているのはあの蟻隊だった。

その姿を見ても、崔子龍はまだ事態を理解できないでいる。

子どもの泣き声が耳をかすめ、我に返った。

――月吾は、紙漉工の知紙はどうなったのか。

唐軍のしんがりに目を遣ると物見櫓が倒れている。泣き声の主を探して駆けずりまわる。赤と黒が滲むような薄闇のなかに、涙と鼻水で顔を濡らしている金髪の童子の姿を見つけた。

「月吾！」

駆け寄ってきたその細身を抱きしめてやる。どこも怪我はしていない。汗や失禁で全身が水を被ったようになっているだけだ。

「良かった。生きていた」

だが、知紙の姿はどこを探しても見当たらない。

本隊の背後に控えていた兵站の部隊にも敵に蹂躙《じゅうりん》された痕《あと》が残るなかで、監軍だけがきれいに姿を消している。

――監軍がはやく動いていれば。

葛邏禄族さえ止めれば、勝てると思っていた。もしおのれが恐れずにもっとはやく動いていれば、こんな結果にはなっていなかったかもしれない。臓腑が煮え返るような思いに、崔子龍は両の拳で地を叩いた。

遠くから羊暗が呼ぶ声が聞こえている。一時は散った者らが残った武器や食糧で隊を立て直すべく、戻り始めている。

これから唐軍の敗走が始まる。生き残った兵を集めなければならなかった。

二

「態勢を立て直し、明朝再び攻める」

総大将の高仙芝の言葉に、座した将たちは皆静まり返った。

幕舎は垂れ幕で締め切っており、中は暗く蒸し暑い。汗が崔子龍の目に沁《し》みた。内外の篝火《かがりび》の数を最小限に抑えているのは、敵軍の目を気にしているのだろうか。崔子龍ははじめて帷幕《いばく》の軍議に参加したので、勝手が分からない。

将校たちを間近で見るのもはじめてだ。戦闘の疲労と、万の命が奪われたという現実が、各人の体に重く伸し掛かっている。重苦しい空気の流れるなか、高仙芝の双眸《そうぼう》がいやに光って見える。

直視は失礼にあたると分かっていても、崔子龍の目は高仙芝に向く。

——これが英雄か。

いかに顔が似ていると言われても、眉目のつくり以前に器量が違う。その偉軀《いく》には歴戦の武将の風格があり、ほかの将校らとは格が違うのがひとめで分かる。

それに比べて崔子龍はまだ齢《よわい》二十三、この遠征がはじめての従軍で、立場も戦績も天と地ほどの差がある。

とはいえ、目の前にいる英雄は、過去の功績が大きい分、今日起きたばかりの大敗を認めることができないでいるように見える。勝敗にこだわっていても、無駄にときが過ぎるだけだ。黒衣大食軍《アッバース》が夜襲をかけてこないとも限らず、崔子龍は外が気になって落ち着かない。

将校たちも同じことを考えているに違いなかった。どう考えても再戦は現実的ではない。ただ高仙芝の心情が分かるので、言い出しかねている。だれが説得するかと、顔を見合わせているように見えた。

おそれながら、と切り出したのは、今日の戦で先鋒を担った巨漢の副将だった。

「速やかに退却すべきです」

「死んだのは私の兵だ。万の命が失われた。戦わずに帰るわけにはいかない」

「ここはいわば重地《ちょうち》です」

重地とは、敵の領内に深く入った地を指す。崔子龍は、高仙芝軍の本拠地である亀茲《クチャ》からこの地までの距離を思う。本拠地から遠く離れた地では、戦が不利となれば即撤退が原則となる。

迷いを見せた高仙芝に、あと一息と副将が大きな身を寄せたときだった。

幕舎の外がざわめく。出入口の幕が開き、生ぬるく身体にまとわりつくような嫌な風が入った。

その男が姿を見せたとたん、一瞬で空気が変わった。

夜霧をまとわせて将校の前を歩むのは、監軍の隊を統《す》べる監軍使だ。その名を、

――辺令誠《へんれいせい》

という。

皇帝の信を得ている宦官だが、市中ですれ違ってもすぐに忘れてしまうような凡庸な顔をしている。しかし、その目に一瞥《いちべつ》されただけで崔子龍の身体は硬直する。ただでさえ苦手な碧の目をしており、その瞳の奥にはうごめくような昏い澱《よど》みがあるのだ。

名に誠の字を持ちながら、その意を含みそうな性質はどこにも見あたらない。すでに撤退のための服装に身を包んでいる。いつも腰に下げている獣の角《つの》の飾りが、妖しい光を放っていた。

続いて、その半分を火傷の痕で覆われた顔が、暗がりの中に現れる。蟻隊の隊長を担う牛蟻《ぎゅうぎ》という宦官だ。きょろきょろと将校たちをめずらしそうに眺め、いかにも暗愚《あんぐ》な様子である。

蟻を殺すのにも牛の力を使う。その腕力と愚鈍さを表す名は、辺令誠が付けたらしい。普段はぱっとしないが、ひとたび戦場に出るとよい働きをする。昼間の戦でもこの男のおかげで崔子龍は難を逃れることができた。歳の頃は崔子龍と同じ二十代らしいが、背は低く、ずっと幼く見える。率いる蟻隊の名は、隊長の名に因《ちな》んでいる。崔子龍の蠅隊に牛蟻の蟻隊。蠅も蟻も、愚かな人物への蔑称によく使われる。

崔子龍は辺令誠のために腰掛けを出し、自分はその後ろに控えて牛蟻と並んだ。

「監軍は先に出る」

切り出した辺令誠に、高仙芝が不快をあらわにする。退却するか否かを論じているときに、撤退の支度を済ませた姿で割り込まれたのだから、当然だろう。

将校たちからも非難の目を向けられた辺令誠は、綽々《しゃくしゃく》とした声でいう。

「何しろ、陛下に報告をせねばならぬのでな」

その言葉に、幕舎の中がしんとする。

皇帝に報告する戦功の内容は、監軍使への賄賂《わいろ》の量で決まり、戦場など見ていなくても差し支えない。実際、四年前に高仙芝が大遠征を行った際、従軍した辺令誠は厳しい行軍に音を上げて途中の地に留まり休んでいたと聞く。

監軍にとって重要なのは自分の身の安全と、将校に恩を売ってどれだけ多くの賄賂を出させるかという二点のみだ。唐軍の矜持《きょうじ》など頭になく、ゆえに今も崔子龍を軍議に出して、おのれは逃げる支度をしていた。

その辺令誠が今日の大敗を皇帝に報告するとわざわざ言い出したのは、少しでも有利な内容での報告を望むのなら賄賂を出せと、暗に要求しているに等しい。

「退路には抜汗那《フェルガーナ》族がおりましょう」

総大将が静かに口を開いた。

唐軍が退却するには、背後にある隘《あい》路《ろ》を通らねばならない。だがその付近に援軍である抜汗那族の隊が夜営を敷いて道を塞《ふさ》いでいる。事情を説く暇《いとま》もなく、迅速な退却を目指すならば、この味方の隊を打ち払いながら進むしかない。高仙芝の言葉には、退却は絶対に認めぬという意思が潜んでいる。辺令誠は、頬をさすり淡々と言った。

「では、崔子龍の蝿隊に突破させる。この牛蟻の蟻隊もつければ、蕃族を蹴散らすなどたやすい。こいつ、頭は足りないが腕力だけはある」

「あい！　高将軍のために！」

牛蟻が場違いなほどの大声を上げた。将校の間から、友軍を追い払うのは道義に反すると非難する声や、急ぎこの場を発つべきだといった様々な声が上がる。高仙芝がそれらの声を制して、崔子龍の名を呼んだ。

「隊の動きに速さだけではなく、重みもあった。その若さで見事だ。左率府《さそつぷ》出身だったな」

両手を胸の前で組み拱手《きようしゆ》で応えた崔子龍に、幕舎中の視線が集まった。

高仙芝と顔だちを比べるぶしつけな目と、「貴族の令息か」と見下す目が半々。左率府の衛官は皇太子の護衛を任とし、貴族の子弟が縁故で就くことが多い。さらに混じった別の嘲《あざけ》りには、気づかないふりをした。

「監軍はかなり引いて控えていたはずだ。あの敏速な葛邏禄《カルルク》族によく食らいついていったな」

高仙芝自身、どこで間違えたのかを検証するように、崔子龍に問うた。

「遊牧民の騎馬の速さというのは想像を超えておりました。ですが、開戦前から気になる動きがありましたので」

「まるで裏切りを予想していたかのような言い草だ」

手を合わせたまま首肯《しゆこう》すると、どういうことだと幕舎の中に軽くどよめきが起こる。

「なぜ分かった」

「葛邏禄族は唐軍にへりくだっていながらも、必要以上に戦の支度が整っておりました。それに先日言葉を交わしたところ、唐朝の実情をよく調べている様子で、わが国の厳しい財政状況や、機能していない政情を知っておりました」

皇帝（玄宗《げんそう》）はかつての英邁《えいまい》さを失い、楊貴妃《ようきひ》を側に置いて政務をおろそかにしている。葛邏禄族は、唐朝を落ち日と見ているようだった。

だが、それを崔子龍の立場で口にすれば、皇帝批判とも取られかねない。どうやら、自分で思っている以上に、気が高ぶっているらしい。

周りの武将らが顔を強張《こわば》らせるなか、高仙芝は「監軍のほうが目が利くとはな」と受けながした。辺境で指揮をとる高仙芝にとって、皇帝批判などたいしたことではないのかもしれない。

それで、と鋭い目を崔子龍に向ける。

「分かっていながら、なぜ事前に報告しなかった」

周囲も黙って崔子龍を見ている。

「知っていれば、勝てるはずだった」

高仙芝は拳を握りしめ、吐くように言った。こうなれば、崔子龍は自分の非を認めて許しを請《こ》うしかない。そもそも、葛邏禄族の動きなど余計な話をしなければよかったのだ。だが、口から出たのは、正反対の言葉だった。

「私は、監軍使に進言しておりました」

いつもであれば辺令誠の横暴にも、もう少しうまく対処できたはずだ。しかし今日は人の死を見すぎた。顔を上げ、崔子龍は高仙芝を見据える。

「直接、閣下にご報告すべきでした」

周囲の空気が凍り付く。

構うものかと思った。もっとはやく自分が動いていれば、あれほどの人を死なせずに済んだのだ。

敵軍が引いた後も、再襲を恐れながら何万もの死体を検めた。生きている者がいれば助け、その者が事切れれば捨てた。黒衣大食軍に再び挑むことには賛同できないが、この大敗に納得できないという点では、高仙芝と同じだ。

「牛蟻」

肩越しに辺令誠の指先が崔子龍に向く。牛蟻がおもむろに拳を握り、一瞬、その拳に目をやってから、崔子龍の右頬に叩きつけた。重心を沈めて踏みこたえる。口中が切れ、鼻の奥から血の臭いが抜けた。続けて牛蟻は顔や身体を殴りつけてくる。

辺令誠が億劫そうに立ち上がる。澱んだ目が崔子龍に向く。絡めとるような瞳に、頭からつま先まで硬直する。その面《つら》からはいかなる感情も読み取れない。薄い唇がふっとゆるんだ。

「そこに直れい」

辺令誠が刀を抜く。腰に下げた角の飾りが揺れた。監軍使はいわば皇帝の代理であり、辺境において絶対の権限がある。幕舎にいるだれもが辺令誠に逆らえない。逃げ出さねばと思うのに、足が動かない。暗がりのなかで白銀の刃が光る。女の、杜《と》夏娘《かじよう》の顔が、脳裏をよぎった。その瞬間、辺令誠の背後に下がっていた牛蟻が「あ、あ」と興奮したように覗き込んだ。そのまま辺令誠の腕にしがみつく。

「邪魔だ」

辺令誠が牛蟻を振りほどく。生暖かい異臭がする。牛蟻が失禁しており、場の緊張が途切れた。

せっかく整えた旅装に尿がついたらしい。辺令誠は牛蟻を睨《にら》みつけている。窘《たしな》めるように高仙芝が言った。

「辺監軍使、今は火急です」

「お前がわしに逆らうか」

恫喝ともとれる言葉に、高仙芝は無言の圧で応じている。空気が張り詰めて、痛いほどだった。

「高仙芝よ、高くつくぞ」

言い捨てて、辺令誠は幕舎を出ていく。その後を、濡れた股間を気にするように、ひょこひょこと足をあげて牛蟻が追っていく。

どうやら命は助かったらしい。気づくと、崔子龍は指の間まで汗をかいていた。

高仙芝が、再び崔子龍の名を呼ぶ。

「うぬぼれるな。大敗は、お前のせいではない。寝返りを封じる策は取っていた。蕃軍には、それぞれ目付けの使者と間者をつけていたのだ。それがうまく働かなかった。私の失態だ。この私の」

頑とした様子で、巨漢の副将が言う。

「死んではなりません」

他の将校も、決断を促すように高仙芝を見ている。英雄は、苦渋の表情で口を開いた。

「夜闇に乗じて撤退する」

三

牛蟻の背と、その倍はありそうな高仙芝の背が並んでいる。

唐軍の先鋒で、崔子龍は牛蟻とともに高仙芝の指示を聞いていた。

高仙芝は迂愚《うぐ》な牛蟻にも分かるように、隘路を抜ける段取りを丁寧に説明している。見下すような態度はみじんもない。崔子龍に対しては、「蝿が一緒とは頼もしいな」と持ち上げた。辺令誠とは扱いがあまりにも違って、戸惑う。

「私などでよいのでしょうか。蝿隊が先鋒などと」

牛蟻への補足の説明が終わるのを見計らって、崔子龍は高仙芝に尋ねた。

「閣下のお側で務められるのは光栄ではあるのですが」

「なんだ、ずいぶんと自信がないのだな。私がお前を見込んだのだぞ」

撤退に際し、蠅隊は監軍から離れて、高仙芝の直下に組み込まれることになった。配置は、先鋒に蠅隊と高仙芝配下の将、次に高仙芝と辺令誠が続き、辺令誠の護衛に牛蟻が付く。

監軍使に逆らった崔子龍の身を、高仙芝は案じたのかもしれなかった。実際、辺令誠は幕舎での崔子龍の振舞いがよほど気に入らなかったらしい。危険な先鋒に崔子龍が当てられたのは、辺令誠の意向もあるようだった。

――おれと似ているだろうか。

すぐ側に立つ高仙芝の顔を隠し見る。何度見ても、差ばかりが気になる。背丈はほぼ同じなのに、存在が大きい。本来であれば、口をきくこともできない地位の人物にもかかわらず、その性《しょう》は驚くほどさっぱりとしていた。生死のかかった戦場で頼りにされる男とは、このようにからりとしているものなのかと腑に落ちる。

「懸念をお伝えしてもよろしいでしょうか」

後方へ下がっていく牛蟻を見やり、崔子龍は切り出した。英雄におのれの欠陥を晒すのはためらいがある。だが、抱えている問題も含めて、偽りなく明かすべきだと思った。

「牛蟻も私も長くは持ちません」

性器を欠損している、その違いについて告げる。

今回従軍している監軍の部隊は、監軍使の辺令誠を頂点とし、辺令誠直属の取り巻き隊と、崔子龍を長とする蠅隊、牛蟻を長とする蟻隊の三種の部隊で構成されている。

辺令誠の取り巻きは宦官ではない精鋭兵で固められているが、行方知れずの知紙は別として、蠅隊と蟻隊は宦官しかいない。崔子龍も宦官ではないが陰部を欠損している。

辺令誠の身の回りの世話のために従軍した宦官が何か失態をおかして辺令誠の不興を買うと、懲罰のように崔子龍や牛蟻の下に送り込まれてきた。いわば、蠅隊も蟻隊も元は劣等兵の寄せ集めだ。

「しかし、昼間の動きは目をみはるものがあった」

「強い部隊だとは思います」

崔子龍は怛羅斯にいたるまでのいくつかの小競り合いを経て、劣等兵の集団を戦える部隊に鍛え上げた。宦官は命令には服従する。その従順さが隊を強くした。牛蟻もその愚昧《ぐまい》な様子からは想像できないが、いったん開戦となれば優れた戦闘感覚を見せ、宦官の兵をうまく使いこなす。

「とはいえ、去勢による肉体の影響が全くないわけではありません。蠅隊も蟻隊も長い闘いには不向きなのです」

しかも両隊は、昼間の戦闘の疲労が残っている。

「お前たちが劣っているとは思わぬが」

高仙芝は言葉を慎重に選ぶように、顎をさする。

「隘路を突破できれば良い。そう気負うな。私の旗下の将たちもいる」

もうひとつ、伝えるべきかと崔子龍は悩んだ。性器を欠いているだけではない。自分は、もっと大きな欠陥を抱えている。先鋒を担うなど、荷が重いのだ。

やはり伝えねばと口を開きかけたとたん、高仙芝が肩を寄せてきた。

「頼みがあってな」

英雄は、苦しい心境を打ち明けるように言う。

「抜汗那《フェルガーナ》族は友軍だ。なるべく怪我をさせぬようにしたい」

頼れる者はお前しかいないとでもいうような言いぶりをする。拱手で応えると、自分の口が考えていたことと違う言葉を発していた。

「黒衣大食《アッバース》軍が静かなのが気になります。もしものときは、後方に動いてもよろしいでしょうか」

乗せられた、と思った。この将は相手をたらしこむのがうまいのだ。乗せられていると分かっても、英雄に頼られると頭がのぼせる。

「あやつら、我々が動き出すのを狙っているのかもしれんな」

頼んだぞ、と高仙芝は崔子龍の肩を叩く。騎乗して隊列へ下がっていった。

結局、一番伝えたかったことは口にできなかった。この暗がりでは、抜汗那族の胡人らしい顔立ちは見えないだろう。そうおのれを落ち着かせる。

全ての隊が配置に就いたのを確認すると、蠅隊と高仙芝配下から成る先鋒隊は静かに動いた。

暗い海に浮かぶ島のように、松明《たいまつ》のゆらぐ一帯が見えてくる。隘路に野営する抜汗那崔子龍は少し下がる。抜汗那族は、黒衣大食軍の夜襲と勘違いしたようで、とっさに反撃してきた。

　怪我をさせぬように、とおのれに言い聞かせ、武器を持って歯向かってくる兵らに立ち向かおうとしたときだった。

「長刀は使うな！」

　高仙芝配下の将らが振るったのは、大棒だった。事前の申し合わせでは武具の話は出ていなかった。聞いておらぬと、抗議を入れたくなる。高仙芝がいかに気安く接してくれても、配下の将らにとっては、監軍の隊はよそ者なのだと痛感する。

「聞こえたとおりだ。刀は使うな。大棒を出せ」

　長刀を逆さに持ち替えて、崔子龍は旗下に命じる。みな戸惑った様子を見せつつも、刀をおさめた。しかし、刃を向けてくる相手を傷つけずに追い払うのは至難の業だ。

　ふいに異国の言葉が耳に飛び込んでくる。その怒号を聞いて、背筋が凍るような恐怖に襲われた。

　――まずい。

　視界が悪い分、その声はより恐怖を掻き立てた。身体が強張り、息ができない。落馬すれば、ほかの馬に踏まれて死ぬ。だが、指に力が入らない。やはり、自分は先鋒など無理なのだ。身体がぐらりと傾くのを感じた。

　意識が遠のきかけたそのときだった。ふわりと身が持ち上がるような感触があった。

「馬首にしがみつけ！」

高仙芝の手が、崔子龍の腕を掴んでいた。後方にいるはずの高仙芝が、先鋒まで上がってきたのだ。そのまま側を駆け抜けていく。

高仙芝の背を見て、崔子龍は安堵に包まれた。先を駆ける白銀の鎧が、星明かりに照らされてまばゆい。夜闇を跳ぶ白い翼のようだった。高仙芝が大棒を一振りし一喝すると、百の兵が引き下がる。その鬼神のような迫力に圧倒された。

――自分と同じ人とは思えぬ。

高仙芝のようにふるまえると思わないほうがいい。すでに呼吸は元に戻っている。高仙芝の邪魔をせぬよう、崔子龍は補佐に徹する。蠅隊の者らも、崔子龍の意図を汲《く》んで高仙芝の後方支援に当たる。

高仙芝の勢いに乗る形で抜汗那族の部隊を左右に追い払い、そのまま東へ駆け抜ける。しんがりまでの全軍が無事に隘路を駆け抜けるのを確かめるまで、崔子龍は必死に英雄の背を追った。

四

――あれが唐国の英雄か。

高仙芝が成し遂げた偉業は、空前の壮大さと言われている。

　四年前、高仙芝は大軍で不毛の葱嶺山脈《パミール》を越え、雪に覆われた坦駒峠《ダルコット》まで進軍した。絶下四十余里といわれる急峻な氷壁を駆けおり、敵の小勃律国《しょうぼつりつこく》を降伏させたのだ。それまで皇帝の命により三度にわたり試みられ、全て失敗に終わっていた大遠征は、四度目にして大将を高仙芝に代えたことによりはじめて成功した。

　結果、小勃律国をはじめとして、吐蕃《とばん》により唐から離反させられていた西域七十二か国が、再び唐に従うようになった。その功が認められて、高仙芝は征西《せいせい》の要地である安西《あんせい》を治める節度使《せつどし》に任じられ、今では唐朝で五の指に入る名将と謳われるようになったのである。

「似ているのは本当に顔だけだな」

　おのれは胡人に脅える一隊長に過ぎない。

　崔子龍は、部隊の営地の近くの小高い丘に身を投げ出していた。打撲したのか、右目がかすんでいる。満身創痍《そうい》だった。

　上半身を起こし、抜汗那《フェルガーナ》族の部隊のいるあたりを見やる。篝火の数が増えていた。急に味方に襲われ、混乱しているのだろう。それでも、抜汗那族は唐朝への朝貢をやめない。弱いものは理不尽な仕打ちにも従うしかないのだ。

「崔子龍」

　急に背後から高仙芝の声がして、どきりとした。すぐに振り向いたが、その姿がない。

　松明を持った小さな影が丘に現れた。あどけない顔と碧い目が炎に照らされている。

羊暗に道中の面倒を見るように頼んでおいた月吾だった。

「なんだ、お前か」

「高将軍だと思いましたか」

高仙芝の声真似をしたらしい。

「おれは耳がいいから、こういった芸ができるのです」

「驚いた。本物かと思ったぞ」

「おれの数少ない芸です。後宮ではこんなことばかりやらされていました」

崔子龍が月吾を抱き留めて無事を喜ぶと、月吾は消え入るような声で言った。

「おれはただ、馬にしがみついていただけですから」

月吾の気持ちが分かるような気がした。崔子龍も、馬にしがみついて大棒を振っていただけだった。月吾は松明を地に立て、崔子龍の顔に小さな手を伸ばす。

「頬に傷が」

つめたい軟膏を塗りたくってくる。

「待て、これは母御がお前にもたせた大切な薬ではないのか」

月吾の片手にあるのは、木彫りの天鼠《てんそ》の箱だ。崔子龍はそれを月吾の腹に押しとどめた。これは月吾がおのれのために使うべきものだ。しかし、月吾は軟膏を塗るのをやめない。頑《かたく》なな頬が目の前にあった。

「鍛えれば、おれも隊長みたいになれるでしょうか」

うるんだ瞳が崔子龍に向いている。「おれも」という言葉には「陽根を失ったおれでも」という意味がこめられているのだと思った。

「急になにを言い出す」

月吾は目を伏せ、再び顔を上げて西を見た。色素の薄い目が松明の火に照らされて赤々としている。

「紙漉工さんが、敵に捕まりました」

「そのようだな」

「占ってほしいとせがんで、おれも見てもらったのです。女に気をつけろと言われました。みじめな思いをして生きるはめになると」

あのばかめ、と喉まで出かかった悪態を飲み込む。

こんな子どもに告げる話ではない。男であって男ではない者だと見下し、適当にそれらしいことを触れ回っているのかもしれない。

「おれのような臆病者など目指すものではない」

「隊長は胡人が怖いのですか」

子どもらしい遠慮のない問いに、苦笑するしかない。こんな幼子にすら悟られている。ほかの隊員も気づいていて、隊長を侮《あなど》っているのかもしれなかった。

「なにゆえなのです」

「臆病だからだ。目指すなら高将軍のような英雄にしろ」

「なんだ、私の話か」

振り向くと、暗闇からのっそりとした輪郭が近づいてくる。今度は本物の高仙芝だ。痺《しび》れるほどの強い力で背中を叩かれた。

崔子龍の肩に腕を回し、「弟よ、なかなかやるではないか」と手放しでほめる。総大将に頬が触れるほどに密着して肩を組まれ、どのように振舞ったらよいのか分からない。戸惑っていると、高仙芝の動きがぴたりと止まった。その頬が強張っている。

「何か不測の事態がありましたか」

敵兵か、それとも辺令誠か。高仙芝を脅かしているなにかが、近くにある。昼間の敗戦の無惨な光景が、崔子龍の頭によぎった。

英雄の太い腕が、崔子龍にしがみつく。その体勢で重心をかけられると、首が絞まって苦しい。崔子龍の耳元で震え声が聴こえた。

「それを仕舞ってもらえるか」

この男が何を言っているのかが分からなかった。月吾もきょとんとして密着している崔子龍たちを眺めている。

「何のことでしょうか」

崔子龍の問いに、口にするのもおぞましいという様子で、高仙芝は月吾の手のなかのものを指した。月吾が薬箱を差し出すと、高仙芝は崔子龍にしがみついたまま身震いをする。

「高将軍、これは薬を入れた箱ですが」

ちいさく首を傾げて、月吾が言った。

「本物ではないのか」

「天鼠ではありません。なかの薬は天鼠を炙《あぶ》って作ったものだそうですが」

崔子龍の身体を締め上げていた腕が緩む。

「つくり物、であれば、問題ない」

やっと解放され、崔子龍は頭がくらりとした。月吾が表情を崩す。高仙芝が恐れていたものが天鼠だと分かって、声を立てて笑いだした。

戦場での鬼気迫る姿と、天鼠を象《かたど》った箱に怯える様の差が、あまりにもおかしい。笑うまいと固く結んだ崔子龍の口から声が漏れた。

高仙芝は人差し指で頰をかいている。

「幼いころ、私は夜泣きがひどくてな。心配した母が断崖を掘りぬいた土室《どしつ》（ヤオトン）に天鼠を飼って、ことあるごとに天鼠の肉やら皮で作った薬を飲ませたり塗ったりしたのだ。挙句の果てにはその土室に閉じ込めたので、今でも恐ろしくて仕方がない」

天鼠で作った薬は子どもの病に使われる。家族の愛情が、かえって高仙芝の心に消えぬ傷を作ってしまったらしい。

ほかの者には言うなよ、と命じる高仙芝の顔がいかめしい。

「だれにも言えませぬ。どんな大軍よりも天鼠一匹で唐の英雄を倒せるなど」

我慢しきれずに大笑いする崔子龍と月吾を、咎めることもしない。抜汗那族を追い払った豪快さ、友軍を傷つけまいとする配慮、崔子龍や月吾のような者とも打ち解ける気安さ。崔子龍はすでにこの男のことが好きになっていた。

このまま夜営するのかと尋ねようとしたとき、急に唐軍のしんがりが騒がしくなった。黒衣大食《アッバース》の軍が追いかけてきたのかもしれない。

「なかなかゆっくりとはさせてくれぬな」

「では、示し合わせたとおりに――」

動き出すのに、余計な議論は要しなかった。崔子龍は目で応え、騎上の人となると配下の兵を率いて後方に駆ける。

しんがりにたどり着くと、そこは殺戮《さつりく》の場となっていた。葛邏禄《カルルク》族の兵が月明かりの下で、唐兵を一方的になぶっている。幸い、黒衣大食軍と連動しているわけではなさそうだった。

高仙芝の首を取りそこねたのが相当悔しかったのだろう。一人でも多くの唐兵を殺すことに、執念を燃やしているようだった。

崔子龍は身体の底から湧き上がる恐怖に耐える。

血の匂いが充満する中、決死の覚悟で葛邏禄族の兵に斬りつけ、片端から唐兵を助けていく。自軍の下に駆ける者、林の中に逃げ込む者、主だった唐兵を助け出したのを確認した頃には、馬上にいるだけで精一杯だった。蠅隊の兵も、半数を失っていた。本隊へ引き返す指示を羊暗に出そうとしたとき、林のさらに奥で唐兵が襲われていることに気づいた。

近づくと、そこは窪んだ低所だった。蟻隊が葛邏禄族に囲まれている。思ったよりも敵兵の数が多い。

——助けなければ。

だが崔子龍も、馬にしがみついてやっと騎乗している状態だ。かすんでいた右目はほとんど見えず、遠近感がうまく取れなくなっていた。その上寡兵で、牛蟻を救い出せる見込みはない。

もし、自分に高仙芝のような恵まれた体格があったら、いや、猛将の肉体とまではいわない。せめて局部を失う前の身体であったら——。

夜闇に、生涯の友だと思っていた男の顔が浮かんだ。崔子龍が生まれながらの身体を損い、胡人に脅えるはめになった元凶だ。

思い返すうちに、脅えは怒りに変わった。

「いかがしましょうか」

羊暗の声がかすれている。宦官は陽物を失った影響か、声が甲高く声帯に難のある者が多い。その一人一人が肩で息をしながら、ぎらりと光る双眸を崔子龍に向けている。

「今から言うとおりにしてくれ」

崔子龍は急ぎ指示を出して隊を整える。刀の柄を握りなおし、目前の木に向けて払った。刃先が葉に届かない。何度か木の葉を薙《な》いで、焦点を合わせた。

おれはあの男のような恩知らずではない。

崔子龍は雄叫びを上げ、窪地に向かって一気に馬で駆け下りた。

五

穏やかな声が聞こえる。懐かしい歌だった。

温かい手が崔子龍の頬に触れている。その手の持ち主が、やさしかった頃の母親だと気づいて、崔子龍は飛び起きた。

蒸し暑い天幕の中だった。汗で下半身に行縢《むかばき》がへばりついている。

人差し指を立て、まばたきをした。焦点はぶれておらず、右目は問題ないようだった。

深く息を吐く。昨夜は牛蟻を助け、ともに生きて本隊に合流してきたのだ。しかし、この夢見の悪さはなんだと思った。

汗で重くなった衣服を脱ぎ捨てると、半身を失った陰茎があらわになる。睾丸もひとつない。

おのれの身体を見るたびに、あの幼馴染の顔が脳裏にちらついて崔子龍を苛《さいな》む。

王勇傑《おうゆうけつ》。ともに貢挙《こうきょ》の登第《とうだい》を目指していた。その男が商人の娘を誘い、情事の最中に誤って殺した。

どうしたらよいかと頼ってきた王勇傑を叱りつけ、しばらく家から出るなと忠告した。娘の骸《むくろ》を探す父親が不憫で、崔子龍は葬式代としていくばくかの金をつけて届けた。

その後、崔子龍は仲間を集めた商人から襲われた。碧い目の商人で、唐語と異国の言葉で崔子龍をなじった。自分は無実だと必死に弁明したが、商人は家に閉じこもっていた王勇傑から、娘を殺したのは崔子龍だと聞いたと言った。

絶望と恐怖のなかで、商人の振り上げる刃物が光るのを見た。暴れたせいか、局所の一部は切り取られずに残ったが、確かに崔子龍は男であることを失ったのだ。商人は復讐を遂げた後に自害した。

それから、全てが一変した。

股間を大量の血で濡らし、半死状態となった崔子龍が運び込まれ、家は大騒ぎとなった。

それまで嫡男として大切に育てられてきた崔子龍だったが、生殖器を傷つけられたと分かると、掌を返したようにないがしろにされた。

家長は、廟《びょう》を守り子孫を絶やさぬようにしなくてはならない。父親は若い妾を増やし、跡継ぎ作りに必死になった。母親も継嗣《けいし》の生母という地位を失い、崔子龍につらくあたるようになった。

王勇傑からは詫びもなく、不通となった。

何のことはない。商人は皇帝の寵臣である楊国忠《ようこくちゅう》の筋の者であり、王勇傑は楊家の権を恐れたのだ。幼い頃はその名のとおり勇ましい男児だったが、歳を重ね、保身に走る卑怯な男に変貌していた。

命の危機を脱した後も、崔子龍はしばらく自分の身体の変化におびえる羽目になった。一時的に髭が抜け、胸もすこし膨らんだ気がした。筋力をつけることで、男の肉体が失われていく恐怖を克服しようともがいた。

幸い、睾丸がひとつ残っていたからか、身体は元の硬質さを少し取り戻すことができた。

問題は気持ちのほうだ。周囲から欠落者として見られ、常に劣等感に苛《さいな》まれた。早く独り立ちせねばと思った。

しかし裏切った友や父と同じ文官を志す気にはなれず、結局、高官の父の蔭《いん》（父祖の功績による仕官）で左率府の衛官《えいかん》となった。

左率府の職務は皇太子の警護であり、その衛官は高位の家の子に限られる。武芸に長じ、容姿が端麗であることが衛官の要件とされていたから、皆気位が高い。かれらには、崔子龍の存在が受け入れがたい汚《けが》らわしいものに見えたらしい。衛官の任務に支障が出るほどの嫌がらせを受けた。

衛官を辞め、兵部の試験を受けて合格したが、異例の配属で監軍使の隊に入れられたのは配慮だったのか排除だったのか、崔子龍には分からない。

「大兄！」

夜明けの白々とした光とともに、天幕の中に飛び込んできたのは、牛蟻だった。

「目が覚めたね」

崔子龍を見て、感極まったように目を潤《うる》ませている。

「おれ、高所を取られているのに気づかなくて本当に助かった」

牛蟻は隘路を抜けた後、馬に水を飲ませるために、辺令誠から離れて水源のある窪地に向かったのだという。牛蟻によると、しんがりへの襲撃は葛邏禄族の単独行動で、やはり黒衣大食軍は関係していなかったらしい。

外が妙に騒がしいことに気づく。

「何かあったのか」

「あれは、あの、あのお方が。えーと、いつも肩をいからせているあの」

「段《だん》様か」

「さっきからずっとやっているよ」

面白いことが起きている。高仙芝配下の段秀実《しゅうじつ》が、上官の将に激しい抗議をしているらしい。

撤退を知らされずに、平原に置き去りにされてしまった味方の兵がいる。それらを見捨てて安西の本拠地である亀茲《クチャ》に戻ろうとするとは何事かと、非難しているということだった。

高仙芝は旗下に残兵の救助を命じていたが、将らは速やかに動くことを優先して、すぐに動けない唐兵のことまで気が回らなかったのだろう。

段秀実といえば、奇人として名高い。だれであろうと相手に非があれば物申す剛直な性格で知られている。その段秀実の激越な声と、それに応じる将らの低い声が、幕越しに聞こえてくる。

牛蟻を助けようとしたときは必死で分からなかったが、窪地で葛邏禄族に囲まれていた唐兵の中にこの段秀実がいたらしい。段秀実は、見捨てられた唐兵を助けながら進んできたのだという。聞きしに勝る、変わった男だった。

牛蟻は配下の者に水を運ばせ、かいがいしく崔子龍の身体を拭いている。

「大兄は本当にすごい。滝みたいな勢いで葛邏禄族に突っ込んできた姿を見たときは、三国志の趙雲が現れたのかと思った」

古《いにしえ》の英雄の名に、心が痛む。それは幼き日の崔子龍が憧れ、成長してからも崔子龍の俠気を喩《たと》えた英雄の名だった。

どうやって牛蟻を助けたのか、あまり記憶がない。馬にしがみついて窪地へ駆け下りたような状態だったのだ。ただ、窪地の上に残した唐兵に、松明を数多く灯すよう指示しておいた。小手先でも威嚇にはなったらしい。蠅隊の急襲に浮き足立って、葛邏禄族の兵は退却した。

「高将軍もほめてた。かゆいところに手が届くって」

想像もしていなかった言葉に面食らう。

「高将軍が──」

急に耳の裏まで熱くなる。あの高仙芝から好い評価を得たことは、少なからず崔子龍の心を浮き立たせた。

牛蟻が、火傷の痕で覆われた顔の半分を腕でこすった。癖なのか、時おりその仕草を見る。

「その痕、痛むのか」

「いや、もうずっと前の火傷だから。でも時々かゆくなる」

「お前、出身は？　後宮に入る前の」

「江南《こうなん》。五歳のとき、お役人さんに連れてかれた」

皇帝に家僕として仕える宦官が、宮廷に補給される方法はいくつかある。

そのうちの一つが、各郡における徴発だ。中央政府から各地方に、宦官候補となる幼児を徴集するよう命が下っている。

なかなか子どもが集まらず、人さらい同然のやり方で連行されることもあると聞く。税が納められていないなど難癖をつけて、役人がその家の子を連れ去ってしまうのだという。

牛蟻は、中途半端に残った崔子龍の一物が屹立しているのを見て、ふしぎそうな顔をしている。

「ねえ、大兄。女と寝るってのはどういうもんかな」

牛蟻が無垢《むく》な目を崔子龍に向けた。女の中で達するということを知らないのだ。崔子龍の陽物は、商人の刃にかかった後、わずかだが成長した。宦官が数年に一度、再び芽を出した性器を切り取る手術を受けているというのも納得できる。

とはいえ、今や崔子龍も女の前では不能だ。

「もう忘れた？」

「いや、たまに女を抱いている夢を見る」

その寝覚めの悪さは、母親の夢の比ではない。ないはずの男根の先に、むずかゆさを伴った疼痛《とうつう》がある。

「せめて惚れた女であればと思うのに、夢に出てくるのはなぜか知らない女なんだ」

「そのほうがいいでしょ。好きな女だったら余計につらい。その女は長安に？」

「さあどうだろう」

もう崔子龍のことなど忘れているかもしれない。他の男のよき妻となり、今頃、子を産んで幸せに暮らしているだろうか。

「いい女？」

「そうだな、足が速い」

思わぬ答えだったのか、牛蟻は火傷のあるほうの目を瞬かせた。

杜夏娘が走るのはいつも、だれかのためだった。犬に追われて泣き叫ぶ子を見かけたときのことだ。周囲の男たちが刀だ網だと騒いでいる間に、杜夏娘は駆けだし、その子を助けた。杜夏娘の走りは困った人を援《たす》け、独りではないと知らせるための走りだった。崔子龍が陽物を失ったときも、杜夏娘は共にあろうとしてくれた。遠ざけてしまったのは、おのれの劣等感のせいだ。今となっては、卑屈な態度を取ってしまったことが恥ずかしい。杜夏娘に謝りたかった。

「それよりお前、幕舎でおれを殴ったろ」

咎められると思ったのか、牛蟻は飛び退《すさ》った。崔子龍は「勘違いするな」と掌を向ける。

「礼を言おうと思っていた。お前は殴る前に目で合図をしてくれた。それに小便をしてまで命を助けてくれた借りを返しただけだから、恩に着る必要はない」

牛蟻の合図のおかげで、動きを合わせて痛みを最小限にすることができた。派手に殴ったように見せて、実は手加減をしてくれていたのだ。

「そんなごまかしばかり上手くなってしまったよ」

照れた様子でうつむく牛蟻の背後の天幕に、大きな影が映る。

入ってきたのは高仙芝だった。元から狭い空間が、高仙芝が入ってさらに息苦しいものになった。

「身体は、大事ないか」

拱手の姿勢のまま肩背を動かして見せると、高仙芝の顔に安堵の表情が広がった。こんな顔を見せられたら、また尽くしたいと思ってしまう。高仙芝は、持っている財を全て配下の将や兵に与えてしまうのだと聞いた。余計なものは持たない。崔子龍が憧れる、気持ちのよい生き方そのものだった。

「閣下、伺ってもよろしいでしょうか」

なんだ、とおのれに似た目が崔子龍に向いた。

「怖いものはないのですか」

「むろんある。たとえば天鼠とかだな」

同時に破顔した高仙芝と崔子龍を、牛蟻がふしぎそうに見ている。崔子龍はひとつ咳払いをして再び問うた。

「それでは英雄とは何でしょうか」

今度は即答せずに顔をかたむける。思案に沈むとき、おのれはこんな顔をしているのだろうかと思った。少しして高仙芝は口を開いた。

「私は、長安の西市で趙雲と呼ばれる男を見たことがある」

思いがけない話を切り出され、崔子龍は瞬きを繰り返す。

「迷い子を連れ去ろうとした悪漢と、あろうことかその悪漢を庇《かば》う役人と、真っ向からやりあっていた。勇敢で頼もしかった。見ている者の胸を温かくする。ああいうのを英雄というのではないのか」

言葉が出なかった。それは崔子龍が高仙芝に対して抱いた思いと同じだった。

「どうやら私が見た男は今、臥《ふ》した龍となっているようだが、傷が癒えればやがて天にも臆せず飛翔するだろう。そう信じている」

高仙芝は自身の厚い胸を叩き、その拳を崔子龍の胸に当てた。

「英雄とは、戴《いただ》いた天に臆せず胸を張って生きる者だ。お前には何も恥じるものはないはずだ、崔子龍」

力強く温かい目がおのれを見つめている。こみあげてくる感情をどう処理していいのか分からなかった。

高仙芝は白い歯を見せる。

「お前に頼みがある。隘路を抜け、目的はほぼ達成できた。ただな、まだ取り残された唐の兵がいる。残兵をまとめるために、数名の将が平原に戻ることになった。それに当たり、蠅隊に協力をお願いしたい。辺監軍使には了承をいただいている。動けるか」

「あと四刻いただければ」

ここまで言われて断れるわけがない。

去り際、高仙芝は牛蟻に声をかけた。

「辺監軍使が探していたぞ」

涙ぐんでいた牛蟻が「は、は」と慌てて、外に飛び出して行く。

崔子龍も天幕の外に出る。心地よい風が身体をさらった。高仙芝の側で戦った、爽快な感覚が身体に蘇る。見上げると、常に人の頭上に君臨する天がある。地上の風にも揺るがず、どこまでも高くそびえていた。

六

強い日射しが照りつけている。

残兵の救出に割かれた兵の数は、唐軍全体の五分の一、数百だ。崔子龍は高仙芝配下の将らとともに、その任に当たることになった。

本軍と監軍の隊は既に亀茲《クチャ》に向けて出立している。夜が明ける前に、高仙芝は残兵救出のための斥候《せっこう》を立てていた。

黒衣大食《アッバース》軍は、唐軍が撤退したことに、とっくに気づいているだろう。昨日の大勝を思えば、戦果に満足して帰国の途についているかもしれない。

それでも、動けずに残った唐の兵を捕虜にするため、昨日まで合戦場となっていた平原に、まだ残っているということもあり得る。昨夜の唐軍への異常な執着を考えると、葛邏禄《カルルク》族の動きにも警戒が必要だった。

抜汗那《フェルガーナ》族の隊が立ちふさがっていた隘路までは敵の姿は見当たらないという連絡が、斥候から入った。抜汗那族はすでに帰途についたらしい。

崔子龍の蠅隊が先鋒となり、次に歩兵、最後に唐の将の騎馬隊という編成で、臨時の部隊は出立した。

隘路に到り、すっかり明けた陽の下で、崔子龍は両脇に聳《そび》える急峻な崖を見上げた。

この崖を馬で登ることは難しく、下の道を行き来するしかない。

唐将たちは、退路を奪われぬように、この地に百の兵を残した。隘路を抜けると、所々で残兵を見つけることができた。数十人でまとまっていた兵もあり、ほとんどが怪我を負っている。見捨てられて途方に暮れていたところに唐将の姿を見つけ、皆手を上げて喜んでいた。

陽が高くなったころ、崔子龍は唐将のもとにいる高仙芝の姿を見つけた。

「なぜここにいらっしゃるのです」

驚いて蠅隊の皆と駆けつける。不測の事態でも起きたのかと思ったが、そうではないらしい。

「私が自ら助けに行くべきだと思い返した」

「総大将のすることではありません」

抜汗那族を追い払ったときもそうだ。旗下の将に命じておきながら、総大将みずから乗り出して来た。

「万の兵を失ってなにが総大将か。私は敗将なのだ。生きている唐兵がいるならば助けねばならぬ」

高仙芝はこの敗戦におけるおのれの責を重く受け止めている。結局、高仙芝の指揮のもとで残兵をまとめることになった。

そのまま進み、平原を見渡せる高台に出た。身を隠しながら窺うと、平原には数万の死体が白日の下に晒されており、死闘の痕がそのまま残っていた。あちこちで、黒衣大食軍の兵が生き残った唐の馬を集めているのが見える。

　高仙芝が崔子龍を呼ぶ。

「ここまでだな」

　引き返すための指示を出している高仙芝の顔が、急に曇る。無言で平原の方に視線を向けた。崔子龍も平原を見たが、その光景に変化はない。

　耳を澄ますように目を閉じた高仙芝の姿を見て、崔子龍は地に耳をつけた。大地が揺れる音がする。その音が段々と大きくなる。顔を上げると、地平線に砂埃が上がっている。その数に絶句した。全軍ではない。それでも五百はいるように見える。

　唐軍は撤退しているというのに、黒衣大食はなぜこのような大軍を平原に出したのか。

　崔子龍がその意図を考えていると、退路を押さえていたはずの兵から報告が入った。

「葛邏禄族に隘路を取られました！」

　その声に、崔子龍は合点する。

「挟まれたか。ここには残兵しかいないのに、なぜ黒衣大食軍が戻ったのか」

　高仙芝は、彼方《かなた》の大軍を厳しい表情で見ている。

「目的はあなたさまでしょう。きっと葛邏禄族が早馬を出して黒衣大食軍に知らせたのです。唐の英雄を捕らえられれば、唐軍には大きな痛手となる」

「私がここにいることを、どうして葛邏禄族が知っている」

「葛邏禄族は昨夜我が軍を襲った後、あの隘路の付近にいたのではないでしょうか。今朝方、唐の斥候が来たのを察知して身を隠し、我々が隘路を通過して平原に戻っていく様子を、陰から窺っていたものと推察します。そこであなたさまの姿を見つけて、黒衣大食軍に連絡を取ったのではないかと」

なるほど、と高仙芝は顎をさすった。

「敵に見つかる前に逃げるべきです」

「逃がしてくれれば、だな」

あの隘路を通らなければ、退却できない。大棒を振り回して突破するという方法は、もう通用しない。葛邏禄族は友軍ではないし、こちらは怪我人や病人を抱えている。

崔子龍は高仙芝に跪《ひざまず》いた。

「献策をお許しいただけますか」

「聞こう」

「あの隘路は、枝分かれした支《し》の地形です。一方の道に誘い出して葛邏禄族を撃破するしかないと思います」

具体的には、と崔子龍は立ち上がって、木切れで地面に図を描いた。平原から隘路に到る道は途中でふた手に分かれ、それがまた合流して一本になり隘路に繋がっている。

「隘路の手前の崖下に窪んだ場所がありました。最初に蠅隊が葛邏禄族に攻撃を仕掛け、少しずつ引いて、葛邏禄族をこの窪地に誘い込みます。その間に、二股のもう一本の道から速やかに隘路を抜けてください。傷病兵は馬にくくりつけるなり、体力のある者に背負わせるなりして、走り去るのです」

「それでは蠅隊を見捨てることになる」

いいえ、と崔子龍は首を振った。

「あの隘路の崖は、人ならばかろうじて登ることができます。屈強な弓兵を集め、崖上から葛邏禄族に向かって矢を放ってください。弓兵は三十、いえ二十あればいい。一瞬の虚ができれば、蠅は突破できます」

「連中の狙いが私だとすると、そう簡単に誘いに乗ってくるだろうか」

「最初に激しく攻撃を仕掛け、やつらの意識を蠅隊に集中させれば可能かと」

蠅隊に危険を強いる戦法である。高仙芝は、しばらく考えていた。苦しげな表情を見せる。

分かった、と高仙芝は頷《うなず》いた。

七

無茶をしている、という自覚が崔子龍にはあった。

高仙芝に認められたいのだ。認められたところで、監軍使の隊から高仙芝の配下に移れるわけではない。求めるのは、配属や役職のことではなかった。

日射しが照りつけるなか、怪我人を乗せた唐の部隊は無言で動き出す。

馬首をならべていた高仙芝と分岐点で分かれた。背後に黒衣大食《アッバース》軍の動きは感じない。単に威嚇のために平原に陣を敷いたのかもしれない。

とすれば、高仙芝を捕らえる役目を与えられているのは葛邏禄《カルルク》族ということになる。駆ける足を速める。葛邏禄族の兵が数騎見えた。斥候だろう。思っていたよりも手前でぶつかることになった。先の隘路には、葛邏禄族の本隊が控えている。

――これでは駄目だ。

本隊もこちらに引きつけ、隘路から離しておきたい。

相手の隊長と目が合いそうになって、息を飲んだ。顔を直視しないようにして、心を落ち着ける。どうやら、相手が昨日、自分たちを苦しめた隊だと気づいたらしい。崔子龍を指して何か叫んでいる。

――今度は倒れぬぞ。

片耳に布を詰めてあった。戦場で耳を塞ぐのは危険を伴うが、片方が塞がることで自分に向けられた怒号を緩和してくれる。

むろん、胡兵の罵倒が聴こえないわけではない。糾弾する異国の言葉が崔子龍の心臓を絞めつける。背に冷たい汗を感じながら、敵の猛攻を押し返す。ここで力負けするわけにはいかなかった。劣勢と判断したのか、葛邏禄族はもう二隊の騎馬隊を出した。主力のようだった。崔子龍はよし、と心中で声を上げた。

押されているように演じて、少しずつ引いていく。計画通りに窪地に誘いこんだ。今頃、手薄となった隘路を高仙芝が駆け抜けているだろう。

蜖隊は崖下を背に追い込まれた形になっている。ここに葛邏禄族を引きつけておかねばならない。殺されてはならない、しかし押しすぎてもいけない。力加減が難しかった。

二刻が過ぎた。そろそろ演技も限界だった。崖の上から石がこぼれ落ちる。弓兵だ、と思った。矢が降り注ぐのを待った。

しかし何も起こらない。

配下の兵も、戸惑っている様子である。

崖上を敵兵に押さえられてしまったのだろうか。弓兵が動けない理由が何かある。この場を逃げ切る方法を崔子龍が考え始めたとき、背を預けていた味方の騎兵が斬りつけてきた。

一太刀目は避けきれず、肩に傷を負った。次の攻撃はかろうじて防いだが、馬がいなき、崔子龍は振り落とされた。葛邏禄族の兵に囲まれそうになる。羊暗が駆けつけて数騎を追い払ってくれた。何とか敵の刃を凌《しの》ぐ。

襲ってくる唐の騎兵の手綱に刀をかけ、馬上から引き落とす。落馬した兵の首を掻《か》っ切り、その馬に騎乗した。

――どういうことだ。

崔子龍に攻撃を仕掛けてくる味方の者たちの顔を確かめる。皆、残兵を助けに戻ることになったときに、補充として辺令誠の取り巻きの隊から蠅隊に割かれた兵たちだった。辺令誠の澱んだ碧い目が、こちらを窺っている。そんな想像がよぎり、肌が粟立った。崔子龍はこれまで幾度も辺令誠に逆らった。辺令誠は幕舎で崔子龍を殺し損ねたが、ずっとその機会を窺っていたのではないか。

であれば、弓兵は来ない。

来ることができないのではない。弓兵は来ないのだ。

高仙芝が崔子龍を見捨てるとは思えなかった。おそらく、辺令誠は高仙芝の配下の将たちを脅しているのだ。怛羅斯《タラス》の大敗を取りなす代償として、崔子龍が襲われても助けないように求めている。将たちは高仙芝の今後のために、その要求を飲んだのだろう。

腹の奥から、自嘲がこみ上げてきた。

おのれは唐将たちによって辺令誠に売られたのだ。友に裏切られ、男の一番大事な部位を失ったというのに、何も学んでいない。葛邏禄族の隊と味方の兵から攻められ、必死で耐えている旗下の兵を思った。自分に従ったばかりに無駄死にさせることになってしまった。

――いや、死なせるものか。

崔子龍は気を静めた。身内に敵がいる。応援はない。

一点突破を図るしかない。どこか一か所あればいい。崔子龍は、切り抜ける道を見出そうとした。

そのときだった。目の前の葛邏禄族の兵が一騎、二騎と沈んだ。そして、頭上から切れ目なく矢が降ってくる。

葛邏禄族の隊がひるむ。その隙を見逃さなかった。

崔子龍は、敵の中に突っ込んで行く。突破口ができた。蠅隊の兵たちが続く。しかし、辺令誠の取り巻き隊の兵たちもついて来てしまっている。

取り巻きたちと先を争うように、隘路を目指す。新手の騎馬隊が隘路から向かってくるのが見える。その隊を突破しなくてはならない。蠅隊は加速した。

しかし、近づいてくるのは敵ではない。唐の、蟻隊だった。

「先に抜けろ！」

牛蟻の叫ぶ声が聞こえた。

蟻隊の騎兵たちは、馬の横顔を向け刻み足になって、蠅隊を待ち構えている。

――盾走《じゅんそう》。

よく訓練された兵にしかできない決死の態勢だ。蟻隊と蠅隊がすれ違う。ところどころで、馬同士がぶつかり合う。蟻隊は、辺令誠取り巻きの兵を狙って、正確に体当たりを仕掛けていく。

隘路に残っていた葛邏禄族の兵は、蟻隊が片付けておいてくれたらしい。難なく抜けることができた。しばらく走ると、背後から追うものの気配がある。追いついてきたのは蟻隊だった。崖上の弓兵も蟻隊の兵だったらしい。

「話は後だ！」

牛蟻は崔子龍の顔を見るなり、叫んだ。事情を訊こうと速度を緩めた崔子龍を、追い越して行く。崔子龍も馬を駆り、再び足を速めた。

八

日が暮れようとしている。

隘路を抜けてからも、蝿隊と蟻隊は走り続けた。葛邏禄《カルルク》族の追跡がないことが分かると、ふたつの隊はようやく下馬した。

馬を休ませるように指示を出しているうちに、崔子龍は牛蟻の姿を見失った。蟻隊の兵に居場所を尋ねると、切り立った岩山の上に登ったという。そこで牛蟻は一人で鎧を解いていた。赤い陽が顔の火傷痕を照らしている。

崔子龍に気づくと、牛蟻は得意気な顔を見せた。

「昨日は高地を取られて苦戦したからな。今日はやり返してやった」

隘路の崖を覚えていて、高所から弓を使うことをすぐに思いついたらしい。崔子龍と同じ事を考えていたのだった。

「なぜ、戻ってきた。高将軍の命令か」

まさか、と牛蟻は笑う。

「高仙芝とは、ここに来る途中ですれ違った。あの男は事情を知らないだろう」

牛蟻は高仙芝を呼び捨てにした。いつもの牛蟻とは様子が違う。その貌は愚鈍な男のものではない。

「分かりやすく話せ」

そうだな、と牛蟻は腕を組んだ。何から話そうかと思案している様子である。それから、周囲を見渡した。岩山の上には牛蟻と崔子龍の二人しかいない。牛蟻は口を開いた。

「辺令誠の護衛をしながら退却していて、ある考えに到ったんだ。でも、これはおれの推測だから、話半分で聞いて欲しい」

明朗な話し方をする。

この男は愚者を演じていたのか。それは宦官の処世術なのか。まるで別人のようだった。

「話は、四年前に遡《さかのぼ》る。葱嶺《パミール》越えの大遠征で、高仙芝は奇跡の大勝を成し遂げた。でも、それを報告する書面を上官の節度使を通さずに、直接都に送るというへまをした。激怒した節度使に殺されるところだった高仙芝を助けたのが、同行していた監軍使の辺令誠だ。皇帝に高仙芝の功績を強調して報告し、逆に節度使を解任させた。そのおかげで高仙芝は命拾いをし、今の節度使の地位を得ることができた」

先の大遠征の功績で、高仙芝が節度使に就いたのは崔子龍も知っている。だが、その裏で辺令誠が動いていたことは知らなかった。崔子龍が監軍に配される前の話だ。

「その際、高仙芝は監軍使への対応を誤ったんだ。辺令誠への礼が足りなかったんだ。大体、高仙芝のように地位や才気があっておまけに容色にまで恵まれているとくれば、いかにも宦官に妬まれそうだ」

「それが、おまえの行動とどう関係しているのだ」

まあまあ、と牛蟻は崔子龍を制するように手を上げる。

「とにかく、辺令誠は高仙芝に対して激しい憎しみを抱いている。高仙芝は上官や監軍使の扱いは下手だが、戦にかけては一流の知将だ。おれはね、葛邏禄族の裏切りを、あの高仙芝が見誤るとは思えないんだ」

「辺令誠が何か仕組んでいたというのか」

「高仙芝が葛邏禄族につけた内偵を買収していたと思うね。そもそも葛邏禄族の離反自体が、辺令誠が焚きつけていたことなのかもしれない。それに、唐軍が崩れるのがいやに早かったと思わないか」

あのとき、唐軍は勝ちの態勢になっていた。ほころびが出たからといって、簡単に崩れるはずがなかった。それほど充実していたのだ。

しかし、あっという間に戦局が変わってしまった。

「葛邏禄族以外にも、辺令誠は敗戦の種を仕込んでおいたんじゃないかな。自分自身は安全なしんがりにいてね」

番兵《ばんぺい》だけではなく、唐兵の中にも裏切り者がいたという牛蟻の想像は、崔子龍をぞっとさせた。あの平原一面に打ち捨てられた、おびただしい数の死体が目に浮かぶ。

「大兄が葛邏禄族の裏切りを察して報告したのに、辺令誠は無視した。あいつの頭の中は、高仙芝を自分の足元に跪かせる画策でいっぱいだったというわけだ」

「ただ溜飲を下げるために、辺令誠は何万という人命を犠牲にしたというのか。自国の兵だぞ。ありえない」

「それが宦官のやり方だ」

きっぱりと牛蟻は言い切った。

「何人死のうと関係ないんだよ。よく考えつくものだというような方法で報復してくる。あいつは、大兄が高仙芝に惹かれているのに気づいていた。それが分かっていて、大兄が殺されそうになっても助けないように、高仙芝の旗下の将に要求したのさ。あの男は旗下の者たちに慕われているからな。高仙芝の命を盾にされたら、将らは断れない」

語勢を強め、牛蟻は沈みゆく陽を睨んでいる。

高仙芝は辺令誠に屈しなかった。それゆえ、辺令誠は部下を使ってあの英雄を支配しようとしたのだ。そうすることによって、崔子龍を苦しめかつ殺すことができる。はじめは荒唐無稽に思えた牛蟻の話も、考えれば考えるほど頷《うなず》けるのだった。

「辺令誠の企みについては、おれもそう思う」

亀茲《クチャ》までの道のりは、山脈など危険な箇所も多い。辺令誠は取り巻きを蝿隊に入れ、機会をみて崔子龍を殺すよう命じていたのだろう。

ただ撤退に入る前に敵が現れて、崔子龍が敵を引きつける役を申し出たので、辺令誡の取り巻き隊の兵たちはそれを利用しようとした。

そして、唐将らは崔子龍を助けるための弓兵を出さなかったのだ。

「辺令誡が昨日の大敗を仕組んでいたとは、まったく気づけなかった」

「大兄はおれたちとは生まれが違う。ちゃんと後ろ盾があるだろ。宦官とは別の、朝廷との繋がりがある。監軍使の下では異色の存在で、辺令誡も警戒していたから」

生家とは疎遠になっているし、左率府を去って以来、朝廷内の情報など他の兵と同程度しか入ってこない。それでも、辺令誡が小ざかしい蠅めと罵《ののし》って崔子龍を遠ざけていたのは、胸の内に警戒心があったからかもしれない。

「辺令誡の真意がそこまで分かっていて、なぜおれを助けた。推測だといいながら、確信しているのだろう」

「大兄、おれはね」

牛蟻が崔子龍に視線を向けた。哀しげな、それでいて熱を帯びた目だ。

「まだ道理も分からないうちに、突然大事なもんを切られて、後宮に連れて行かれたんだ。それまで住んでいた村とは全くの別世界だ。おれは生きるために周りの人に媚《こ》び倒してきた」

牛蟻は、火傷の痕をさする。

「おれ、もともとは見てくれも悪くなかったらしい。お前が可愛いからこんなことになってしまったって、親が泣いていたのを覚えているから。あのとき、役所に徴集されていなければ、生まれた村で幸せな人生を送っていたかもしれない」

地方の各郡で徴集されるのは、利発で声色の良い美童だといわれている。宦官の容貌は崩れるのが早いとも聞くが、牛蟻はまだ若い。半分が焼かれているとはいえ、残り半分にその面影がある。

「後宮に入って最初の頃は良かったんだ。掃除やら雑務で毎日くたくたになるまで働かされたけど、おれは妃や女官に人気があって、ちやほやされていたから。とはいっても、皇帝のお呼びがかからず、閨《ねや》で寂しくしている女たちだ。呼ばれれば舌耕やら、股間以外の身体の全てを使って女を喜ばせるために奉仕しなくちゃならない。それでも、見たこともない菓子をもらったり、楽しいこともあったんだ。でもね、上の宦官は、おれが受けていた恩恵が気に入らなかったらしい。それで、おれは顔を焼かれた。醜くなったおれは用済みで、死と隣り合わせの監軍行きさ」

後宮内における女官と宦官の関係については、崔子龍も聞いたことがある。しかし、うわさ程度のことで、その内情はよく知らない。

「監軍使の下について、おれのこれからの人生はどうなるんだろうね。どこにいたって気持ちのよい生き方は期待できない。運よく生き延びてここで出世したとしても、権を持てば辺令誠みたいな奇怪な化け物になる。横暴は上から下へ連鎖する。辺令誠から次官へ、次官からこのおれへ」

「いや、お前は辺令誠とは違う」

崔子龍の声に、牛蟻は首を横に振った。

「宦官の先輩たちを見ていると分かるんだ。出世して化け物に変貌しなかった人はいない。おれも同じだ。小隊の隊長という今ですら、嗜虐的《しぎゃくてき》な気持ちになることがある。それだけの闇が腹の中で渦巻いている。気に入らない男を跪かせるためだけに、何万の兵を殺してもなんとも感じないような、深い闇だ。おれは、そういう業《ごう》の中にあるんだ」

牛蟻はそう言って、大きく息を吐く。そして、顔を上げた。

「そのおれが、はじめて叛《そむ》いた」

牛蟻も崔子龍も、赤い陽光の中にいる。落日は、地平線に沈みきる前に、一度その色を強めた。濃く照らされた牛蟻の横顔が、凜としている。

「それがまた、あなたのためというのがよい」

はじめて見た牛蟻の素顔だった。牛蟻は脱いだ鎧を持ち、軽快な足取りで岩山を降りた。途中で崔子龍のほうを振り返って、呆れたように口を開けた。

「なんて顔をしてるんだ。大丈夫だって。おれは宦官だから、ちゃんと自分が助かる算段はしている。辺令誠が大兄を殺そうとしていたことを、段様は何もご存じない。だから、おれが本隊を離れたとき、驚かれて部下におれを追わせたんだ。理由を問われたから、おれは大兄が危ないとだけ言って、そのまま駆けた。今頃事情を調べていらっしゃるだろう」

「お前はあの方と、葛邏禄族に追い詰められた死地をともに切り抜けた仲だものな」

「そうさ、あのとき助けてくれた大兄にあの方は恩を感じている。大兄が泣きつけば、きっとおれたちのことを辺令誠から守ってくれるさ」

段秀実のことを考えると、なにか愉快な心強さが湧いてきた。なるようにしかならないという気がしてくるのだった。

「替え馬もないことだし、蝿と蟻はのんびり本隊を追いますかね。今日はここで野営しましょうや」

牛蟻はそう言ったが、翌日からの蝿隊と蟻隊の動きは速かった。だれを守るわけでもなく、敵に追われるわけでもない。肩の怪我はもちろん痛んだ。それでも、草原や湖岸を駆けるのは気持ちが良かった。

亀茲に着く前に、二隊は本隊に追いついた。

ちょうど日没で、宿営を張っているところだった。

崔子龍を見た高仙芝の顔にはまず安堵の表情が広がり、やがて苦悩の色が満ちた。

「すまぬ、崔子龍」

高仙芝は後から事情を知って気を揉《も》んでいたらしい。旗下の将がおのれのために起こした行為に心を痛めているのだ。意に反するものであっても、旗下の将の行為は高仙芝自身の行為も同然となる。辺令誠は、人を支配する方法を熟知している。

「私の認識が甘かったようだ」

高仙芝は思いつめたような顔で地の一点を見つめている。一隊長のためにここまで苦しんでいる。崔子龍にはそれだけで十分だった。ただ「高将軍もご無事で」と崔子龍は拱手した。

一方、辺令誠は、姿を見せた崔子龍と牛蟻にうつろな目を向けた。

牛蟻はいつもの鈍物に戻っていた。「大兄が心配だったんで」と言い訳をする牛蟻を、辺令誠は杖《じょう》で打つように命じた。辺令誠の護衛を命じられながら、それを放棄して崔子龍を助けたのだから当然の罰ではある。牛蟻は打たれるままになっており、段秀実が止めなければ打ち殺されていただろう。

段秀実は、例の苛烈さで辺令誠を責めた。旗下の者に対する仕打ちを痛烈に批判し、辺令誠の許可も取らずに「お前は休んでいろ」と勝手に崔子龍に命令する始末だった。

さすがの辺令誠も段秀実が苦手らしい。辺令誠が何も言わないので、崔子龍は段秀実の言葉に従ってその場を辞した。

——世の中には、変わった人がいる。

段秀実の怒鳴り声は、本隊とは離れた監軍使の隊の幕舎中にまで聞こえた。崔子龍は羊暗に肩の傷の薬を替えてもらい、倒れるようにして眠りに落ちた。

九

しめやかな冷気を感じて、目覚めた。

天幕を出るとまだ暗い。静けさの中に異様な気配を感じて、その原因を探す。松明を持った羊暗が追ってきた。

「何か気になることでも？」

問いには答えずに、野営の陣の外に出た。林の中にその気配がある。崔子龍は駆けだしていた。

光のない低い木々の合間で、蟻隊の兵たちが泣いている。何があったのかと訊いてもだれも答えない。慰めあうように肩を抱き、さめざめと涕泣《ていきゅう》している。

背後にいる羊暗の手から松明を奪った。辺りを照らしても牛蟻がいない。

兵たちの中心に、筵《むしろ》をかけられ、横たわるものがある。崔子龍は筵を取った。顔の皮が剝《は》がされている。それは牛蟻だと思われた。抱き寄せると、頭皮がずるりと動いた。

「どういうことだ」

遺体の側で咽《むせ》んでいる蟻隊の副隊長に、静かに訊いた。

崔子龍が辺令誠の前を去った後、長々と諫言《かんげん》を続ける段秀実を、夜も更けるからと他の将校が止めに入ったのだという。いったんは解散となり、それぞれの宿営に移った。

その後、あらためて牛蟻は辺令誠の幕舎に呼ばれた。辺令誠は牛蟻に身体を揉ませ、その礼として饅頭《まんとう》をひとつ与えた。

饅頭を口にした牛蟻は、血を吐いて悶絶し、息絶えた。辺令誠は、取り巻きの宦官に命じて動かなくなった牛蟻を辱《はずかし》め、非道な暴行を加えたのだという。

聡い男だから、死ぬと分かっていて食べたのかもしれない。蟻隊の兵たちは、牛蟻の骸に寄り添っている。

——これだけ慕われていて、化け物などであるものか。

蟻隊の副隊長が慟哭する。崔子龍はそれを咎めた。

「静かにしろ。密やかに済ませるぞ」

炎に照らされたいくつもの赤い目が崔子龍に向く。

「まずは、聴子《ちょうし》を押さえる」

聴子とは、宿営で哨戒《しょうかい》に当たっている見張りを指す。暗闇の中、敵の動きを耳で探るため、そう呼ばれる。蟻隊の兵たちは互いに顔を見合わせ、やがて深く頷いた。

崔子龍は羊暗のほうを振り向く。

「今からお前が蠅隊の隊長だ。これから起こることは、見て見ぬふりをしてほしい」

羊暗は松明を地に置くと、土をかぶせて火を消す。あたりが闇に沈むと、淡々とした声が返ってきた。

「蠅隊の長はあなただ」

どこか役務めいた口調が続く。

「命じられれば蝿隊は動きます。あの男、いつか殺してやれたらと皆が思っているのです。ただ、おいしいところは蟻隊に譲りましょう。それくらいの分別は蝿にだってある」

おかしな男だった。この男は自分を嫌っているのだと思っていた。今でも友好的な態度とは言い難いが、律儀に従うつもりらしい。

「失敗すれば命はない。お前たちを巻き込みたくない」

「このまま辺令誠の側にいても、ろくな生き方はできません。今は遠征の帰途、だれがどうなってもおかしくない中で辺令誠が死ぬ。死んでしまえば、監軍内のいざこざには、高仙芝も目をつぶるのではないですかね」

怜悧な頬が動き、白い歯が垣間見えた。笑ったようだった。

蝿隊と蟻隊はあわせて六十人弱、みなで動けば目立つ。哨戒や護衛に付いている者を蝿隊の精鋭が押さえ、辺令誠の眠る天幕に崔子龍と蟻隊の腕利きが乗り込むことになった。ほかの隊員は、周囲に張られた天幕に潜んで待機する。

辺令誠の休む天幕に、羊暗らが忍び寄る。見張りの者らの影が、ひとつ、ふたつと静かに崩れていく。

天幕の出入口の前で、羊暗が合図を送った。東の空がうっすらと明るみ始めている。

——夜明け前にしとめる。

蟻隊の精鋭を率いて、崔子龍は天幕に近づく。

手が震えていた。あの碧い目と対峙する恐怖に、身体が怯えているのだ。外の異変に気づいたのか、天幕のなかから護衛がひとり姿を現す。羊暗が背後からその首に短剣を突き立てる。

羊暗の手引きに、意を決して天幕のなかへ忍び込む。異様な空気に、崔子龍は一瞬たじろいだ。控えていた護衛は五名。小さな燭台がひとつだけ灯されている。

枕頭《ちんとう》の刀を手にした男の影に、崔子龍は目をみはった。がっしりとした身体つきも、素早い動きも、辺令誠のものではない。

「なぜここに――」

高仙芝がいるのか。ここは監軍の、辺令誠の宿営のはずだ。だが、おのれに似た顔が目を見開いていた。

こちらはすでに高仙芝の護衛を何人か殺している。言い逃れのできない状況になっていた。

「大将、これはいけません。逃げますよ」

立ち尽くす崔子龍の腕をとり、羊暗がすばやく身をひるがえす。蟻隊の兵たちとともに、天幕の外に飛び出した。

崔子龍は走りながら、羊暗に命じる。

「近くの天幕を探せ！　辺令誠を引きずり出すんだ」

ところが羊暗は摑んだ腕を離さない。騒ぎを聞きつけた兵が、ばらばらと集まってきている。

「もう無理です。ほかの将が出てくる前に逃げなくては」

いくつかの天幕を抜けると、何頭もの馬が繋いであった。羊暗は崔子龍を左腕で抱きあげて騎乗する。

「離せ、羊暗」

傷で痛む肩を押さえつけられ、羊暗の力に抗えない。待機を命じていた蟻隊と蠅隊の兵らが追ってくる。崔子龍の代わりに、羊暗は両隊の兵に号令をかけた。

「馬に乗れ、すぐに発つ！」

兵らが飛び乗った馬には、荷が括りつけられていた。逃亡の手配まで羊暗は済ませていたらしい。頭に血が上って、崔子龍は仕損じたときのことまで気が回っていなかった。

馬上で羊暗に押さえつけられながら唸《うな》ることしかできない。

白みはじめた東に向かって駆ける。背後を見やると、追っ手と刀を交える蟻隊の兵らの姿がみえた。

「引き返せ。蟻隊が殺されている」

羊暗が崔子龍を押さえる力をさらに強める。

「あなたを逃がすためです。戻ったらあの者らの死が無駄になる」

「おれのために死ぬなど莫迦《ばか》な話があるか、引き返せ！」

西にある宿営はまだ夜の暗がりのなかに沈んでいる。
——辺令誠、必ずお前を殺す。
絶叫が薄明の風に消えた。

第二章　走る民

一

山の暁《あかとき》降《くた》ちに、深い霧が沈んでいる。

うごめく煙霧《えんむ》には、複数の人の匂いが微《かす》かに残っている。そのなかからひとすじの香りをたぐり、真智《しんち》は慎重に足を進める。

つい先ほど、松明《たいまつ》の炎に照らされて、霧にぼんやりと浮かぶ白い胸元を見たのだ。山育ちの真智は常人よりも目がいい。遠目にもその女が寄りそう男の服の色を見逃さなかった。太陽を象徴する赤黄色《せきおうしょく》の袍《ほう》を身にまとえるのは、この国でたったひとりしかいない。

——唐国第六代皇帝、李隆基《りりゅうき》（玄宗《げんそう》）。

天宝十四載《さい》（七五五年）十一月、もとより今日は御幸《みゆき》の日取りになっていた。しかし夜明け前に皇帝が訪ねてくるとは、この義恵寺《ぎけいじ》でも思っていなかったのだろう。僧らが慌てた様子で手引きしていた。

皇帝と寵姫《ちょうき》である楊貴妃《ようきひ》が霧中に残していったのは、黄菊花《おうきつか》とおしろいの匂いの混ざったふくよかな香りだ。寺でこのような艶《なま》めかしい匂いをまとう者はいない。そのかすかな手掛かりをたどり、急遽整えられたであろう皇帝の居場所を探っていく。

いくつもの峰が重なって山塊《さんかい》をなす驪山《りざん》は、長安から東に約六十八唐里《とうり》（約三十キロメートル）の位置にある。この山の麓には、天下に知られる名湯があった。

唐の第二代皇帝太宗《たいそう》はこの温泉地に宮殿を造り、今の皇帝がそれを広げたのが華清宮《かせいきゅう》である。楊貴妃を側に置くようになって以来、冬になると、皇帝は避寒のために華清宮に留まるようになった。今日はその華清宮から、山腹にある義恵寺まで訪ねてきたのである。

真智には皇帝に訴えねばならぬ大事がある。そのために昨夜、この寺に入った。

──宰相《しゃし》楊国忠《ようこくちゅう》の不正を糾《ただ》す。

皇帝の奢侈などで破綻しかけた財政が、楊国忠の手腕により立て直されたとも言われている。しかし事実は、親族である楊貴妃の寵愛をよいことに、楊国忠は国庫の金を思うままに懐に入れている。

真智が腰に下げた三本の竹の水筒のひとつには、何年にもわたって楊国忠が公金を着服した記録と、関係する官人が結束を固めるために連ねた直筆の詩が潜《ひそ》ませてある。これを皇帝に献上して、楊国忠の不正を訴える。

これまで楊国忠を糾そうと試みた者は、ことごとく冤罪で排除されてきた。訴えを封じんとする力に、真智は抗おうとしている。

警固《けいご》の手薄な今は、まさに好機だった。

見上げるほど大きな仏殿が、真智の前に立ちはだかった。香りの筋を見失い、思わず舌打ちする。

戸口から仏殿を覗くと、なかまで白い霧が入り、点々と置かれた燭台の炎がゆらめいている。荘厳な仏像や、その前に並べられた黒や金で装飾された法具を、赤々と照らし出していた。長安の大きな寺にも見劣りしない豪奢な仏殿だ。まだ得度を受けていない、髪を双頂《そうちょう》に束ねた童子たちが、白い息をまきながら懸命に掃除をしている。皇帝の来訪のために、夜明け前から支度をしているのだろう。

立ち去りざま、童子らの囁《ささや》きを耳が捉えた。おのれの話をしているらしい。まさか試みが漏れたのかと、真智は戸口の外に身を隠して耳をそばだてる。

「武威《ぶい》の寺から来たというその若僧は、師の三蔵《さんぞう》に匹敵する天童、婆羅門《ばらもん》の経典をことごとく読みこなすというぞ」

だがなと、ここからが肝要とばかりに声が潜まる。

「素行に問題があるらしい」

興味を掻き立てられた童子らに先をうながされて、もったいぶった様子の言葉が続いた。

「おのれの頭の良さを鼻にかけて、和尚らを言い負かしては悦に入っているのだそうだ。いくら頭がよかろうとも、得た知識を人のために使わなければ仏門とはいえぬ」

ただの陰口だと分かり安堵する。

「尊大で鼻持ちならぬ男らしい。あの僧を良くいう者はいないと聞くぞ」

「わたしも悪い噂を聞いた」と神妙な、しかしどこか嬉々とした別の声が続く。

「裸になって山を駆け上ったり、樹木の枝を猿のように渡ったりする。礼も知らぬ野人のような男らしい」

ほう、と童子たちの訳知ったような複数の相槌が続く。

――このがきどもめ。

当人がいないと思って、言いたい放題だ。山育ちの真智がどこをどう走ろうと小童《こわつぱ》どもの知ったところではない。「野人をこの寺に置いてもよいのだろうか」と案じる声を背に、真智は仏殿を後にする。

僧房の脇を抜け、裏庭に出た。さらに深まった霧の先に、複数の者が走り去る気配がある。鼻をかすめた血の臭いに、駆けだしていた。

かき分けるようにして濃霧のなかに飛び込むと、うつ伏せに倒れている者がいる。まとっている青衣《せいい》で、すぐに奴婢《ぬひ》だと分かる。

「大事ないか。今、人を……」

助け起こして絶句した。既に事切れている。肩から縦にばっさりと斬られ、白目を剥《む》いていた。人の去る気配は、下手人のものだったのかもしれない。慌てて周囲を見回して、腰を抜かしそうになった。背後の白霧にひとつ人影が佇《たたず》んでいる。全く気配を感じなかった。

阿吽《あうん》像のような大きな目をした若僧だ。歳は十四、五か。真智と同じ年頃に見える。まるで人を斬ったばかりのような、殺伐とした気が全身から立ち上っていた。

「お前が殺したのか」

「あなたが殺したのか」

ふたりの言葉が重なった。

「私ではありませんぞ」

真智は慌てて弁解する。おのれは僧だぞ、という言葉を飲む。互いに僧なのだ。相手は近づいてくると、遺体を横目でにらんだ。

「今日の遊興に出る者か。殺されるとは」

若僧が遊興と言ったのは、皇帝のために行われる催しのことだろう。義恵寺は武で知られており、演武を披露するものと思い込んでいたが、どうやら違うらしい。

「僧が皇帝のために奴婢を使役するとは嘆かわしい」

余計な一言が真智の口から漏れる。ここで揉《も》めごとを起こすのは賢明ではないと頭では分かっている。それでも口に出してしまうのは、真智の悪い癖だ。殺気立った目が真智に向く。

「陛下の御前で、官奴婢《かんぬひ》が競走を行う。この奴《やっこ》も華清宮が出した者だ。上位の者には陛下が望みを叶えてくださる。奴婢らにとって悪い話ではない」

僧衣の上からでも鍛え上げた肉体が分かる。それでいてどこか荒《すさ》んだ感じもする。毛を逆立てた猫をなだめるように、真智はゆっくりと訊いた。

「一体どのような競走なのです」

「驪山の頂上までを往復し、上位五名には褒美を与え、二等まではさらにその望みを叶える。脱落者や遅い者には罰を与える」

律儀に答え、「骸《むくろ》は裏門に出しておけ」と仏門とは思えぬ非情な言葉を吐いて、立ち去ろうとする。

「陛下は仏殿からその競走をご覧になるのでしょうか」

真智が一番知りたいのは皇帝の居場所だ。若僧の腕を摑んだつもりが、その手が空を切った。やはり武術の心得があるらしい。

「お前、見ない顔だな。近ごろは陛下の命を狙って、寺に潜り込む者が後を絶たぬ」

若僧の佩《は》いた刀の鍔《つば》が鳴った。嚙みついてくるか、と構えたときだった。

「圭々《けいけい》、どうした」

振り向くと、背後の白霧から人影が浮き上がった。いつの間にそこにいたのか、中肉中背の男が霧のなかに紛れていた。

厚手の袍を着込み、介幘《かいさく》（被り物）を頭に戴いている。剃髪はしておらず、男が皇帝の従者であることが分かる。寵姫が連れた宦官《かんがん》だろう。腰には服装に不釣り合いな獣の角の飾りを下げていた。

圭々と呼ばれた若僧から殺気が消え、すみやかに宦官の側に控える。この宦官がそれなりの地位にあるのが窺《うかが》えた。

「この者が殺したのか」

宦官の目がちらりと真智を見る。この場で詮議されては厄介だ。水筒に忍ばせた文書を見咎《みとが》められれば、皇帝に訴える前に揉み消されてしまう。どうやってこの場をやり過ごすか、真智は策を廻らせる。

だが宦官は真智を一瞥《いちべつ》しただけで、さらに問い質そうとはしない。腰を落とし、骸の顔を確かめている。

「これは足が速いと期待されていた奴ではないか。寺でしっかり管理しろと言いつけておいたのに。陛下の楽しみを損ねてしまう」

まるで人を物のように言う。それが真智の癇《かん》に障った。同時に閃《ひらめ》きがおりてきた。

「では私が代わりに走りましょう。足には少々自信がございます」

上位になれば天子の御前に上がれる。となれば、こそこそと皇帝の居場所をさぐる必要もない。走りなら、だれにも負けない。

「僧の出る幕ではない」

余計をするなと圭々が目で咎めてくる。この頭の固そうな男には、正論が効きそうだ。

真智は咳払いをし、戸惑いの表情を作る。

「そもそも、なにゆえ僧が皇帝の遊興の下働きをしているのです？」

圭々は少し面食らった様子を見せ、言いよどんだ。

「この寺は、皇族の寄進で成り立つ。お布施がなければ飢えた者を食わすこともできず、病んだ貧民を癒すこともできぬ」

「だからといって、王者の遊興のために奴婢を走らせるとは非道ではありますまいか。世の底で苦しむ者たちとともにあらんとするのが、われら僧の務めでは」

圭々の大きな目が瞬《また》き、やり場を失ったように泳ぐ。真智はさらにたたみこむ。

「われら僧は世の理《ことわり》から外れた立場にあり、よって俗世の身分にもとらわれない。奴婢にむち打って治者《ちしゃ》のために走らせるとは、真の僧の姿とはかけ離れていると思うが、いかがか」

詰め寄る言葉に、圭々はとうとう顔を背けた。

存外、悪いやつではないのかもしれない。真面目に捉えている様子で、からかう分には面白い。少しして、圭々は開き直ったように言い放った。

「奴婢の競走に僧が交じるなど、陛下がお許しにならぬ」

よい答えが思いつかなかったのだろう。内心、笑いをこらえる。それまでふたりのやり取りを聞いていた宦官が、乾いた含み笑いを漏らした。

「なるほど、お前が噂の天童か。なんぞ、すこぶる健脚だとか」

宦官は奇異なものでも見るように目を細め、「よい」と短く言い放った。

「わしが陛下にとりなそう。競走に出るはずだった官奴がひとり死んだゆえ、足に自信のある若僧を代わりに出す旨、お伺いを立てておく。陛下も変わったことを好まれるゆえ、認めてくださるだろう」

願ってもない展開に真智は声を上げた。

「まことでございますか」

「わしら閹人《えんじん》（去勢された人）も、陛下に仕える家奴《かど》ゆえな。奴婢とともに走るというなら、支援しよう」

「ご尽力に深謝いたします」

これで皇帝の御前に上がれる。一気に道が開けた気がした。

「圭々」

名を呼ばれただけで、宦官の意を汲み取ったかのように圭々が動く。手際よく遺体を背負い、霧のなかへ消えていく。その背を見ながら、真智は宦官に問うた。

「今日の競走ですが、上位五名に入れば陛下の御前に上がれるのでしょうか」

望みを聞き届けてもらえる権利を、官奴婢らから奪ってしまうのは避けたかった。あの者らが望むことといえば、良民になることにほかならない。一方真智は皇帝の御前に上がれれば、それで十分目的を果たせるのだ。

「むろんだ。華清宮で褒美と酒食を賜《たまわ》ることになろう」

宦官の言葉に真智は胸を撫でおろす。二等まではほかの走者にゆずり、五等までを目指せばよい。

笑みを浮かべたまま、宦官が薄い唇をさすった。

「あまり圭々を理詰めで追い込まぬほうがよい。嚙まれるぞ」

たしかに、あの男の大きな目は仏像や神獣を思わせる。それでいて、妙に生真面目なところがあって、からかうと面白い。

東から陽が射し、あたりが白々としてきた。まだ濃い霧がたちこめているが、夜闇よりは見やすい。淡いあけぼのを受けて、宦官の瞳が碧《あお》いことに気づく。どこか胡乱《うろん》な感じのするその目が、まだ消えぬ霧の先を見遣《みや》る。

「あれはつい三日前にも、親と同朋を殺している」

二

真智にとって楽しい思い出には、常に母の背があった。

母は師子国《ししこく》（スリランカ）の出身で、手足が長い。どれだけ走っても、颯爽と先を行く背が頼もしかった。

真智が生まれ育った武威《ぶい》は、長安より西の辺境にある。父は真智の物心がつく前に亡くなっており、母と山菜や茸《きのこ》を取っては日がな山で過ごした。食べてよい果物や虫、風の読み方も、みな母から教わった。

一日中、母と山中を走っていたような気がする。無口な人だったが、動きは大胆だった。崖を登り、岩の間を飛び、野を転げまわる。童子の遊びのように無邪気で、ただそれだけのことで日々が満たされていた。獣に遭遇しても、嵐に見舞われても、不安を覚えたことはない。母と走ることは、共にあるという安らぎを真智に与えてくれた。断崖から見下ろす壮大な山々、朝露をきらめかせた大きな枝張り、全身に風を感じながら追った母の背。みな、真智にとって宝のようにかけがえのないものだ。

しかし、ある日役人が現れ、人生が一変した。母も真智も戸籍に入っていなかったことが分かり、役人らは税だといって家にあるわずかな物を奪っていった。厳しい税の取り立てが続いて、心労で母が死んだ。同時に真智の輝かしい時代が終わった。まだ九つのときだ。

役人らはみなしごとなった真智を、里の寺に売った。

日がのぼる前から昼までは炊事、昼から夜までは寺や近隣の官人の家で奉仕する。働いた対価は和尚の手に渡った。幼い真智の首には見えない縄がかけられてその端は和尚の手に握られている。家畜のように、あちこちで使役された。

最初は山の風が恋しくて、泣いた。次第にその感覚も薄れていき、うなだれて返事をするだけの棒きれにでもなったような気がした。

和尚の手配で夜は寺で男色の相手をし、物を食わぬほうが行為が楽だと分かってからは、数日に一食だけとるようになった。

ある夜、用済みになった真智は着替えの帯を手に取った。天井の梁《はり》をみて、襤褸《ぼろ》布のようにくたびれたおのれの身をあそこに掛けてみたいという誘惑にかられる。

「独尊《どくそん》」

私はだれよりも尊い――釈尊が生まれた際に口にしたという言葉の一部が出た。死に誘《いざな》われながら、なぜ真逆の言葉が漏れでたのかふしぎだった。

「なんぞ、真似事か」

身体を起こした僧が鼻で嗤《わら》っていた。他にも覚えているものはあるかと言われて、般若心経やら耳で覚えた経典を、真智はすべて諳《そら》んじてみせた。寺にいて説法や読経は耳に入ってくるのだから、嫌でも覚える。だが、それはふつうのことではなかったらしい。次の日から真智の扱いは変わり、寺に入って教義を学ぶことになった。次第に、知識で相手を殴ることに快感を覚えるようになっていた。

「お前も父や母がいなくては寂しいだろう」

ある日、猫なで声で和尚は真智に持ちかけた。頭の出来が違うと分かったとたん、真智のもとに方々から養子の話が舞い込むようになっていた。

和尚が相手の家を吟味している間に、真智は勝手に里の端で暮らす男の養子に入った。和尚を出しぬく程度のずる賢さはすでに備わっていた。

その男に思い入れがあったわけではない。真智を高く売りつけようとする和尚と、金で天童が買えると思っている者らの鼻をあかしてやりたいだけだった。わざと、金も権力も持たぬ、見た目も冴えない男を選んだ。

得意になっていた真智は、新しく迎えられた家で大いに戸惑うことになる。男はなにを勘違いしたのか、真智の教育に力を注いだ。当たり前のように食事が出て、血の繋がった子のように叱られる。それで正気でいられるほどには真智の精神は成熟していなかった。

ほとんど家に帰らなくなった真智に、義理の父は向きあおうとした。親子としてあろうと努める義父の言動が気味悪く、声を荒らげたこともあった。

あの日は我ながら魔がさした、としかいいようがない。木枯らしの吹く冬の日、信心深い義父の真似事で、真智は近所をうろついていた物乞いに施《ほどこ》しをした。そのとき、二、三、義父について尋ねられた気がする。

その夜、なにか諍《いさか》う声と燻《くすぶ》るような音を聞いた。あの物乞いが、真智の家に火をつけたのだ。

外に逃げ出すと、物乞いが野犬よけの罠に挟まれていた。なぜ、善行の報いがこれなのか。真智は腰を抜かして動けない。

遅れて外に出た義父は、すでにその身を火に襲われていた。業火に身を焼かれながら、真智にむかって「逃げろ」と懸命に唇を動かす。

——お前と暮らせてよかった。達者で。

その姿は真智にとって衝撃だった。

ひとは業火に焼かれてもなお、だれかを慮《おもんぱか》り愛の言葉を口にできる。すぐそこにいる下手人が憎くないのだろうか。飛びかかって道づれにすることだってできるのだ。火の中で黒く焦げていく義父は、動けずにいる真智をひたすら案じ、動かなくなる最期の瞬間まで、逃げるようにと訴えていた。近隣の者らによってすぐに下手人は捕らえられたが、火は夜があけるまで消えず、真智が人生のいっときを共に過ごした男の身体を焼きつくした。

以来、真智はそれまで明朗に語れたはずの釈尊の教えが、急に分からなくなった。容易に論破していた相手にも、ここぞというところでなぜか受け答えができなくなった。身と心がばらばらにあるような不安が常につきまとい、身体を動かしていないと気がおかしくなりそうになる。全力で走り出したいのに、どこに向けて足を踏みだせばよいのかが分からない。なにをしていても目に浮かぶのは、炎のなかの壮絶な義父の姿だ。義父が真智に与えてくれたものに報いねば、立ち上がらねばと焦燥にかられた。

まず頭に浮かんだのは、敵討ちだ。

しかし、命を奪われた義父ですら殺そうとしなかった下手人を討つのは、なにか違う気がした。

周囲の勧めもあって、真智は武威で一番大きな寺である開元寺《かいげんじ》で剃髪《ていはつ》をし、墨染をまとった。義父が喜んでくれるような気がしたからだ。真智という法名《ほうみょう》もそこで得た。

「これをお前に返そう」

剃髪の段になって、義父の同志だという僧が現れ、真智に二通の書状を託した。

それは、今をときめく宰相楊国忠の不正をあかす書状だった。

義父が朝廷での政争に敗れた官人であることを、真智ははじめて知った。佞臣《ねいしん》を重んじる皇帝を諫《いさ》めようとして、辺鄙《へんぴ》な西方の果てに流されたのだと同志の僧はいう。あの物乞いは長安から来た刺客なのだと悟った。

書状を手にしたとき、「これだ」と真智は思った。なるべくみすぼらしい者をということ以外は無為に選んだはずの義父だったが、特別な縁《えにし》で決められていたような気がした。

――義父の遺志を継ぎ、皇帝に直訴する。

真智はすぐに、長安から転任している官人らを片っ端から訪ね、朝廷の話を聞きだした。

今、唐国では皇帝の楊貴妃への寵愛を背景に、楊家が権勢を揮《ふる》っている。

元は街のやくざ者に過ぎなかった楊国忠が宰相に取り立てられ、朝廷を我が物のようにしていた。官人は楊国忠の手心ひとつで取りたてられ、または左遷され、ひどい場合は無実の罪を負わせられているのだという。楊国忠によって追い詰められた武官らが武力蜂起を起こすのではとも囁かれており、もし戦となれば苦しむのは民だ。役人の腐敗は、安らかな民の暮らしを乱す。真智の母も、役人の横暴によって命を奪われたようなものだった。

すぐに同志の僧に頼んで、皇帝のいる長安の寺へ紹介状を書いてもらった。だが長安に着いてみれば、皇帝は避寒のために都から離れているという。春がくれば皇帝は戻ると聞かされたが、それまで悠長に待ってはいられない。驪山の寺へ、足を踏みだしていた。

向かう先さえ定まれば、真智の足は空を飛ぶ鳥の翼のように軽い。

三

しらじらと澄んだ朝の光に、夜の匂いが掻き消えていく。

白霧にそびえる仏殿の前庭で、三十人ほどの官奴に交じり真智は跪《ひざまず》いていた。

足元には霜柱が立ち、頭上には霧がかかっている。

左右に目をやると、衣服の破れや、ぼろ鞋《ぐつ》から覗く青黒いしもやけばかりが目につく。極寒のなかで身体を震わせる衣擦れの音は、暖められた仏殿にいる皇帝には聞こえないだろう。

官奴が控える前には、寺の警固の者や衛士《えじ》が物々しい様子で立っている。ここで名乗りを上げて直訴をしても、すぐに捕らえられるのが目に見えている。今は辛抱だった。

「この前庭を競走の始点とする」

華清宮の者だろうか、官服を着た役人の指示に従って振り返ると、横一線に赤い紐が敷かれていた。その先には、寺の大きな正門が霧のなかでぼんやりと聳《そび》えている。

「山頂まで往復し、陛下の待つこの前庭に戻るのだ。太鼓が鳴ったら、走り出すように」

膂力《りょりょく》自慢の男衆が肩を押しあって、赤い紐の前に進む。男たちが細切れに吐く白い息が、頭ひとつ背の低い真智の顔に掛かってうっとうしかった。

最後尾に並んだ真智は、目を閉じる。

なぜ義父のような勇士が不遇を強いられ、壮絶な死を遂げなければならなかったのか。沈黙を強いる力に屈するつもりはない。この足には、敗れた義父の志が宿っている。

急に周囲がざわつき、真智は目を開ける。

すぐ側に爽やかな風を感じた。体格のよい男たちが左右に割れていく。その間を進む背に、真智は目を丸くした。

長身の女人だ。あの若僧――圭々はたしかに官奴婢の競走だと言っていた。とはいえ、女はこの者ひとりしかいない。官奴らは女人の背を隠すように、再び前に詰めた。

太鼓が大きく打ち鳴らされ、頭上に浮かぶ霧が震えたように見えた。

一斉に官奴たちが駆けだし、あちこちで霜柱の混じった土が蹴り上がった。猛進する者らの背を眺め、真智は一呼吸置いてから走り出す。だれかとぶつかったのか、例の婢《はしため》が躓《つまず》く姿が見えた。

「なんと」

婢のもとへ駆けつける。出だしが遅れても、真智の足ならば充分に取り返せる。

「大事ありませぬか」

手を差し伸べた真智を見て、婢は驚いたような表情を見せた。しかし、すぐに穏やかな笑みに変わる。

「ありがとうございます。でも遅れてしまいますよ」

「おれのことなど、ご案じなさいますな」

そのとき、激しい戸惑いが真智の心を揺さぶった。

先を急がねばならぬというのに、この女人を置いて先を走るのはどうにもためらわれた。

化粧もしておらず、飾り気のない婢の姿ではある。しかし、緑葉においた朝露のようにきらめく皓歯《こうし》、地味な青衣の上からでも分かるくびれのある蜂腰《ほうよう》と、そこからすらりと伸びた足が真智の目を引く。

これまで見たことのない、すこやかな美婦《びふ》だった。

山道の左右を見渡すと、葉の落ちた木々の幹や枝に煙霧が掛かっている。

昨夜小雨が降った上に、山中は気温が上がらないので霧がいつまでも消えないのだ。ぼんやりとした景色に、剃髪した頭が浮かんでは消えていく。経路のあちこちに僧が潜んでおり、逃亡を試みる官奴婢を見張っているようだった。

その緊迫した空気にそぐわない、真智の調子のよい声が響く。

「夏蝶《かちょう》どのと申されるのか」

名を問うと、美婦はやわらかな笑みで教えてくれた。雅《みやび》な響きからして、おそらく後宮で付けられた名だろう。

助け起こした誼《よし》みで、真智は夏蝶の側について走った。彼女の身を案じてのことだったが、その懸念はすぐに払拭された。

この美婦は、急な山道も蝶のように難なく登っていく。ときおり真智を振りかえるほどの余裕まで見せる。

真智は思わず訊いた。

「あなたは山の育ちか」

白い息をまき、嫌な顔も見せずに夏蝶は答える。

「長安生まれの長安育ち。行楽で城外の山を登ることはありましたけれど」

いくつか交わした会話から話をつないでいくと、

――この女人は、元は良民らしい。

ということが分かってくる。それもつい最近まで、長安の街で暮らしていたかのような話しぶりだ。農民や商人の家ではなく、士人階級の家で奴婢を使う立場にあったようだった。

その美婦がなぜ、華清宮の官婢になっているのか。

あり得るとすれば、父や夫が謀叛《むほん》や大逆を起こし、それに縁座して身分を落とされたという流れだ。不法者にさらわれて売買の対象とされることもあるが、子どもが狙われることが多く、足の達者な夏蝶がおとなしく誘拐されるとも思えない。

出自もさることながら、興味の尽きない女人だと真智は思う。

すっと伸びた首筋、ほどよく筋肉のついた肩、美しい曲線を描く腰から足首までの線。これほど均整のとれた身体をみたことがない。大きな瞳は黒曜石のようなきらめきがあり、その表情も振舞いにも、天性の明るさがある。年上は真智の好みでもあった。

しかし今、真智が惹かれているのは、姿かたちの美しさではない。

驚くべき足の速さ。畏怖にも似た感情は、真智の頭のなかで、ごく単純な疑念に置きかわった。

――本腰を入れて走ったら、おのれより速いのでは。

そんなわけはない、と真智はかぶりを振って打ち消す。今は女人に走りを合わせているだけだ。しかし、夏蝶のほうこそ真智に合わせているふしがある。

要はふたりともまだ、全力を出していない。それでも最後尾で走り出した真智と夏蝶は、山の中腹で既に上位に入っていた。

「人が」
夏蝶の指さす先を見ると、岩が折り重なるようにしてできた段差で、うずくまってい る者がいる。駆けあがろうとして、脚を岩に引っかけてしまったのだろう。すねから足首までが血まみれになっていた。

気づけば、すぐ前を走っていたはずの夏蝶の姿がない。怪我をした男の側で、水筒の水を掛けてやっていた。それは貴重な飲み水だ。おしげもなく振りかけて、男の傷を洗っている。

目を血走らせた走者たちが、次から次へと追い抜いていく。それがまったく目に入っていない様子で、傷を手当している。本来、その役目を率先して担うべき僧の真智が、身を持て余すほどの手際のよさだった。

やはりこの美婦は変わっている。この競走では、上位には褒美がもらえるが、下位には罰が待っているのだ。

夏蝶もそれは分かっているだろうに、急な山道に息を切らしている者を見つけると、気遣いの言葉を掛ける。この男のように具合が悪そうにしている者がいれば、立ち止まって薬と水をおしげなく与えてしまう。薬は婢が持つには過分なもので、おそらく官署から与えられたのだろう。

必死に他人を蹴落とそうと争う人の中に、山の神やそういった類のものが混じって、人助けをしてやっている。そう思えるほどに、この美婦は別格だった。

　水が足りないのか、夏蝶が水筒を振っている。真智の腰には、書状の入った水筒のほかに水が入っている水筒が二本ある。急いで渡そうとして、書状の入っている水筒を地に落としてしまった。岩に当たった衝撃で水筒の蓋が取れ、なかの書状が飛び出す。風に飛ばされぬように、夏蝶が慌てて二通の書状を押さえた。

「申し訳ありません。少し汚してしまいました」

「お気になさらず。大したものではないのです」

　血がわずかに付着したが、書状の中身に影響はない。平静を装いつつ水筒の中に仕舞い、代わりに水の入った水筒を夏蝶に渡した。夏蝶は傷を洗い、足を縛り上げてやると、男に名を聞く。安心させるかのように、その名を呼んでやった。

「出血のわりに傷は深くありませんから、少し休んでから動いてください。急に動くのはいけません」

　そう言い含めて、再び走り始める。抜かしていった者たちを楽々と追い越していく。抜かれたほうは、相手が女だと分かると侮《あなど》ったような顔を見せ、再び追い抜こうと足を速める。しかし肩をいからせて走ったところで、差はひらく一方だ。

「山育ちでもないのに、ずいぶんな健脚ですね」

　山神のように駆け上がっていく背に、真智は訊いた。

「風が」

　山の冷気に身を晒すように、美婦は背筋を伸ばす。

「走ると身体のなかに風が吹くのです。とめどなく幸せな気持ちがあふれて、羽が生えたように身体が軽くなる」

分かるでしょう、と振り向いた。

その瞳を真正面から受け止めたとき、何かが自分の中心を通り抜けていくような感覚を覚えた。ふわりと身が浮き上がった気がして、真智は思わずおのれの身を押さえていた。

――なんだ。

この感覚を、真智は知っている。夏蝶が風と呼んだそれは、ずっと忘れていた懐かしい匂いがした。

隣に並んでその生き生きとした横顔を見る。ああそうか、と気づく。夏蝶と官奴らとでは、走るという行為の根っこが違う。この美婦は楽しいのだ。

故郷の武威で、何の目当てもなく山を走る母を、気が触れていると謗《そし》る者もいた。でも、夏蝶ならわかるに違いない。母も真智もこの夏蝶も、生まれにかかわらず同じ種族――走る民だ。

皇帝への直訴という大事の前ではあるが、走ることを楽しんでも罰は当たらない気がした。走る民はいつだって楽しんでいい。それに、先ほど夏蝶の言葉を聞いてから、疲労で重くなっていた身が軽くなった。夏蝶のいう風が押しあげてくれたかのように、足が宙へ上がるのだ。

耳をすませば、おのれの心音に沿って虫や鳥の声が聴こえてくる。周囲に目を向ければ、冬でも樹々の色合いが鮮やかだ。地形や勾配にあわせて、走り方を変えていく。小走りか大股か、体勢は立てるのか傾けるのか、すべては山が教えてくれる。

頂上に近づき、沢に掛かった吊り橋が見えた。汗を掻き、ほてった身に、冷たい山霧が心地よい。渡り切ったところで、人が諍うような声が聞こえてきた。

四人の男たちが黒い塊を足蹴にしている。蹴られているのが人だと分かり、真智は声を上げていた。

「止《や》めぬか」

間に入って止めると、頬の痩《こ》けた男が困惑したそぶりを見せる。

「これは競走ですぞ、お坊様」

「怪我をさせて引きずり下ろすなど、卑怯であろう」

蹴られていた男を助け起こしてやると、立つのも辛そうにしている。今度は丸い身体をした官奴が、弾力のありそうな指で自分の頭をつつく。

「頭を使っただけです。速い者を潰せば勝てる」

「自分が勝つためなら、人を踏みにじってもよいというか」

ふと、今朝方、寺で死体を抱き上げた感触が真智の腕に蘇る。

「まさか、今朝、あの官奴を殺したのは――」

官奴たちは思わせぶりに視線を交わしている。

「おぬしらだったのか」

「殴られ蹴られは我々の常。家畜のままか、人になるかの瀬戸際にいるのです。お坊様には分かりますまい」

「獣であるか、人であるかは、順序では決まらぬ」

人は人を殺してはならない。殺意に淫して手を掛けた時点で人は獣になるのだ。そう説こうとしたとき、頬の瘦けた男が興奮したように目の縁《ふち》を赤くした。威嚇するように腕を大きく広げる。

「では、まさに今、なぜ我々は速さを競っているのです?」

飢えた目が真智を見据えている。

「だれかよりも上になるためではありませんか。より上を望むのは、人の生まれながらの意思だ」

「違う」

首を横に振ったものの、言葉が続かない。官奴らの心情は分かる。真智自身、家畜のように扱われていた経験があるからだ。しかし、人が人らしく生きるために、だれかを殺傷しなければならないなど間違っている。

そもそも、上位を狙うのであれば、ここで他の者を痛めつけたりせずにひたすら走ればいいのだ。官奴たちは、この間に自分たちが遅れを取っていることに気づいていない。

だがそう指摘しても、伝わらない気がした。

　まただ、と真智は唇を噛む。肝心なところで言い返せない。

　黙り込んだ真智に、頬の瘦けた男は勝ちほこったような笑みを浮かべる。だが薄く開いたその口から、「うっ」と、くぐもった声が漏れた。身体が前に崩れる。

　流れるように白銀の光が動く。真智が一歩踏み出す間に、もうひとりの官奴が刃に伏されていた。

　刀についた血を払っているのは、見覚えのある僧衣——圭々だった。

　銀の光を放つ刃が、残りの官奴たちを崖へ追いやる。ひとりが吊り橋のほうへ逃げようとすると、圭々は素早く先回りをして追い立てる。崖のぎりぎりまで追い詰め、次々と蹴り飛ばして沢へ落とした。

「お前、いったい何をする」

　圭々の動きには迷いがない。牛や鶏でも扱うように、官奴らを蹴り落とした。

「この高さでは死にはせぬ」

　圭々は淡々と言い、青ざめた顔で立ちつくしている夏蝶に目を向けた。

「これでは遅い。先を急がれよ」

　この木訥《ぼくとつ》な男が美婦を知っていることに、真智は驚く。

「この女人は、官婢ではなく女官なのか」

「楊貴妃付きの婢だ。遅れては困る」

　不機嫌な顔で吊り橋を一瞥すると、腰に掛けていた鉈《なた》を大きく振り上げた。

橋を吊っている塔に、鉈の刃が大きく食い込む。はじけるように、塔から張られた太いつるが空に飛んだ。まだ吊り橋ではふたりの官奴が渡っている最中だ。

「待て」

真智が止めようとしたときには、既にもう一本の塔に鉈が食い込んでいた。丸太をつないだ橋は音を立てて、つるにしがみつく官奴らの身を巻き込みながら、沢へ落ちていく。

腕が、圭々の胸倉を摑んでいた。

「お前、いったいどういうつもりだ。まだ渡っている者がいただろう」

これから渡ってくる者もいるのだ。橋を落とされては、いったん沢に降りて登らなければならない。

「死にはせぬと言っておろう」

どうやって外したのか、圭々の襟を締め上げていたはずの真智の手はむなしく空を切っていた。

「抜かされては困るのだ」と言い捨てて、圭々は真智の脇を過ぎていく。

夏蝶に先を促す圭々の背を見て、真智の頭に、仏殿の前庭にかしずく官奴らの姿が頭に蘇った。男ばかりの走者に、楊貴妃付きの官婢が一人——。

「まさかそんな訳は……」

真智の背が粟立つ。

この競走は、楊貴妃を悦《よろこ》ばせるために、その婢である夏蝶を一等にする趣向なのではないか。つまり、最初から結果が決まっている競走を、寺を上げてお膳立てしようとしている。

震える手を握りしめる。戦慄は次第に怒りに変わっていった。

官奴らはこの競走で奴隷の身分から解放してもらえるかもしれぬと、一縷《いちる》の望みを掛けている。殺しあい、足の引っ張り合いまでさせておきながら、あらかじめ結果が決まっているとは、あまりにも理不尽だ。一等は寵姫の婢。そう天子が決めているのであれば、覆《くつがえ》してみせる。このばかげた競走の一等を自分が奪う。

「夏蝶どの」

恐怖のあまりか、身体を強張《こわば》らせている夏蝶に、真智は声を掛けた。

「すまぬが、一等はおれに譲っていただく」

真智が地を蹴ったのと同時に、圭々がふっと重心を沈めた。その右手が刀の柄にかかり、真智に迫る。あと一歩というところで横に薙《な》いだ。血糊のついたもう切れぬ刃だ。しかし、まだ十分に人を傷つける力を持っている。

「おっと」

思ったよりも刀の動きが速く、躱《かわ》す際に足を滑らせた。夏蝶の口から小さな悲鳴が漏れる。圭々が夏蝶を促す。

「殺しはせぬ。先を急がれよ」

けた。「お分かりのはずでしょう」夏蝶は立ちすくみ、眉根を寄せて案じるような目を真智に向けている。

「じゃれているだけです。案じなさいますな。急がぬと、おれに抜かれますぞ」

真智にも促されて、夏蝶はようやく走り出す。

その背が霧に溶けたとたん、耳元で風を裂く音がした。首への一撃を、かろうじて避《よ》ける。

この目玉野郎、どう見ても殺しにかかっている。

「一等をねらえそうな者は殺すつもりか。言っておくが、おれの足の速さは尋常ではないぞ」

返事の代わりにまた一太刀が降ってくる。真智が反撃しないのをよいことに、次々と刀の切っ先を繰り出してくる。

「少しは遠慮せぬか。本来、僧は人を殺さぬのだぞ」

とはいえ本気で立ち向かってきているというのに、躱しているばかりでは無礼だろう。

真智はにやりと笑んだ。

「おお怖い。お前、親も友も殺したんだって」

圭々が無理に冷静を装っているのが分かる。刀の先が落ちていることに自分では気づいていないだろう。

「なぜ友を殺した。抱いて具合でも悪かったか」

言い終えるより先に、白銀の点がまっすぐ目の前に飛んできた。一瞬でも遅れれば、喉笛を突かれていた。

「なんだ、本当にそういう仲だったのか」

おのれを偽れない男をみると、つい構いたくなる。

「ほんの数日前に殺したばかりと聞いたぞ。親を殺すとは、いったいどういう気分なのだろうな。まだその手に感触は残っているのか。ためらわずに殺せたか」

右から、左からと叩きつけるように、圭々は刀を振るってくる。その刃先がぶれていた。

「うるさい」

「人を救済する僧が、考えなくなったらおしまいだぞ」

投げかけられる言葉のひとつひとつを受け止めている様子に、生真面目さが滲《にじ》み出ている。たたみかけるように真智は問うた。

「なぜ親まで殺した。父親か、それとも腹を痛めて産んでくれた母親か」

絞り出すような低い声が返ってくる。

「陛下のお命を狙うものはだれであろうと許さぬ」

その目には苦悩が揺らいで見える。圭々は吐くように言った。

「お前には、護国の志など分かるまい」

悪い癖だと思いつつも、言い負かしたいという欲がむくむくと湧いてくる。

理屈で追い詰めてはいけないと注意を受けたような気がするが、口はすでに動いていた。

「では、勤皇の僧俠《そうきょう》に問おう」

真智の手が、刀を握る圭々の腕を捉えた。

血塗られた刃がふたりの間で小刻みに震える。

「人はみな平等であると釈尊は説かれた。ではなぜ同じ天を戴《いただ》くものの間に、人らしく生きる者と、人らしからぬ生き方を強いられる者がいる」

それは、真智自身に対する問いでもあった。

「なぜ、皇帝は施しを与えるより先に、この仕組みを変えようとしない」

皇帝はなぜ楊国忠ら佞臣に権を持たせ、忠臣である義父に非業の死を遂げさせたのか。なぜ、この理不尽を正さぬのか。

真智の拳の力がわずかに上回っている。押さえ込んだ刃が地に向いた。顔が近い。皇帝を侮蔑された怒りか、答えられぬ苛立ちか、目前で圭々のしかめた面が震えている。

「お前が信奉する皇帝とは、そんな男なのだぞ。命をかけて尽くすに値するのか」

圭々の身体は柔軟さを失って硬直している。この男は考え始めると動きが鈍くなるらしい。留守になっている脇腹を、思い切り蹴ってやった。刀は真智の手にある。

「こんなばかげた競走を催すなど、皇帝は完全に自制を失っている。正気ではない天子を戴く国はどうなるのか。分かっておろうな」

真智は刀を崖の下に投げた。長い刃が大鷲の片翼のように空を滑る。風で真智の僧衣が膨らむ。

「おっと」

短刀が真智の浮いた僧衣を裂く。風がなければ、今の一太刀は危なかった。

それでも圭々の動きは固い。猪突と言っていい。短刀を持つ手首を、容易に手刀で打てた。再び刃が空にひらめき、鈍色《にびいろ》の空に銀の光を放つ。

得物《えもの》がなくなると、今度は素手で立ち向かってくる。飛んできた拳をよけきれず、右頬に食らった。頬骨が折れたかと思うほど痛い。

どうやってこの男を撒《ま》くか。真智は先の道をちらりと見た。振り切って走るしかない。弓矢も持たず、この男は丸腰なのだ。

「ちなみにおれは陛下の俗な人柄は嫌いではない。まことにあっぱれ、七十を過ぎても色欲も衰えず、お元気であられる。老年になったら、おれもあのようにありたい」

頬を押さえながら言う真智に、圭々はやっと言葉を発した。

「不敬だ」

「なんの。故郷では、不謹慎が法衣を着ているとよく褒められた」

出し抜くつもりで、地を蹴りだそうとしたときだった。

霧をまぶしたような樹々の茂みから、僧衣の者たちが姿を現した。五人いる。圭々と揉めているうちに、集まってきたらしい。

背がいやな汗で湿った。武器を持った複数を相手に、素手で立ち向かえるはずもない。

振り切って逃げるしか手はなさそうだった。だが、それを許してくれるだろうか。

僧らが刀の柄に手をかける。真智の足が地を蹴る。

数歩駆けだしたところで、目の前で起きた事態に真智は目を剝いた。

圭々が背から斬られている。僧たちの目には怒りとも侮蔑ともとれる負の感情が滲んでいた。

「同朋を裏切った報いだ」

「親を殺すとは畜生め」

地で這いつくばった圭々に、僧のひとりが唾を吐く。

「お前ら、何を――」

真智は倒れた圭々の元へ駆けつける。

「おい、大丈夫か。立てるか」

背はすでに血で染め上がっていた。この傷の深さは命に関わる。真智はおのれの僧衣の腰ひもを解く。広げて傷を縛り上げようとしたときだった。

後頭部に強い衝撃が走り、世界が暗転した。

四

何かが爆《は》ぜる音が聴こえている。

「義父上《ちちうえ》」

真智の足が義父の姿を求めていた。部屋のどこを探しても見当たらない。はやく助けなければと気ばかりが急《せ》く。

庭にその背があり、ゆっくりと顔が振り向く。長閑《のどか》な光景に、これは夢なのだと気づく。

義父の穏やかなまなざしが真智に注いでいる。冴えないと思っていた風貌は、一緒に暮らすうちに印象が変わっていった。目の奥にひそむ熱を、感じ取ったからだ。

「また和尚を論破したそうだな」

はい、と自慢げに答えるおのれは、まだ剃髪前のようだった。

自分を踏みにじってきた者を言い負かすのは爽快で、反論できずに目を泳がせる姿や教えを請うてくる姿を見るのは、たまらない快楽だった。

「私にも教えてほしいことがあるのだ」

義父の優しい瞳に熱を感じた。

「人の強さとは何か」

いつものように答えてはいけない気がした。しかし、何の思考も介さずに、言葉はするりと口を抜けた。

「それは独尊でありましょう。おのれをだれよりも尊いと思えること」

我ながらよい答えだと思った。それでもどこかで、おのれの言葉の軽さを感じてもいた。

「では私のような卑小《ひしょう》な者にも、その強さはあるのだろうか」

義父は黙り込んでしまった。その目が遠くを見ていた。今思えば、政争に明け暮れた日々が頭をめぐっていたのではないか。

煙が義父の姿を捲いた。風が吹き、炎が流れていく。

ぼんやりとした視界の先に竹の水筒が転がっているのが見える。意識が競走の場に引き戻された。

――ここは驪山《りざん》か。

少しずつ現の世界が真智の前に姿を現していく。

走らなければならなかった。横たわったまま、慎重に指先から動かしていく。次に足先を曲げ、最後にゆっくりと頭を起こす。水筒は倒れた際に腰から外れたらしい。中を見ると確かに二通の書状が入っていた。

立ち上がると、足がぬめるものに取られた。血だまりに横たわっているのは圭々だった。

「おい、生きているか」

間の抜けた問いに反応はない。腕から背にかけての傷は浅く、臓腑は傷ついていないように見える。ただ、出血がひどい。このまま放っておけば間違いなく死ぬ。

――人の強さとは何か。

真智の頭に、どこか寂しい義父の顔が浮かぶ。

ひとつ息を吐き、覚悟を決めた。

「ちょっと冷たいぞ」

水が残っている水筒をひっくり返して、傷口を洗ってやる。傷を帯で縛り上げて、真智は青い顔をしている圭々をおぶった。

鍛え上げられた男の肉体が、ずしりと背に伸し掛かる。濡れた血が僧衣にへばりついて、動きを封じられる気がした。それでも頂上までは難所もなく進めた。問題はここからで、上りよりも下りのほうが転倒もしやすい。見るかぎり復路は勾配がさらに急だ。身体の重心を少し沈めて、転ばぬように気を配って走る。疲れ果てて座り込む者や離脱を僧に求めている者らの脇を、真智は通りすぎていく。

山の空気は薄く、道も単調ではない。段差のある岩道や、左右からの枝をかき分けて進まねばならない野道もある。足を滑らせて草むらに転がる官奴の姿も目につく。

さすがの真智も下腹がきりりと痛んできた。太腿も節々も悲鳴を上げている。なによりも、背の男が重い。

耳元で低い声が聞こえた。

「なぜ畜生を助ける」

畜生――ほかの僧から圭々はそう呼ばれていた。この男は寺でもよく思われていないのだろう。茂みに潜む僧のだれかは手を差し伸べると踏んでいたが、ひとりとして姿を現さない。

「気にするなよ。おれとお前の仲だろ」

「ふざけるな」

減らず口でも叩いていないとつらい。視界が白くかすんできている。気を抜いたら倒れそうだった。

「競走は、順序を争うものだ。畜生など置いていけ」

「お前ほんとうに仏門か。すべての衆生《しゅじょう》を救う。釈尊が言っておろう」

おのれを畜生と呼ぶこの男は、親を殺したことを後悔しているのかもしれない。

「なぜ親を殺した」

「おれは棄児《きじ》だ。生き逢った母が陛下を狙った。だから斬った」

この男も、国が産んだみなしごか。

貧しさゆえに、子を手放す親は星の数ほどいる。親が子を棄てなければならぬ国とは何なのだろう。国を統《す》べる天子は、奴婢の競走を肴に饗宴を開いて楽しんでいるのだ。

「母御は、お前が子だと気づいていたか」

少し間があって、ぼそりとした声が耳に届いた。

「事切れる前に、『達者で』と口にした」

義父が最期に真智に向けた言葉と同じだ。

「なんだ、お前愛されていたのではないか」

つい、残酷な指摘が口から漏れる。

圭々の身体が震えている。泣いているのかとも思ったが、失血のせいだろう。

――助からぬかもしれぬ。

この男は死ぬ。もっと速く走らねば、死ぬ。

「少し足を速めるぞ。舌を噛まぬように気をつけろ」

平坦な道と違って、速く走るといっても限りがある。間に合うだろうか、懸念が胸をよぎったとき、ほら見ろと言わんばかりの微かな声が聴こえた。

「怪我人を背負って走れるわけがなかろう。ましてや一等など。助けたことを後悔するぞ」

話を続けられるほどには気力が残っているらしい。武門の者は底力が違うのかもしれない。

「一等は獲る。だがな」

疲労で意識を失いそうになりながら、真智は答える。

「おれが走るのは、だれかを打ち負かすためではない」

だれかを蹴落としていくものが強いなどと、認めたくなかった。

「人の本当の強さとは」

かつて義父に返した答えと、今は違う考えを抱いている。禍々《まがまが》しい炎に焼かれながらも、義父が懸命に示してくれた。

しかし、最期の瞬間まで真智を想ってくれた。

「人の本当の強さとは、だれかを慮《おもんぱか》れるかどうかだ」

義父は常におのれの弱さを見つめていたように見えた。しかし、最期の瞬間まで真智を想ってくれた。


──あなたの強さを自分が明かしてみせる。

「だから黙っておぶさっていろ」

「しかし、先に進めておらぬ。答えは簡単だ。おれを捨てろ」

「分かりやすい答えに逃げては、僧とは言えぬ」

身体が苦しい。胃にむかつきを覚え、真智は急ぎ圭々を地に下ろす。地に両手をついて嘔吐した。それで、前から近づいてくる足音に気づくのが遅れた。

幻を見ているのだと思った。

木々の合間から、滑らかな腰の曲線が見え隠れする。ひとりの女人が駆け寄ってくる。

「おふたりとも、大事ありませぬか」

真智の顔を覗きこみ、背をさする。水を口に含ませてくれた。現れた美婦は幻覚ではない。夏蝶だった。

「おれは大した怪我はしておりませぬ。圭々が背に傷を」

圭々は真智の背後でうずくまっている。夏蝶は、圭々を抱きおこして傷を確かめ始めた。

その姿を見て、真智はようやく我に返った。

「なぜ夏蝶どのがここへ」

「和尚を呼んで参りました。今いらっしゃいます」

真智が怪我を負わせられるのではないかと、見張りの僧のなかから和尚を探し出して、引き返してきたと言う。

「あなたという人は。一等を目指しているのでしょうに」

夏蝶らしいといえばらしい。枝をかき分ける大きな影が見えた。

「圭々ではないか」

現れたのは、初老の和尚だ。和尚も武芸者なのか、挙措《きよそ》に隙がない。いかめしい目鼻立ちのわりに、表情に愛嬌があり圭々への敵意は見られない。

「おれの和尚だ。問題ない。医術の心得がある」

圭々は夏蝶の手を振り払い、走るように促す。

和尚はすぐに夏蝶に代わって、圭々の傷の手当に取り掛かる。圭々の重みから解放された反動か、真智の太ももが痙攣《けいれん》した。真智は両手で太ももを摩《さす》って、和尚に念を押した。

「圭々をお任せしてよろしいですね」

和尚はすばやく血止めの薬を塗りながら、真智を見上げた。

「わしが診るゆえ問題ない。お前もすこし休め」

真智は首を横に振った。

「おれは、走らなければ」

既に数歩前で、夏蝶が肩越しに真智に目を向け、走り出そうとしている。

和尚の止める声を背に、真智も一歩を踏み出した。

夏蝶の後を追って走り始めたものの、圭々をおぶっていた疲れは思った以上に、真智の身に重く伸し掛かっていた。心臓が爆ぜるような音を打ち鳴らしている。

急な勾配に差し掛かったとき、目の前を走っていた夏蝶が細い道を踏み外した。足から茂みへ滑り落ちる夏蝶の姿が目に入ったとたん、真智の身体は跳ねるように動いた。駆け付けると、夏蝶が低木の枝を摑んでよじ登ろうとしている。真智はその手を取って、身体を引き上げた。

「ありがとうございます」

細い山道で互いに尻もちをつく。手を取り合って立ち上がり、再び走り始める。

走っていると、苦しいときと楽になるときが交互に来る。苦しいときが訪れると、自分が孤独な存在だと感じる。

幼い頃に母と走っていたときは、苦しいときも独りではなかった。

先を走る夏蝶は、肘から汗をほとばしらせ、肌から湯気を立ちのぼらせている。その後ろ姿が、昔追いかけた母の背と重なる。

真智は夏蝶と離れずに走り、ほかの走者を二人、三人と追い抜いていく。下り道から平坦な街道に出た。義恵寺に通じる街道だ。

街道を行く荷車や馬に乗る者らが、奇妙なものを見るかのように真智に視線を向けている。僧衣から血をしたたらせて、馬を追い抜いていく真智の姿は異様だろう。

さらに数人を抜いていく。夏蝶の前を走る者が見えなくなった。先頭に躍り出たのだ。清らかな冬の光に佇む寺塔が目に入った。光をはらむ天が、踏みしめた大地が、進めと身を押してくる。身体を突くような鼓動、小刻みな息遣い、水を被ったようにかいた汗、全身がひとつになって前へ向かっていく。

何もかもが真智の身から消え、真智自身も溶けてなくなるような快感に包まれる。おのれの存在が周囲と一体となるような快楽――そうだ、この歓びを知った者は、走らずにはいられない。

錫杖《しやくじよう》をかまえる僧の前を横切り、伽藍《がらん》の大きな門に踏み込んだ。

赤い布紐が敷かれた前庭に躍り出る。待機していた官人や僧らの間からどよめきが起こった。黄色の傘蓋《さんがい》の下でくつろぐ皇帝の姿を、真智の目が捉えた。

騒ぎたてる観衆を背景に、真智の前を走る夏蝶の姿がある。前に進む力がぐんと強まる。風を感じながら、その肩に並んだ。

あと二歩、一歩――赤い紐の上を、ほぼ同時に飛び越える。

その瞬間、もっと走っていたいという想いが胸によぎった。その想いとはうらはらに身体は地に倒れる。もう一歩も動けない。沸いた歓声とともに、僧らが駆け寄ってくる。その音も耳に遠かった。

差しのべられた手に顔を上げると、夏蝶が皓《しろ》い歯を見せている。そのまばゆさに目が眩《くら》んだ。

「夏蝶どの」

這いつくばるようにして、真智はその手を取った。

「あなたは一体何者なのです」

青衣から伸びたしなやかな肢体の動きはしっかりとしている。汗で濡れた顔も、表情に余裕があった。

形のよい唇が開きかけたところで、集まってきた僧たちが左右に割れた。現れたのは、今朝相対した宦官だった。やはり、周囲の様子からその地位が高いことが窺える。夏蝶は宦官の後ろに控えた。

今になって、どちらが一等なのかを分かっていないことに真智は気づく。

「ええと、どちらが速かったのです」

宦官の碧い瞳が細まり、その目元に皺が寄った。

「予定が狂った。さすが末は三蔵と謳われる天童なだけはある」

言外に夏蝶を抜いたことを責めているようにも聞こえた。しかし、これからなそうとしている大事を思えば、宦官の恫喝など恐れるものではない。

競走で一等を獲って終わりではない。ここからが勝負所なのだ。

身をひるがえした宦官の後を、僧らが列をなして付いていく。その頭上で、雲が疾《と》く流れていた。

五

義恵寺から山をくだる際に見えた麓《ふもと》は、温泉から立ちのぼる湯気と、山からおりた霧で白く模糊《もこ》としていた。その山裾にたなびく白煙に、華清宮が擁するいくつもの院や堂が沈んでいた。

――なんとも不思議なところだ。

華清宮の裏門に近づくと、官奴らが獣の遺骸を埋めていた。地が小高い山のようになっている。真智の世話役として随行している僧に事情を尋ねると、

「伝馬《でんば》を埋めているのだろう」

と事も無げに言う。

各地からの報《しら》せは主要な街道に置かれた駅を経由して伝わる。重要度によって使われる馬は異なるが、最速とされる伝馬も足が潰れるほどに走らせるということか。それほど急かすとなると公用の伝達だろう。

しかし、僧は真智の予想とは別のことを言った。

「果物でも菓子でも、楊貴妃が口にしたいといえば、全土から運ばせるからな」

寵姫を楽しませるために死んでいった馬の屍骸ということらしい。

「人の骨も混じっているのではありませぬか」

真智が叩いた軽口に、僧は笑わなかった。

敷地に入ると、沸泉《ふっせん》特有の腐った卵のような臭いに混じって、芳《かぐわ》しい香りが真智の鼻をくすぐる。白檀《びゃくだん》に、おそらく菊花を合わせた香りだ。

皇帝の避寒のための離宮とされているが、どの建物も豪奢で、朝廷が長安から移ってきたかのようだ。

点在する堂も、官人らが朝議などを待つ場所になっているようで、実際、華清宮の裏門から本殿に繋がる回廊をわたる間にも、せわしそうにしている官人と何人もすれ違った。真冬の数か月もの間、天子が都を離れて滞在しているのだから、この地に官人が控えていなければ滞る政務もあるのだろう。

建物を囲う庭は美しく整えられ、これから春が訪れれば百花が咲き乱れるに違いなかった。

「僧衣を改めよ」

本殿に入る前に、世話役から命じられた。

本来、僧がまとう衣は汚れているものとはいえ、さすがに血と汗を吸った墨染で天子の前に上がるのは許されぬらしい。真智だけが別の堂に連れていかれ、寺の者が用意した僧衣に着替えた。身につけているものを確かめられるのかと不安がよぎったが、武器ではないからか、腰に下げた水筒を見咎《みとが》める者はいなかった。

世話役に連れられて、本殿へ入っていく。

ひとつ段を高くした正面には、龍の彫り込まれた大きな玉座が艶のある光を放っている。柱や天井には、天の四神や道教の神々を彫り込んだ飾りが施されていて、荘厳な雰囲気を醸《かも》している。本殿内の広間の左右では数名の官人が柱の間に控えていた。普段は聴政《ちょうせい》を行う場なのだろう。

広間の中央で、四名が膝を折って控えている。官奴と並んでいる女人は、夏蝶だった。競走のときの青衣ではなく、女官が着るような長袖の衫《さん》に、裾まで長い裙《くん》を穿《は》いている。その隣に真智も並ぶ。

真智の目の前には儀仗兵《ぎじょうへい》が立っており、広間の後方には寺の僧らがいかめしい顔で並んでいる。

しばらくして、正面脇の柱から、こちらを窺うように小さな頭が覗いた。森で木の実を食《は》む小動物がそうするように、きょろきょろとあたりを見回している。可憐で活発そうな様は、茶色の野兎を思わせた。控えている官人らは、入りこんできた童女を咎めようともしない。

結い上げた髪には、年相応の小ぶりな花簪《はなかんざし》が金のきらめきを添えている。瞳にはその眩《まばゆ》さにも負けない光がある。皇族の県主《けんしゅ》（ひめ）だろうか。その日向《ひなた》のような明るさの側に、もうひとり童女が控えている。こちらは月の皓《しろ》さを思わせる冷たい印象のする子だった。ひめは十歳ちょっと、婢はそれより四つか五つ年下だろう。

ひめの手が、真智に向かって振られた。戸惑っていると、夏蝶が畏《かしこ》まった様子で両手をそろえて礼を取っていた。

「県主のお側にいるのは、わたくしの子です」

夏蝶が真智に囁いた。その横顔が強張《こわば》っているように見える。

冴えた印象は母とは異なるが、その子の漆黒の瞳は母そのものだった。

「あの子はふだん長安の王府で県主にお仕えしております。今日は華清宮に来ているようです」

楊貴妃に仕える夏蝶と皇族の王府で県主に仕える子とでは、顔を合わせることも叶わないだろうに、母娘《おやこ》は邂逅《かいこう》を喜ぶそぶりも見せない。幼くとも主《あるじ》の前で気軽には話せないということか。

儀仗兵が杖で床を突き、鈴を鳴らした。

夏蝶と真智、官奴三名は、そろって叩頭《こうとう》する。真智の鼻先を黄菊花の香りがかすめた。きぬずれの音が止むと、部屋に陛下を寿《ことほ》ぐ万歳の声が満ちる。

「堅苦しい挨拶は抜きじゃ。顔を上げよ」

今朝、寺で見かけた赤黄色の袍を身にまとった七十過ぎの皇帝が、龍と鳳凰《ほうおう》をあしらった衝立《ついたて》の前で玉座に収まっている。

その隣に座る美姫が楊貴妃だろう。孔雀を象《かたど》った金の簪を髷《まげ》の中央に、翡翠《ひすい》と真珠で縁取りした花鈿《かでん》を左右に挿している。金珠《きんしゅ》をあしらった水晶の首飾りと腕輪が、ふくよかな白肌にまばゆい。

——これが絶世と聞こえる花貌《かぼう》か。

その寵姫を侍《はべ》らせ、唐国の第六代皇帝は威厳に満ちた眼を臣に向けている。おのれが糾《ただ》そうとしているものの大きさに、真智の足が震えた。

老帝が口を開いた。

「夏蝶よ、このたびの走りはまことに見事であった。最後の追いあげは、年甲斐もなく胸が高鳴ったぞ。一等の夏蝶と二等の僧には、なんでも望みを叶えてやろう。遠慮せずに申してみよ」

耳を疑った。一等は真智だったはずだ。夏蝶も順序が入れ替えられていることに、一瞬戸惑った様子を見せた。楊貴妃の顔を立てたのだろうが、どれだけ懸命に駆けても事実を捻じ曲げられてはたまったものではない。

皇帝の言葉に、夏蝶は膝立ちのまま目を伏せ、両掌を合わせた姿勢で答える。

「大家《だんなさま》、娘子《おくさま》の恩情に心から感謝いたします」

夏蝶が顔を上げると、皇帝と楊貴妃が互いに笑みをかわした。ふたりは官人らの控える間へ視線をやる。そこには、先ほどのひめが婢の童女とともに控えていた。

示し合わせたかのような皇帝と楊貴妃の仕草に、嫌な胸騒ぎを覚えた。

この競走の一等は楊貴妃の婢である夏蝶と決まっていて、その褒美を与える場に、夏蝶の子が呼ばれていた。離ればなれで暮らす母娘を一緒に過ごせるようにしてやるという計らいなのではないか。

しかし、対面したときの様子から、夏蝶がそれを望んでいるようには思えなかった。

夏蝶は何と答えるのか。息を飲んで、その言葉を待つ。

「娘子に申し上げます。わたくしの望みは――」

夏蝶はゆっくりと視線を柱の間に向ける。

「あれなる子、冬蝶《とうちょう》とともに過ごせましたら、これ以上のことはございません」

この美婦は察しがいい。おのれが何を望まれているのかを踏まえて答えた。

皇帝は満足そうに目をほころばせて、冬蝶と呼ばれた童女に命じる。

「それでは、冬蝶は貴妃のもとで仕えよ。親子はやはりともにあるべきだろう」

夏蝶の顔が青ざめて見えた。夏蝶にとって何か都合が悪いのだろう。結局、皇帝は夏蝶の本当の望みを叶えるつもりなどないのだ。

茶番だ、と真智は思った。

皇帝と楊貴妃の自己満足のために、官奴らが命がけの競走を繰り広げ、寺を上げてそのお膳立てをした。茶番につきあわされた官奴たちが哀れだ。

広間では、皇帝の命に応えるように、冬蝶が一歩前に出て跪いた。

冬蝶が拝礼を取ろうとした瞬間、隣にいる小さなひめの目から大粒の涙がこぼれた。

その顔は真っ赤になっていた。自分の下から冬蝶がいなくなると、ようやく理解したのだろう。唇を噛んで堪《こら》える姿が、どうにもいじらしい。

子には勝てぬ、と真智は内心ほくそえむ。皇帝であろうと、童女の心まで思うようにはできない。嫌なものは嫌なのだ。

皇帝は困惑した様子で、楊貴妃と顔を合わせた。

「小瓊《しょうけい》がそれほどに冬蝶を好いておったとは。どうしても離れるのは嫌か」

小さなうつくしい赤珠《あかたま》——小瓊と呼ばれたひめは下唇を噛み、しゃくりあげて頷いた。

「冬蝶よ、お前は母か小瓊の下か、どちらで暮らすことを望む？」

やさしく問うた老帝の声に、冬蝶は口を一文字に引いて黙り込んでいる。広間に響く小瓊のか細い泣き声に、皇帝をたしなめる寵姫の声が重なった。

「陛下、まだ幼い冬蝶に、不孝か不忠かを選ばせるのは酷です」

皇帝は顎ひげを撫でながら、思案顔で身を椅子に沈める。この場をどう収拾するのか、みなが言葉を待つ。間をあけずに、冬蝶が膝行《しっこう》して前に進み出た。小さな身を折り、床に額《ぬか》ずく。

そしておのれの胸に手をあてて、小瓊に深く揖《ゆう》の礼を取った。言葉を発することなく、自分の頬を左右から叩いて見せる。小さな、しかし弾《はじ》けるような音が広間に響いた。

——この子は口がきけぬのか。

皇帝と楊貴妃の厚意を無下にするおのれを罰する仕草を見せ、不孝の罪を請うた。まだ五つか六つの童女の隙のない振舞いに、真智は感服する。皇帝は気を取り直した顔で、みなに聞こえるように語った。

「小瓊への忠心、曾祖父としてまことに喜ばしく思う。なに、咎めはせぬ。こうやってたまに顔を合わせることはできるのだからな。貴妃もそれでよいか」

「寛大なる御心に、親子も小瓊も感謝していることでしょう」

慈愛に満ちた笑みを皇帝に返す。

その笑みが本心からのものなのか読めず、うすら寒い。この母娘がともに暮らすことを願っているのであれば、夏蝶を小瓊のいる王府で仕えさせればいいのだ。しかし、楊貴妃は夏蝶を手放すつもりはないようだった。

「夏蝶よ、ほかに願いはないのか」

皇帝に問われ、夏蝶は伏せていた目を上げた。

「どのようなお願いでもよろしいのでしょうか」

「構わぬ。そちの働きに貴妃は報いたいのだからな」

すると夏蝶は、ゆっくりと真智のほうに向いた。

「それでは、先にこのお坊さまの願いを聞き届けてくださいましたら」

「よい、ゆっくりと考えよ」

真智の心音が高鳴る。皇帝と楊貴妃、そして広間に集まった者たちの視線が真智に集まった。

真智はしばし、目を閉じた。

業火に焼かれながら、何かを懸命に伝えんとしている義父の姿がある。その想いは真智が受け取り、今、この手にある。

——義父上、見届けてください。

一度だけ額ずき、真智は立ち上がって皇帝を直視する。周囲がざわめく。拝礼を取らずに皇帝と対峙する真智の態度が、不遜ととられたのだろう。

天子はその寛容さを示すかのように、ゆっくりと口を開いた。

「長安から参ったそうだな。聞いていたよりもずいぶんと若く見える」

「謹んで、お答えいたします。わたくしの歳は十五、武威の生まれで、今は長安の大興《だいこう》善寺《ぜんじ》におります」

皇帝の背後に控える宦官、広間の左右に並ぶ官人らが顔を険しくしている。不穏な空気を感じ取ったのか、目を瞬《しばた》かせている小瓊を、女官と冬蝶が広間から連れ出した。夏蝶は変わらず真智の隣で跪いている。

玉座に身を沈めた皇帝は落ち着いた様子で、顎ひげを撫でた。

「よく知恵が回るとか。武威にて不空三蔵の試験を受けて得度した天童だと聞いた」

不空三蔵はかつて皇帝の身辺で重用されていたが、辺境の民の教化のために招聘されて武威にいた。真智に対して際だって厳しい修行を強いるので、真智はこの三蔵が苦手だった。

「天童などとはとんでもないことでございます。不空さまもわたくしにはほとほと手を焼かれていらっしゃったご様子」

それで、と皇帝は少し身を乗り出した。

「お前の願いとは何だ。苦しゅうない」

楊国忠の不正の証拠を、この老帝は取り合ってくれるだろうか。おのれの命をかけて、真智は口を開いた。

「恐れながら、沙門《しやもん》真智が天子に謹んで奏します。深き仁《やさしさ》と憐れみをもってお聞き届けいただきたい。まずはこれなる書状に御目通しくださいさい。わたくしの亡き義父が、生前、陛下のお目に掛けようと手に入れた証拠でございます」

水筒から折りたたんだ二通の書状を取り出して、捧げた。

刃物などが仕込まれていないか確かめるために、取り次いだ若い宦官が書状を広げる。薄紙に書かれた墨の字が浮かんだように見える。文面を目にした宦官の顔色がさっと変わった。

「なんだ。はやく寄こすのだ」

皇帝に急かされて、玉座へ小走りをする。震える手から、書状が老帝の手に渡った。宦官が狼狽《ろうばい》するのも当然だ。一通目には楊国忠が横領した金額や日付が記され、もう一通には、係わった者らの自筆の詩が書き連ねられている。筆跡から言い逃れはできぬだろう。証拠が認められれば、権力者たちの無法を白日の下に晒すことができる。

ひと通り目を通し、皇帝は顔を上げた。

義父が尽力して手に入れた二通の書状は、辺境に流されたことによっていったんは寺の僧に託され、真智を通じて、今皇帝の手中に届けられた。義父の志は、やっと叶ったのだ。成し遂げたという達成感が真智の胸を満たす。身体の奥がじんと熱い。

みなが息を潜めて、皇帝の様子を窺っている。老帝は沈黙を守っていた。真智はずいと一歩迫った。

「証拠はそろってございます。佞臣《ねいしん》をお側から遠ざけられませ」

玉座の男は深く息を吐くと、頭を左右に振った。

「この手の書状はこれまでも届けられておる。安禄山《あんろくざん》を陥れようとするものが偽造したのであろう」

「安将軍、でございますか」

なぜ安禄山の名前が出てくるのか。安禄山は、楊国忠と対立している胡人《こじん》の武将だ。朝廷では、楊国忠と安禄山が勢力を二分して互いを牽制しあっている。楊国忠による暗殺を恐れ、本拠地の范陽《はんよう》に籠って、挙兵の準備をしているなどと噂までされている。

「安禄山が内々に軍馬を集めている謀叛の証拠と、それにかかわる者らの名。このような密告はこれまでもあったゆえな」

「どうやら、お目に掛けたかった証拠と違うようです」

動揺で声が上ずった。書状を確かめるべく一歩踏み出すと、儀仗兵が真智の身体を押さえこんだ。続いて駆けつけてきた衛士らによって、真智はたちまち後ろ手に縛りあげられてしまった。

書状が、すり替えられている。しかし、そんな機会があっただろうか。

——殴られて気を失ったときか。

目覚めてすぐに水筒の中に書状があるのを確かめたが、中身までは見ていなかった。

華清宮で着替えたときも、周りの者を気にして水筒を開けられずにいた。

そもそもなぜ、真智が証拠を持っていることが知られているのか。楊国忠の不正の証拠については、父の同志であった武威の僧しか知らぬはずなのだ。

義父はおそらく、長安から来た刺客に殺された。もしかすると、刺客は証拠も探していたのではないか。

碧い目の宦官が、皇帝の側で耳打ちをする。

「いずれにしてもゆゆしき事、この者の故郷である武威をお調べになったほうがよろしいかもしれません」

あの敬虔な僧が自ら漏らすとは思えない。書状をもって楊家に駆け込めば、褒美をもらうこともできたのだ。それをずっと手元に隠し続け、機を窺って真智に託した。

——拷問にかけたな。

頭に血が上って、一瞬、目の前が真っ赤になった。この宦官も楊貴妃と結託しているのだろう。楊国忠を訴えんとする真智を利用して、政敵である安禄山を陥れようとしている。

こんな者どもの思い通りにさせるものか。黙らせようとする圧力が掛かるほど、真智の口は勢いを増す。

「陛下、それはわたくしが持参した書状ではございません」

動きを封じられたまま、真智は顔を皇帝に向けた。

「わたくしは楊宰相の不正の証拠をお持ちするはずでした。それが何者かによって、すり替えられました。どうか、わたくしの訴えをお聞き届けください」

楊国忠の名に、場が静まり返る。皇帝は是とも非とも示さない。真智は皇帝と、その側にはべる楊貴妃と宦官、それから左右の官人らを一瞥する。届け、と祈りを込めて声を張った。

「わたくしが思うに、天を戴く者の間に、人らしく生きる者とそうでない者がございます。また、虐げる者と虐げられる者に人が二分されるのは天の定めだと申す者もおりますが、この定めを正すことこそ、人の世の頂点である天子の役割と愚僧は考えます。今、この国では、陛下の御威光を笠に着て権を得た者の驕気《きょうき》が、民を苦しめております。なにとぞ、楊宰相ら佞臣を、お側から遠ざけられませ」

静まり返った広間に、真智の声だけが響く。

「陛下はたいへん情に篤いお方です。こたびの競走でも、離れて暮らす婢の母娘のために一肌脱がれました。市井の大旦那であれば、これでもよろしいでしょう。しかし、あなた様は天子です。望むらくは、佞臣らに苦しめられているすべての民に思いやりをお示しください」

皇帝の隣で楊貴妃が眉間に皺を寄せている。

「太平四十余年の天子に対して、なんと無礼な」

口調は優美ながら、語尾に脅すような剣呑さがある。その表情には、おのれを否定する者の存在を許さぬという苛烈さが滲んでいた。

「第一、家を棄て、異国の服を着る仏門が、なぜ政《まつりごと》に口出しをするのです。天童ともてはやされて勘違いをしているのでは」

美しい顔をしかめて楊貴妃は皇帝に同意を求めた。黙り込んでいる皇帝に、寵姫は焦《じ》れた様子を見せる。

「無礼ぞ」とひとりの官人が声をあげ、おもねるような賛同の声が続く。その声のするほうへ、真智ははっきりと言い放った。

「無礼でけっこう。僧は方外《ほうがい》の士、不羈《ふき》の士ゆえ」

どんな権にも束縛されない。それなのに、今の仏門は弱き者を走らせて、王者を歓ばせているのだ。

「陛下に発言のお許しをいただきたい」

今度は、背後にいる仏門から声が上がる。義恵寺の長である上座《じょうざ》だ。皇帝の許しを得て、前に進み出た。

「真智の考えは否定されております。天子の徳は絶対で真俗の別はございません」

即座に真智は反論した。

「純然たる釈尊の教えに従えば、出家して世の理《ことわり》の外にある僧は、王者に拝する礼を要しません。あくまで対等な人として礼を尽くすのみです」

仏門の拝不拝《はいふはい》論争というのがある。出家した僧は、王者や親を拝すべきか否か。この論争はこれまで何度も蒸し返されてきた。この論争に終止符を打つべく「沙門はまさに君《くん》と親《しん》を拝すべし」との儀をだしたのは、目の前にいる天子その人だった。

官人からも僧からも、真智を非難する怒号が行き交う。

だが本筋ではない議論で、言い負かしたいわけではない。それでは武威にいた頃と同じだ。真智は口を閉ざし、目の前の玉座を見すえた。真智の訴えに対する応えを、まだこの天子は示していない。

皇帝の目に鋭利な光が宿った。しかしそれは一瞬のことで、その口から「若いな」とため息交じりの声が漏れた。

「お前の訴えは分かった。だが楊国忠の件は証拠もないので、何ともいえぬ。今日のところは、これでよかろう」

話は聞いてやったとでもいうように、疲れた顔が目を伏せた。だがその曖昧な裁決を良しとしない者がいる。

「陛下」

皇帝の隣で、楊貴妃の目がねばりのある光を宿している。この僧を許さぬという強い意思がそこにはあった。

碧い目の宦官が、すっと皇帝の側に寄る。

「この僧は秩序を乱す可能性がございます。野放しにしては危険かと」

寵姫と宦官ににじり寄られ、仕方ないとでもいうように、皇帝の目が閉じた。

「捕らえよ」

二人の衛士がそれぞれ真智の腕を左右から引き上げた。牢に入れられるだけでは済むまい。天下の重鎮楊国忠を弾劾《だんがい》したのだ。

――義父のようにおのれも焼けばいい。

不正の証拠を手に故郷を出たときから、生きながらえようとは思っていない。首を打つなり、好きにすればいい。真智は声を上げ続ける。

「その宦官と美しい楊貴妃を側から遠ざけられよ」

ちょうど大きく庭に開かれた戸のあたりで、真智が大きく叫んだときだった。

「お待ちくださいませ」

天井に届くほどの凜とした声が、広間に響いた。夏蝶の声だった。

「どんな望みも叶えてくださると、先ほど陛下はおっしゃいました。わたくしは、あのお坊さまの減刑を望みます」

唐突な、しかし明朗な求めに、真智も周囲もあっけに取られている。皇帝が問うた。

「賢いお前のことだ。なにか考えがあるのだな」

「恐れながら。競走の際、お坊さまはその書状を落とされ、怪我を負った者の手当をしていたわたくしが拾いました。血で汚してしまったのですが、その紙はまっさらで別物のように見えます」

　皇帝は手元の紙を持ち上げて透かした。

「染みも見当たらぬな」

「お坊さまが申した証拠なる書状がどういったものなのか、わたくしには分かりかねます。問題は、それがだれかによってすり替えられたという点です。つまり、陛下のお手元に渡っては困る者がいるのだろうと拝察いたします」

　夏蝶は天子を相手に整然と語っている。玉座の男は、身を前に傾けた。

「天子に二言はない。その僧を離してやれ」

「婢の話など、取り合うことはございませぬ」

　畏《かしこ》まった姿勢で諫《いさ》める宦官に、老帝はきっぱりと処断した。

「朕《ちん》をたばかろうとする者がおる。甚《はなは》だ不快だ。その証拠とやらの件、寺をあげて事実を調べよ。その若僧も死なせてはならぬ」

　腐っても天子だ。臣下に欺かれていると指摘されて、平然としていられるほど愚鈍ではなかった。真智の胸に希望の灯がともる。衛士らから解放され、再び皇帝の御前に身を投じる。

「御英断に深く感謝いたします」

　楊国忠の不正の証拠は既に処分されているかもしれず、見つかる望みは薄い。しかし、

もし皇帝の前で詳《つまび》らかにされれば、大きく政局が変わる。父の志は受け継いだ真智の手から
周囲では、官人や僧がばたばたと駆けだしている。出会ったばかりの女人だった。

も離れ、動き出したのだ。窮地を救ってくれたのは、出会ったばかりの女人だった。

揖《ゆう》の礼を取ったまま控えている夏蝶に、真智は問うた。

「あなたはいったい何者なのです」

官人と僧が入り乱れる広間のなかで、真智にしか聞こえぬほどの密かな囁きが、耳に入った。

「あなたのことは、わたくしが守ります」

光をたたえた漆黒の瞳が真智を捉える。そのとたん、熱風が身体を吹き抜けるような感覚に襲われた。この熱を真智は知っている。義父が瞳の奥に秘めていた熱だ。さらに問おうとにじり寄ったとき、一人の武官が広間に飛び込んできた。

「陛下に、急ぎ上申いたすべき旨あり！」

その顔は汗まみれで靴も行縢《むかばき》も泥で汚れている。兵装も改めぬまま御前に上がるとは尋常ではない。その肩が大きく上下した。

「謀叛！　安禄山が范陽にて挙兵！」

霹靂《へきれき》に打たれたように、ざわついていた者たちの動きが止まった。一瞬しんと静まり返った空気が、再びどよめく。

目まぐるしい展開に、真智の頭は追いつかない。こうなる前に楊国忠を処断せんと動

いていたのではなかったか。夏蝶も一瞬呆けたような顔を見せ、かたく口を結んだ。

「まさかあれが。そんなはずがあるまい」

皇帝は一笑に付したものの、跪く武官の表情を眺めるうち、真顔になった。

「それはまことか」

老帝の問いに、武官は深々と頭を下げて答えた。

「河北《かほく》諸郡が次々と叛乱軍に降伏。破竹の勢いで南下している模様です」

椅子から立ち上がった老帝の目が充血している。

「降伏だと。河北二十四郡あって、国に殉ずる義士はひとりもおらぬのか」

その剣幕に、文武を問わず官人らが皇帝の御前に参集する。

「長安にすぐに報せを」

報せを出したところで、名だたる将軍はみな辺境に配備されている。都にめぼしい武将は残っていない。真智の思惑を読んだかのように、皇帝は声を上げた。

「華清宮に参内している武将をすぐに洛陽へ向かわせよ。それから、長安に高仙芝《こうせんし》がいるはずだ。直ちに備えさせるのだ」

――内乱が起きている。

名の上がった高仙芝は四年前の怛羅斯《タラス》の戦で大敗している。西域の商人らから、その悲惨な戦禍を聞かされていた真智には不安がある。さらに、故郷の武威は異国との戦の要地であり紛争が身近にあったが、長安や洛陽など都の民は戦を知らない。

皇帝に名を呼ばれ、碧い目の宦官が「は」と手を揃えて拱手した。

「辺令誠《へんれいせい》」

「監軍使《かんぐんし》に任じる。直ちに出陣せよ」

まるで芝居のように恭《うやうや》しく跪拝《きはい》する。こうなることを予想していたかのような落ち着いた様子だった。玉座で繰り広げられる怒号をよそに、楊貴妃が広間へ降りてきた。夏蝶が寄り添うように歩き出す。

「娘子《おくさま》、安全な場所へお供いたします」

ところが楊貴妃は珠が転がるような声を立てて笑っている。

「陛下がよくおさめてくださいますから、安心なさい。それより冷えてきたから、湯あみをします。白檀と乳香をいれてね」

慈愛に満ちた笑みがさらに深まる。逆に、夏蝶の顔が一瞬強張ったように見えた。

「あなたには訊かねばならぬこともありますからね」

楊貴妃の鞋が、夏蝶の足を踏んでいた。

女官や婢らをともない、真智を一瞥もせずに通り過ぎていく。濃厚な黄菊花の香りだけが、真智のもとに残った。

ひとり立ち尽くしていると、背後から乱暴に両腕を摑まれた。先ほどの衛士らだった。

「何をする」

「謀叛の証拠を持っていた僧についても検《あらた》めよとの命だ」

「それはいったいだれの命だ」

数人がかりで押さえ込まれ、抗うこともできずに本殿の外に連れ出される。

周囲の騒動が耳に遠い。真智の目に浮かんだのは、うつむいた義父の寂しげな横顔だ。

それは自身の非力さに打ちひしがれた人の姿だった。

第三章　満月のうら

一

崔子龍《さいしりゅう》が蒸籠《せいろ》の蓋をあけると、かぐわしい湯気の下からふっくらとした川魚の白身があらわれた。

欠けのある陶器の皿に取って、大蒜《にんにく》と生姜《しょうが》をきかせた餡をかける。

棚から突き出た調理器具をよけ、脂で汚れた狭い厨《くりや》をすり抜けていく。店内には机が四つしかなく、路上にふたつの机がはみ出ていた。

極寒の空の下、皿からふくふくと湯気が立ちのぼる。その湯気に似た豊かな髭をたくわえた老人が座っていた。

「長生きはするものです。あなたさまが作った魚料理を口にできるとは。昔は私が小骨まで取って差しあげていたのに」

崔子龍も椅子を動かして、老人の対面に座った。大食《たいしょく》（イスラム教徒）のように頭を覆った黒布で、顔を深く隠す。

「嫌味を言いにきたのか」

「年寄りとはそういうものです。若者の嫌がる昔話ばかり思い出す」

すっとした居住まいが、雑多な市場の風景のなかで少し浮いて見える。服装は粗末なものに変えてきたようだが、品のよさが隠しきれていない。

もっとも、この程度の不調和は、この雑踏のなかでは砂粒ほどの些末《さまつ》さでしかない。違和を感じるのは、崔子龍がこの老人の所作も気質も知り尽くしているからだろう。

生まれたときから世話をしてくれた崔家の元家令《かれい》の林《りん》だ。今は一線から退いたものの、変わらず崔家に仕えている。その老いた瞳が周囲を気にするように左右に動く。白く細い指が匙を取った。

中国唐の長安城――城周が八十二唐里（約三十六・五キロメートル）、城高が一丈八尺（約五・三メートル）ある巨大な都である。

城壁の中は東西南北に幾筋にも伸びる道路で区切られ、壁で囲まれた坊と呼ばれる区域に人々は居住している。

北端には宮城《きゅうじょう》や中央官署のある皇城《こうじょう》がある。宮城の北には天子が狩りなどを楽しむ広大な御苑があり、その東には宮城の湿気を避けて建てられた大明宮《たいめいきゅう》がある。大明宮は、名君で名高い第二代皇帝太宗《たいそう》が初代皇帝高祖《こうそ》のために建てた離宮だったが、今ではその快適さから朝廷の主な機能が移されていた。

皇城の朱雀門《すざくもん》から長安城の南端の明徳門《めいとくもん》まで、朱雀大街《たいがい》と呼ばれる幅百歩（約百四十七メートル）の大きな通りが走っている。朱雀大街によって区切られた長安城の東西にはそれぞれ特徴があり、官人が出仕する大明宮や現在皇帝が居所としている興慶宮《こうけいきゆう》のある街東《がいとう》は、貴顕が多く居住し整然とした感がある。一方、街西《がいせい》は庶民や胡人の姿が多く、国際色が豊かだ。

ここ西市《せいし》はその特徴が際だっており、見わたせば、髪を編みこんだ突厥人《とつけつじん》がきらびやかな織物を手に売り口上を述べ、髯《ひげ》の濃い康国人《こうこくじん》が金貸しの旗をたなびかせた店の前でふんぞり返り、辻では怪しげな占いの道具を並べた碧眼《へきがん》の老婦人が煙草の煙をたゆたわせている。

人だけではなく、商うものも多種多様だ。色とりどりの香辛料や珍しい南国の果物、名産地の茶、異国の変わった楽器や陶器が店頭に並び、酒を扱っていることを示す青の旗が競うようにたなびいている。この市で購《あがな》えないものはないと思えるほど栄えていた。

「明日ですな」

「上元節《じようげんせつ》か」

賑やかな通りがより華やいで見えるのは、明日が正月十五日の上元節に当たるからだ。

「覚えていらっしゃいますか。昔、夜行《やこう》でおぶって差しあげましたことを」

長安の街は日没とともに各坊の門が閉ざされ、夜は坊の外へ出ることが禁じられる。ただし年に一度の例外として、上元節には三夜にわたって庶民にも夜行が許される。

「奇怪な神獣の灯籠《とうろう》に囲まれて、ほんとうはご自分のほうが怖かったでしょうに。『じい、怖くないか』と何度も気遣いをしてくださった。問う声が聞こえなくなったかと思うと、くったりとこの背でお眠りになっていた」

「そんなことがあったかな」

「忘れもしません。今でも背に小さな温かさを思い出すのです」

白い睫毛の下の眼が細まる。

「頼もしい御子だと誇らしく思っておりました。いったいどんな青年になるのかと」

「よもや、ならず者になるとは思っていなかったか」

崔子龍は名家の後継ぎから、街に潜む無法者に変わり果てていた。しかし林の目には憐れみより、変貌を歓迎するような気配すらある。

怛羅斯《タラス》の戦から約三年半――辺令誠《へんれいせい》の寝込みを襲って仕損じてから、長い月日が崔子龍の身を揉《も》んだ。

羊暗《ようあん》の機転で物資を持ち出して逃げたものの、監軍や唐の遠征軍に見つからぬように長安まで戻るのは困難をきわめた。

まず蠅《はえ》隊は、高仙芝《こうせんし》が治める安西《あんせい》の地を避けて、南に迂回して崑崙《こんろん》山脈の北の路を選んだ。

この路はいったん唐軍から姿をくらますという目的を十分に満たしてくれた。しかし代償として、命にかかわる過酷さが影のように常に崔子龍たちにつきまとうことになった。

　ときには大砂漠に入り、定まった道のない地を東進した。凮とともに流れる砂にあおられ、熱砂は踏みしめても履《くつ》が沈んで歩きにくい。熱気で頭がくらみ、標《しるべ》のように砂塵に佇《たたず》む人畜の骨を唐兵と見間違え、慌てて引き返したりもした。

苦難のすえに、やっとの思いで都の近くまでたどり着いたときには、離脱する者や病に倒れる者があって、蝿隊は十八人にまで減っていた。

残った蝿隊は、金を払って商人の一団に加えてもらい長安に潜り込んだ。性器を欠いたものが集団でいるのは目立つ。今は西市で日雇いや住み込みなどで働きながら、それぞれ分かれて潜伏していた。

「元からあなたは無頼《ぶらい》だったのですよ。御曹司というのは、被っていた皮の一枚に過ぎません」

長安にたどり着いたとき、まずだれに報《しら》せるかを崔子龍は考えた。

もとより不和だった両親ではなく、この元家令に宛てて文を書いた選択は正しかった。そのときすでに怛羅斯の戦から二年が経過し、大敗も長安では過去のものとなっていた。しかし、従軍した崔子龍が一隊を率いて逃亡したことは崔家に伝えられ、父は家門を汚《けが》したとして絶縁を口にしていたのだという。このこと出ていけば、崔子龍は血族によって監軍に差しだされていただろう。

林は崔子龍が幼いころから、熱を出したときも、陽物《ようぶつ》を失って母親から冷遇を受けたときも、常に側にいた。崔家における唯一の味方といっていい。

「皇帝は、興慶宮南面の通陽門《つうようもん》から出ます」

林が何食わぬ顔で口元をぬぐっている。通陽門、と崔子龍は心のなかで唱える。

上元節の三夜には皇族や妃もお忍びで街に繰り出す。宮中でも催しは行われるが、皇帝は年に一度の夜遊《やゆう》を楽しむために密やかに外に出る。

崔子龍にとって重要なのは、その外出に宦官《かんがん》が随行するということだった。そこで名家の元家令である林の人脈を頼りに、興慶宮の従僕に探りを入れてもらった。

「例年どおり、夕刻に興慶宮で燃灯《ねんとう》を楽しまれたあとに、平康坊《へいこうぼう》の翡翠楼《ひすいろう》へ向かわれるようです」

翡翠楼はすっぽん料理で知られる高級料亭だ。そこに渡るまでの行幸を狙う。夜行の賑わいに乗じて辺令誠を討ち、怛羅斯の戦の真実を皇帝に訴えるのだ。

蠅隊はこの機を狙って、ずっと身を潜めてきた。馬や武器も林を通じて整えてある。皇帝の近習《きんじゅう》を襲うのだから容易なことではない。うまくいったとしても命は助からない。

それでも、この手でけだものの息の根を止める。

――今度こそ逃すまい。

辺令誠は今では皇帝の信あつく、その側で重用されているという。

何万もの唐兵の死体が打ち捨てられた怛羅斯の夕闇と、無惨に皮を剝がれた牛蟻《ぎゅうぎ》の顔を思い出すたび、心臓を焼かれるような息苦しさに襲われる。ささくれて皮の厚くなった掌を握りしめた。

「杜夏娘《とかじょう》さまの件ですが」

密かな声に、崔子龍は顔を上げた。

「なにか分かったのか」

林の首が横に動き、やわらかな髭が揺れる。

「今日までにと思っておったのですが、力が及ばず申し訳ありません」

崔子龍が出征してすぐに、杜夏娘は本籍のある山東《さんとう》へ移り住んでいた。

その後、崔子龍に忌まわしい災厄をもたらした男、王勇傑《おうゆうけつ》の失脚を知って、再び長安に姿を現したのだという。

王勇傑はめでたく貢挙《こうきょ》に登第《とうだい》し、祭祀に携わる役目を拝命していた。その先には輝かしい未来が開けたように見えたが、官職についてすぐに国の宗廟《そうびょう》を穢《けが》すという失態を犯した。

その非違《ひい》は国家に対する叛逆と同じ扱いとされ、降任や左遷といった生ぬるい処断では許されない。王勇傑を含む王家の成人男子は斬首、女子どもはすべて官奴婢《かんぬひ》に身分を落とされるという最も過酷な刑に処された。

一族断絶の事態に、事情を知る一部の者の間では、崔子龍を裏切った報いだと囁《ささや》く者もあったらしい。

杜夏娘が長安に戻ったのは、王家の減刑を役所に求めるためだった。あまりにしつこく訴えたため、同罪として官婢に落とされたという顛末だった。

──夏娘が官署の奴隷になっている。

長安に戻り次第、差し伸べてくれた手を拒んだ過ちを杜夏娘に詫びるつもりだった。自分が不在の間のいきさつを林から聞いて、崔子龍は身体中から血が引く思いがした。

すぐに、林に頼んで行方を探ってもらった。

官公署や関係者を調べつくした林は、杜夏娘が皇族の家に入ったらしいというところまで突きとめた。しかし、皇帝には兄弟姉妹のほか五十九人の子がおり、孫はさらに多い。皇帝の血筋に近い皇室だけではなく、遠縁の宗室まで含めるとかなりの数になる。しかもそれぞれが所有する屋敷は一つではない。探し出すのは気が遠くなるような作業だった。

崔子龍は蠅隊の者たちに事情を打ち明け、皆の力をかりて各坊の皇族の家を当たった。しかし、表立って名乗ることもできない身では、怪しまれて追い払われるばかりだった。

「決行までに救い出したかったのだがな」

頭に浮かぶのは、翠雨の下の素馨《そけい》の咲き乱れる庭で、杜夏娘が何かを崔子龍に伝えようとしている姿だ。これまで幾度となくこの光景が脳裏をよぎったが、その言葉が何なのかが聞こえない。もしや杜夏娘は、どこかで自分に助けを求めているのではないか。

──なぜ夏娘の居場所は分からぬのか。

林の人脈をもってすれば、婢ひとり探し出せるという期待があった。ところが、皇帝の行動すら調べ上げる男でも見つけられない。杜夏娘の行方を秘匿する、何か特別な事情が働いているような気さえした。

「引き続き、私が調べを進めます。あなたさまは明日のことをお考えなさいませ」

目を上げると、皿の上できれいに小骨が寄せられていた。

「面倒ばかりかけてすまない。恩を返すことも叶わぬ」

林は多くを望まない男だった。唯一、口にしていた望みといえば、崔子龍の子を腕に抱くことくらいだ。子をなせぬ今となっては、それも叶えてやることができない。

なにを、と白髭の男は笑った。

「人生の先が見えて思うのは、おのれがどう生きたかということです」

崔子龍の考えを読んだかのように続ける。

「私は崔家、というよりもあなたさまひとすじで生きてきて、子も孫もおりません。子孫を残したいと思うのも人の本能でしょう。しかし、私はそれにも劣らぬことを成せたのです」

細く角張った手が崔子龍に向いた。

「義、です」

目尻に皺が深く寄る。

「うぬぼれるのなら、私は義そのものを守り育てたのだと思っております。そして、今あなたさまは、このじいが思いもつかぬような大義をなそうとしている。痛快です、とても」

襁褓《むつき》まで替えてくれた男だ。今さら詫びというのも間が抜けている気もする。その上、潜伏の身では表立って礼を尽くすこともできない。

「今まで世話になった」

皿をさげながら、声を低めて伝えた。間を置かず、ずしりとした音が机の上で響く。

「御武運を」

潤んだ瞳が、崔子龍を見つめている。やがて白髭の男は顔を背け、ゆったりとした動作で立ち上がった。昔に比べるとずいぶんと小さくなった背が、雑踏のなかに紛れていく。

置かれた布袋には、安料理屋の代金にしてはずいぶんと多い銀が詰まっていた。

二

あの夜も、満月だった。

商売で名をなそうと親戚を頼って長安に移り、ちょうど十年が経とうとしていた。

この国で胡人《こじん》が身を立てるには、商いくらいしか手段がない。そして、商人は官人になることはできない。それは何事も決める立場にはなれないということを意味していた。

もともと社交的な性格ではなく、人と話すのは得意ではなかった。だが、勤勉さと物覚えの良さが周囲に好まれた。役人への付け届けも欠かさなかった。努力が実り、一軒の料理屋を任され、妻帯して、貧しさから諦めていた子まで授かることができた。

しかし、市場を取り仕切る役人からの理不尽な要求に、たびたび苦しめられた。代金の不払いや難癖を付けられて脅されるといったことは日常だった。

その暮らしのなかでも、授かった息子は希望であり、その成長は生きがいだった。一緒に遊ぶ子らの内でも、役人の子には逆らえない。息子なりにその理不尽に思うところがあったのだろう。市署の長の子に怪我を負わせてしまった。

——この地ではもう生きていけぬ。

一家で逃げるしかないと思った。

ところが、息子は許された。たまたま居合わせた異国出身の胡将《こしょう》が、市署の長に取りなしてくれたのだという。それだけではなく、役人の子の横暴を窘《たしな》めてくれた。役人の機嫌を損ねては、自分たちは暮らしていけないと思っていた。その胡将は、理不尽に耐える商人に代わって非道を糾《ただ》してくれたのだ。

胡将は、役人の支配のもとで辛酸をなめる胡人たちの英雄だった。

謝礼のために招いた胡将は、恰幅がよく、肩背が雄々《おお》しかった。南方の都護府《とごふ》に仕える武人で、公務で長安に滞在しているという。

その事件以来、役人からの干渉も減った。おのれもあんな英雄になるのだと、息子はその胡将に夢中になった。自分を崇《あが》め、慕ってくる息子が可愛かったのだろう。胡将は息子に獣の角《つの》の飾りを与え、外出に伴わせるようになった。

強い男になりたいと望む息子のために、その胡将へ財を贈り続けた。

上元節の日、満月の夜だ。

年に一度の夜の街を楽しむ人々のために、厨房で忙しく働いていた。

豚肉を火で炙《あぶ》っていると、雇っている庖人が慌てた様子で布に包まれた肉を運んできた。よく見ずに、そのひとつに庖丁を叩き込んだ。その瞬間、ぞわりとした悪寒に襲われた。豚の脚ではない。布から、角の飾りがころりと足元に落ちる。それを見て絶叫した。

店に運ばれた肉塊は、息子の遺体だった。顔は潰され、手足はばらばらにもがれていた。

手が震え、嘔吐した。腰が抜けてしばらく動けなかった。

――自分はいったい、息子の身体に何をしたのか。

庖人たちが事情を確かめてくれた。息子は慕っていた胡将の気分ひとつで殺された。酒に酔った胡将の虫のいどころが悪かったのだという。配下の兵らが、胡将の機嫌をとるために、数人がかりでいたぶったのだと教えられた。

役所に殺人の罪を訴えたが、相手にされない。胡将が有力者に根回しをしていたようだった。役人は「上から言われているのだ」と、取り合わなかった。

妻はまた子を作ればいいと言ったが、冗談ではない。

おのれの手で罰するしかない。息子に手を掛けた兵らを突きとめ、包丁一本で立ち向かったが、武人たちを相手に勝てるわけもなかった。

「なぜ殺したのか」

血を吐きながら、兵らに摑みかかった。何の罪もない、まだ幼い息子をなぜ殺したのか。

「上に言われたことゆえ、仕方なかったのだ」

まるで饅頭屋が売り切れを告げるときのような顔でいう。胡将は胡将で、殺せとまでは命じていないと言い逃れをした。それでは納得がいかぬと食ってかかると、殺されても仕方なかったのだと息子を罵倒し始めた。見込みがある、おれの右腕にしてやると褒め称えたのと同じ口で汚く罵《ののし》ったのだ。

息子を殺した責はどこにあるのか、まったく分からなかった。

いかにすれば胡将らに罰を与えられるかを調べるうち、異国出身の将とは道化なのだと気づく。

武功をあげれば出世する。しかし胡人であれば字も満足に書けず、詩も作れない。朝廷の役職を奪われぬように、漢人は武官の要職に胡人を配置するように仕向けている。だから、辺境に置かれる武将は異国の者ばかりなのだ。

胡将は英雄ではない。人でなしの漢人に、いいように使われているだけだ。息子が憧れたものの正体に絶望した。

——そんな犬どもに命を奪われたとは。

衝動で首を吊ろうとした。しかし、重みに負けて紐が解けた。

「まだ生きよと言っている」

仏僧が顔を覗き込んでいた。

「犀《さい》の角のようにただ独り歩め」

霞《かす》む視界のなか、滑らかな光が見えた。息子が肌身離さず持っていた角の飾りだ。僧が手にして空にかざしていた。

「どのような意味でしょうか」

天竺《てんじく》の犀は角が一本しかない、というようなことを僧は言った。仏門の教えらしい。一本の角をもって突き進む、神々《こうごう》しい獣の姿が目に浮かんだ。

「おのれひとりの力で立つこと。みずからを依《よ》りどころとして、他者を依りどころにしてはならぬ」

「おのれのみを寄辺《よるべ》に——」

助けてくれる英雄など、どこにもいない。

胡将もその手下の兵も「上の言うことだから」と口にして、息子を殺した。役人も同じことを言って、真実を検《あらた》めようとしなかった。挑むべきは、この者たちよりも、もっと大きなものだ。

頭上にある天を見た。果てしなく、高くそびえる蒼天。

僧は手に角の飾りを握らせてくれた。

「僧であれば、為政者に近づけましょうか」

墨染の足元にしがみついていた。密教の勢力が、護国の名のもとに朝廷の者たちから寄進を受けているという話を聞いたことがあった。

「僧とは何にも縛られぬ不羈《ふき》の士。人であって、人でない。権に使われる僧など、ろくなものではない」

その言葉を聞いて、天啓のようにひらめいた。天子の側にまで上がれる方法がひとつだけある。人であって、人でない者になるのだ。

自宮《じきゅう》すれば傷が腐って死ぬ、と周囲に止められた。正気ではないと妻は去って行った。店の厨房で、よく研いだ包丁を手にした。息子の身体を傷つけたこの手で、自分の陽物を切った。

なんてことだ、という庖人の悲鳴が聴こえる。痛みで毛の一本までが逆立ったような気がした。だが、幼い息子の味わった恐怖と痛みは、こんなものではなかったはずだ。

「ここで気を失っては死ぬぞ！」

白目を剝いて全身を痙攣《けいれん》させていたらしい。それでも死ななかった。目が覚めたとき、別の生き物に生まれかわったのだと思った。

身体が、失禁をしたのかと思うほどに濡れている。嫌な汗だ。起きた場所は、生臭い厨房ではない。絹の夜具で整えられた寝台だった。

「お目覚めですか」

「どれほど寝ていた」

まだ幼さの残る顔の従僕が、少女のような声で答える。

「ほんの二刻でございます」

長安の坊内に構えた屋敷の一室だ。従僕の手を取り、寝台から起きあがった。

宦官はふつう後宮から抜け出せない。しかし、市中に家を複数持てるほどの栄達を、おのれは為したのだ。

宦官辺令誠――それが今の自分の名だ。

風のそよぐほうを見やると、赤みを帯びた月が迫るように下界を照らしていた。まもなく満月だ。月は変容し、一定の周期で同じ形を見せる。しかし、何度月が満ちても息子は生き返らず、元のおのれにも戻れない。

辺令誠は汗を含んだ衣服を脱ぎ捨てる。男であることを示すはずの部位は大きく削《そ》がれ、痛めつけられたような色をしている。月明かりのせいだった。

熟《う》んだ月に呑まれぬように、辺令誠は息を張った。

着替えを手伝う従僕が、上目遣いをした。

「お目通りを願う者がおりますが、いかがしますか」

「楊国忠《ようこくちゅう》の手下か」

上元節で変わった余興を楽しみたいと辺令誠に再三求めてきていた。

「いえ、かつてお仕えしていた者だとか。これまでも何度か訪ねてきておりました」

この隠れ家を知っているということは、近くに置いていた者だろう。小者であれば、たかりにでも来たのだろうと思ったが、なにか予感があった。こういった勘はばかにならない。

「会おう」

堂に控えていた男は、いっときでも待てぬと言った様子で顔を上げた。身からほとばしる野心が、息子の姿を想起させた。

「お前……」

「お忘れでしょうか。怛羅斯《タラス》の戦以来でございます」

辺令誠は記憶を手繰る。何かと楯突いてくる隊長がいて、その男の配下に忍ばせた者だ。

「お前がここに来たということは、蟻《あり》……いや蠅隊が長安に戻ってきたか」

一隊長などに構っている刻はない。堂を去ろうとしたときだった。

「辺さまのお命を狙う画策がございます」

足を止め、男を見下ろす。異変を企てているとなれば、話は別だ。秩序を乱す者は、全力で潰す。

「お前は自分を売り込みにきたのだな」

野心のある者は嫌いではない。意思が明白な者は扱いやすい。

「蠅隊の男は崔家の男、であれば、楊国忠を使うか」

宰相位についても、あの男の本性はならずものだ。特に家柄のよい者を痛めつけるのを好む。

「上元節の余興によかろう」

辺令誠は深く椅子に座り、計略を考える。腰に下げた固い物が手に触れた。よく研《と》がれた小さな一本の角。

――犀の角のように、ただ独り歩む。

辺令誠という名は皇帝から賜ったもので、元の名は忘れた。いっとき目に浮かんだ息子の顔も、もう思い出せなくなっていた。

三

大きな満月だった。

その下で、龍を象《かたど》った灯籠が厳《いか》めしい目を光らせている。月星の明るさと競うように、煌々《こうこう》と道行く人を照らしだしていた。

その眩《まばゆ》さを避けるように、崔子龍は目元を覆う面を掛けなおす。

正月十五日の上元節。元宵節《げんしょうせつ》とも
いい、中元、下元を含む三元のうちの初めで、天官を祝福する日とされている。

街角では屈強な男たちが抜河《ばつが》（綱引き）や角抵《かくてい》（相撲）に興じ、着飾った隊が楽を奏でて人垣を作る。短い日が落ちても、ふだんのように慌てて坊の中へ駆け込む必要もない。上元節最大の見ものである燃灯が、三夜にわたって夜空を彩るからだ。

花樹のようにいくつもの灯りを竿につけた灯籠がゆらりと揺れ、その橙色《だいだい》が夜空に溶けるように滲《にじ》んでいる。左右では、神獣や花を象《かたど》った灯籠が、燃えたつような明るさで往来に迫っていた。

春を迎えたとはいえ、夜風はまだ冷たい。だが、灯りの色に染まった露店が目に暖かかった。

店頭に所せましと並んでいるのは、花と蛾を象った火蛾児《かがじ》の飾り、雪柳を象った髪飾り、絹糸で編んだ絲籠《しろう》などの節物《せつぶつ》だ。にぎやかな陰影が浮き立つ路上を、面をかぶった子や仮装した異形のものたちが闊歩する。その姿は、火にあぶられるのを歓ぶ虫のようだった。

この往来に人ならざるものが混じっていても分からないという気がした。眺めていると刻の感覚もあいまいになり、まるで別の世界に迷い込んだように錯覚する。

甘い香りが、崔子龍の鼻をかすめた。

羊暗が椀を差し出していた。上元節に食べる赤小豆粥で、崔子龍にとって最後の食事になるかもしれない。

面の下から一気に掻きこむ。狼を思わせる鋭い目が崔子龍を見つめていた。

「身内を信用しすぎです。粥に毒でも入っていたらどうするのです」

この男は崔子龍に対して、つねに手厳しい。その羊暗の椀には、好物の羊肉が入っている。

「毒を混ぜてあるのか」

「いいえ」

相変わらず表情は読めない。態度だけを見れば、やはり好かれてはいないという気がする。

しかし冷静にその行動を振りかえると、この男はだれよりも崔子龍に対して忠実だった。献身したところで何も得することはない。それなのにともに本懐を遂げ、死のうとしている。誰に対しても、好悪という感情を持たない人間なのかもしれなかった。

背後で空気を切り裂くような音がする。

驢馬《ろば》のいぐさを月吾《げつご》が刀で突いていた。

透けるような白肌が火照ってみえるのは、灯火のせいだけではない。放浪した数年で、月吾は碧眼《へきがん》のうつくしい少年に変貌した。だが内面は傷に薬を塗ってくれた頃のままだ。その純朴さゆえに武芸に熱中し、食らいつくように教えを乞うてくる。大事をなす今になってまで、刀にひたむきな眼差しを向けている。

強さに没頭するのは、若さの特権だろう。

「ほかの生き方もあるものを」

成功しても命の保証はない。そう言い聞かせても、謀略に参加するといって聞かない。

「大将もおれに見世物になれと？」

反発の滲《にじ》む碧い目を、崔子龍に向けた。人を魅了する稀有な容姿は、それだけで食っていけるほどの価値がある。ただ茶を飲むだけでも銭が取れるのだ。だが冗談でもそんなことを言おうものなら、顔を赤くして激怒する。

この少年が望むのは、志に殉じること。おのれのすべてを巨悪にぶつけることだった。

とはいえ、刀を振るうよりも花でも持たせたほうが似つかわしい。華奢な身体つきはどうみても武芸には向いていない。

「また歌や踊りをやらされるのはごめんだよ。後宮にいたころと変わらない」

物言いも以前と変わっている。下町に潜んでいたせいもあろうが、幼くみられまいと懸命なのだ。

「おれは足手まといにならない。のけ者にしないでほしい」

崔子龍は空になった粥の椀を羊暗に渡す。刀を持つ月吾の腕に手を添え、構えを直してやった。

「突きは、刀を繰り出す動きよりも、突いた刀を引く動きに意識を置くといい」

月吾の身は軽い。刀術であれば、突きか引き斬りを極めるのがいい。人によって差はあるが、たいてい去勢した男は筋肉がつきにくい。これから月吾の身体が雄々しさを帯びることはないだろう。

「それから敵の身体の骨と筋をよく目で捉えること」

喉から背、胸の骨と自分の身体を指して、どの角度が適切かを教えていく。

辺令誠を討つ――その志だけを胸に蠅隊の者たちは生きながらえてきた。殺伐とした潜伏の日々にあって、強くあらんとする月吾の健全な欲は、皆の心に清涼な風を吹き込んでくれた。

突きを何度か繰り返した月吾が、ふと顔を上げる。

「まだ皇帝は動かないのかな」

大通りをはさんだ向かいには、興慶宮の外壁が聳《そび》えたっている。

長安城の東隅に接した宮殿は、皇帝が太子のときに居住した場でもある。それを整備して離宮とし、政務もこの地で執《と》るようになった。今では事実上の宮城となっている。

堅固な門の向こうからは琵琶や琴などの音曲《おんぎょく》が漏れ聴こえ、高い壁越しにいくつもの灯籠が覗いている。南西の角には勤政楼《きんせいろう》と呼ばれる本殿の甍《いらか》が黄金色に照っていた。

この荘厳な建物で、皇帝は近しい家族や臣、寵姫とともに下界を眺めているのだろう。そして、下々の楽しげな雰囲気に誘われて街に降りる。皇帝が出るという南面の通陽門を蠅隊はずっと見張っていた。

しかし、遅い。陽が落ちてだいぶ経っているが、門には人が出入りする気配がない。刻がある分、余計な想像が幾度も頭に浮かぶ。辺令誠と対峙して、自分はあの碧い目を直視できるだろうか。しかし、ここで仕損じては牛蟻に顔向けができない。かつて、英雄高仙芝が崔子龍に語った言葉を心で唱える。

――戴《いただ》いた天に臆せず生きる。

おのれを鼓舞するために握りしめた拳が震えていた。

黒く縁取った竈神《そうしん》の面をつけた男が駆け寄ってきた。皇帝のお忍び先の料亭を見張らせていた男だ。

「大変です。皇帝はもう翡翠楼に入っています」

林の調べが外れたのだろうか。華やかな旋律が、立ち尽くす蠅隊の間を流れる。

「であれば、翡翠楼に向かう。出るところを狙えばよいのだ」

駆けだそうとする崔子龍の腕を、竈神の手が摑んだ。

「近づいてはいけません。大将を名指しして、手配する札が出ている。宰相の楊国忠が人質を取ったようです」

「だれをだ」

思わず声を荒らげていた。

「おそらく、元家令の老人ではないかと」

冷や水を浴びせられたような気がした。絶句していると、羊暗が静かに言う。

「罠です。元家令が裏切ったのかもしれない」

「あれがおれを裏切るなどありえない。救い出さねば」

羊暗は狷介《けんかい》な感じのする目を瞬《しばた》かせ、まぶしいものを見るように細める。

皇帝の一行を襲う計略に加担していたことが漏れたのだ。崔家の父は金を積んでうまく乗り切るだろうが、林はただでは済まない。巻き込んだのは崔子龍だ。

「これはおれの問題だ。皆はふだんの住処《すみか》に戻れ。おれに万が一があったときは、志を頼んだぞ」

「今さら何を」

呆れたように言って、月吾が邪鬼退散の守り神である鍾馗《しょうき》の面をかぶる。それを合図にしたかのように、ほかの者たちも異形の面を着けた。

「おれたちは大将についていく。あなた抜きなんて考えられない」

羊暗だけが俯《うつむ》いていた。

「元より生き長らえようとは思ってはおりませんが」

考え込むようにしていた顔を上げた。

「あなたは辺令誠という権に対して一矢報いようとしていたはずだ。慎重を欠いて、無駄死にするおつもりか」

「皇帝がいるということは辺令誠も側にいる。向かう価値はある」

「辺令誠が絡んでいることに、異論はありませぬが」

何か続けようとしている羊暗を背に、崔子龍は駆けだしていた。

「話はあとで聞く」

月界の樹木を思わせる豪奢な灯籠が、路上を煌々と照らしていた。

翡翠楼が皇帝のお忍びの場所として選ばれた理由がすぐに分かった。

路上に並んだ灯籠には、寵姫である楊貴妃《ようきひ》の一族の名の札が下がっている。楊一族のなかでも「楊氏五宅」と呼ばれる最も権勢を誇る者たちが出したもので、この絢爛《けんらん》な燃灯を楽しむために、皇帝は楊貴妃を伴って市井に降りたのだろう。

往来では、月星のきらめきを奪うかのような明るさに人が群がっている。その人垣をかき分けて崔子龍は前に進む。強い光にさらされた姿に、絶句した。

翡翠楼の前で、林が磔《はりつけ》にされている。その両腕が斬り落とされていた。

「崔子龍はまだ現れぬか」

兵らが高らかに声を上げた。その背後には、深々と腰かけ、妓女に酒を注がせている男がいる。一見人好きのするその顔を、社交の場で目にしたことがある。宰相の楊国忠だ。

皇帝の前で逆賊を捕らえて、褒美でも貰おうという算段だろう。いかなる理由で林の腕を落としたのか。私刑以外の何ものでもない。怒りで身体の血が煮え立つようだった。

「示し合わせたとおりだ」

押し殺すようにつぶやき、崔子龍は皆の前に跳躍した。着けていた面をはぎ取る。長安に戻って、はじめて顔を衆目にさらした。夜風は冷たいはずだが、皮膚に熱を感じた。周囲には知った者がいるのか、崔子龍の名を囁く声が聴こえた。

崔子龍は楊国忠を睨み、声を上げた。

「おれの名を呼んだか」

ゆったりとした足取りで楊国忠が近づいてくる。

「陛下を狙う逆賊め。武器を置かねば、次はこの老いぼれの脚をもらう。崔家の父母もただでは済まさぬ」

「父母は縁座せぬ。金を積んだであろうからな」

皇帝への直訴を思い立ったとき、家のことが頭にちらついた。しかし、縁を切った息子のことで、あの狡猾《こうかつ》な父がおとなしく罪を負うとは思えない。

「それに、おれが倒さんとしているのは陛下ではない。お前ら佞臣《ねいしん》だ」

縛り付けられた林が、声を上げた。

「私のことなど、捨て置いてくださいませ。そのような小さな志ではありますまい！」

途切れ途切れに声を詰まらせながら叫ぶ。

武器を捨てようとしない崔子龍を見て、楊国忠が手で合図する。刀の切っ先が林の脚に向いたときだった。

「何事だ」

威厳のある声があたりに響く。崔子龍はすみやかに叩頭《こうとう》した。

「皇帝陛下、万歳万歳万々歳！」

朗々と崔子龍が上げた声に、周囲がざわつく。戸惑った様子を見せながらも、潮が引くように観衆が跪《ひざまず》いていく。

「楊国忠よ、いったい何の騒ぎだ。謀叛《むほん》人は捕まったのか」

皇帝の声——しかし、声の主は本人ではない。

鍾馗の面をかぶった月吾が、街路樹の陰からこちらを窺っている。後宮にいたころ身につけた技で、皇帝の声をまねているのだ。怛羅斯《タラス》にいた頃、月吾が高仙芝の声をまねるのを聴いて、崔子龍は本人だと勘違いをした。皇帝の声を耳にしたことはないが、よほど似ているのか、楊国忠の狼狽《ろうばい》ぶりが激しい。

「陛下、どこにいらっしゃるのです」

「朕《ちん》の姿が見えぬのか。おぬしの前におるではないか」

いぶかしんだ顔を見せながらも、だれもいない場所に向けて楊国忠はうやうやしく揖《ゆう》の礼を取った。

「崔子龍よ。面《おもて》をあげよ」

天子の声を受けて、崔子龍はあらためて拝礼する。まるでそこに皇帝がいるかのように振舞った。

「なにゆえ、朕を狙う」

「陛下に害をなそうなどと、とんでもないことにございます。恐れながら、私は三年前の怛羅斯の戦の真実をお伝えしたく、お側に参上仕《つかまつ》りました」

せっかく観衆を集めてくれたのだから、その前で真実を知らしめることにした。直接皇帝に訴えることができないのは無念だが、ひとりでも多くの耳目に入れれば天下に広がる。運が良ければ、酒楼にいる皇帝の耳にも触れるかもしれない。

「であれば、その者に咎《とが》はあるまい。すぐに下ろすのだ」

戸惑っている兵らを押しのけ、羊暗らが林の身体を磔台から下ろして、傷の手当を始める。

崔子龍は顔を上げ、高らかに訴えた。

「三年前の怛羅斯の大敗は、宦官辺令誠が敵と通じたゆえに起こったものにございます。あの戦で無念の死を遂げた唐兵は万に及びます」

牛蟻の顔が目に浮かんだ。踏みにじるように命を奪われた、友の無念を晴らさなければならない。

「なにとぞ、あの者の非道を罰し、お側から退けられませ」

「あの戦は、総大将の高仙芝が采配を誤ったのではないのか」

「高将軍のご判断は的確でした。その証《あかし》に、辺令誠が仕込んだ友軍の裏切りが起こるまでは唐軍が圧勝していたのです」

「楊国忠よ、ただちに調べさせるのだ」

顔を青ざめさせて、楊国忠が「はっ」と答える。

――いいぞ、月吾。

観衆はだれも声の主がどこにいるのか気づいていない。見事な芸だった。

「陛下の徳が天下に行きわたり、安寧が未来永劫《えいごう》続きますように」

崔子龍は、揖の礼を取ったまま腰を曲げている楊国忠を見据えて、声を強めた。

「民を虐げる佞臣を遠ざけられませ」

そこへ、ひとりの兵が駆けこんできた。

「陛下は翡翠楼のなかにおられます！」

兵が崔子龍に向かって指を突きつけた。その目が碧い。髭の濃い胡人の兵士だった。

心臓が大きく波打った。

「その者はいかさまをしているのです」

激しく非難する胡人の姿を目の当たりにして、崔子龍の身体が硬直した。落ち着こうと思えば思うほど、動悸が治まらない。羊暗に撤退の合図を出すように目くばせをしたときだった。

「はやく、逃げろ！」

観衆から声が上がる。人垣が左右に割れて、前に道が開けた。あちこちから崔子龍を支持する声が上がる。

「趙雲《ちょううん》、行け」

「子龍よ、見事だぞ」

元来、長安っ子は権力を嫌い、無頼の風を好む。思いもよらぬ加勢の声に、崔子龍の身体の緊張が解ける。息が吹き込まれたように、呼吸が楽になった。

続けて、観衆のひとりが声を上げた。

「陛下！」

「太平天子！」

皆が、一斉に酒楼の上階を見る。最上階の窓に人影が浮かび上がった。

その姿が目に入ったとたん、崔子龍の身に力がみなぎる。高々と拱手《きょうしゅ》した。

「陛下、お聞き届けいただけましたか。辺令誠ら佞臣を罰し、天の正道を進まれませ！」

訴えが皇帝の耳に入ったのかは分からない。しかし、引くなら今だと思った。傷を縛り上げられた林をおぶう。紐で自分の背に括《くく》りつけながら、蝿隊の者たちに撤退の合図を出す。

人垣の合間を駆ける。通り抜けてから振り向くと、捕縛しようと追ってくる兵らの前へ、観衆が雪崩《なだ》れ込んで壁を作っている光景が見えた。

――皆、すまない。

だが、行く先に金吾衛《きんごえい》の兵が集まる姿が見えた。街の治安を守る衛士《えじ》だ。笛が鳴り響き、統率のとれた動きを取ろうとしていた。

「散れ！」

崔子龍の叫び声とともに、蠅隊の者たちは思い思いの路地へ飛び込んだ。追われた際は、分かれて逃げる手筈《てはず》になっていた。崔子龍も、仮装した異形の者たちが行き交う夜の道を駆ける。

数人の兵が追ってきていた。弓を番《つが》える音が耳に入った。左腕で林を支え、右手で刀の柄《つか》を握る。振り向きざま、矢を振り払った。衛士は三人。身をひるがえし、腰を落として立ち向かう。一人のみぞおちに柄を打ち込み、残る二人の脚に斬りつけた。

蹲《うずくま》る衛士らを背に、また駆けだす。背の林に話しかけた。

「すぐに医者に診てもらうぞ」

「もう助かりませぬ」

出血がおびただしかった。崔子龍らが到着するまでにも、相当の血を流したのだろう。林が失ったのは、かつて幼い崔子龍をおぶった両腕だ。

寺院に飛び込めば、診てもらえるだろうか。しかし宗教勢力は朝廷と結びついている。西市の医者を当たるしかないと思った。

「私が裏切ったとは思われないのですね」

「ばかなことを言うな」

「そうですとも。育てあげた義を汚すようなことをするものですか」

蠅隊のなかに裏切者がいる。林はそう言いたいのだ。捕らえられた過程で、そう感じたのだろう。これから考えねばならぬことだった。

ふと背に笑い声を感じた。

「趙雲と呼ぶ者がおりましたな」

観衆のなかに、いくつか知った顔があった。怛羅斯へ出征する前に付き合いのあった無頼の仲間だ。

「あなたさまが幼かった頃、英雄が主君の妻子を助け出す場面を何度もやらされました。私は夫人の役でした」

英雄趙雲が、主君劉備《りゅうび》の妻と子を救い出す。大軍に向かって単騎で挑む場面を、林や杜夏娘に頼んで何度も演じさせた。

「どうしてこの御子は、劉備や関羽《かんう》ではなく、趙雲になりたがるのかと思っておりましたが」

笑いで身体が揺れる。やわらかな髭が崔子龍の首をくすぐった。

「やはり義です。義のために、ひとりで大軍に立ち向かう姿に惹かれたのでしょう」

「もう話すな。身体に障《さわ》る」

しかし、話しきってしまおうとするかのように、続けた。

「義のために、あなたが立ち向かうものは大きい。ただの家僕など、捨て置いてくださいませ」

ただの家僕、という言葉に反発を覚えた。羊暗のいうとおり、林を見捨てて仕切りなおす道もあっただろう。しかし、羊暗には大局が見えていないと叱られるだろうが、この男を見殺しにしては本末転倒だという気がした。

「取るに足らない泡沫の命を、あなたさまが意味のあるものにしてくださった。もう充分です」

だから捨て置けと繰り返す。違う、と崔子龍は思った。ただの家僕でもない、泡沫でもない。そんなふうに言わせたくなかった。

「義を尽くしたいと思う相手がお前ではいけないのか」

背からは返事がない。群青の闇に、橙の灯りが滲んで左右に溶けていく。しばらくして、震えるような声が聴こえた。

「灯籠がうつくしゅうございますな」

「見えるのか、じい」

「見えますとも」

夜が更けても、明々《あかあか》と灯籠は道行く人を照らしていた。神獣を象った灯籠が迫力のある形相でこちらを睨みつけている。

血で濡れて重いはずの身体が、軽くなっていくような感触がある。死が迫っているのだ。林自身それが分かっているのだろう。

「じい。怖くないぞ。灯籠を見ておればいい」

怖いのは崔子龍のほうだった。この男を失うのが恐ろしい。友ではない。家族ともなにか違う。自分を自分たらしめてきたもの、義というものがあるならば、その生き様をともに守らんとした同志とでもいうのだろうか。

「夢のような明るさですな」

足が、灯籠の多い道を選んで駆けていた。背に感じていた重みが、ふっと軽くなる。

「じい。見えるか」

もう答えはなかった。背には負いきれぬほどの大きな温かさがある。

崔子龍は目元を面で覆う。人の群れをいっそう速く駆け抜けた。

四

「恥をかかされた！」

楊国忠が投げつけた盃《さかずき》が妓女の眉間に当たり、小さな悲鳴が上がった。

「陛下がおらぬのに、礼を取らされたのだぞ。しかも大勢の者が見ている前でだ」

翡翠楼の一室にて、辺令誠は楊国忠の愚痴を聞いてやっていた。

この男の鬱積を晴らしてやるのなど簡単だ。酒と肉と女をあてがっておけばいい。しかも、崔家から贈物《ぞうもつ》として届いたばかりで、うなるほどにあるのだ。

楊国忠に従順を示す心づけは、奢侈《しゃし》に見慣れた辺令誠でも度肝を抜かれた。宮中の宝物庫にもないような珍品や、後宮の美女にも劣らぬ美妓《びぎ》たちも贈られてきた。これらを崔家の家長一個人が所有しているのだ。そのほかの金品も桁《けた》が違う。崔家が荘園を抱えているのは知っているが、国庫にも匹敵するのではないかと疑うほどだった。

生まれた家で、これほどまでに変わるのかと思った。商人が一生かかって稼ぎだす何百倍、何千倍という財を、生まれながらにして持っている。それによって得られる特権を、おのれの力だと勘違いするのも分からないではない。

――楊貴妃への寵愛ひとつを武器にのし上がった楊国忠のほうが、まだ好感が持てるか。

竹の割れるような音が部屋に響く。楊国忠の拳が、一度、二度と妓女の頬を殴っていた。女たちの脅える様子を見て、人好きのする顔に下卑た笑みが浮かんでいる。辺令誠は目を背けた。この男も権の大きさにおのれを見失った僕《しもべ》だ。殴る者と殴られる者とが何かの拍子に入れ替わることなど、考えも至らないのだろう。

下の階から、女たちの嬌声が聞こえてくる。皇帝はすでに興慶宮へ戻り、その許しを得て楊貴妃やその姉たちは翡翠楼を借り切って酒宴を続けている。年に一度の夜を朝まで楽しむのだ。

空では満月が大きく西に傾いていた。

辺令誠は再び楊国忠に目を向けた。

「そう気を荒立てますな。この正月、安禄山《あんろくざん》めは上京しませんでした。あと一息ではございませぬか」

「相変わらず胡将嫌いか」

揶揄《やゆ》するように言う。

どれだけあげつらっても、皇帝は安禄山を疑おうとしない。

安禄山は雑胡《ざつこ》と呼ばれる混血の胡人で、人の手を借りねば馬にも乗れぬほど太った武将だ。いくつもの言語を操り、元は言葉巧みな商人だったと聞く。人柄なのか話力ゆえか、人を惹きつけるふしぎな魅力がある。

皇帝はこの巨漢を寵愛し、すっかり信用している。

――安禄山は力を持ちすぎた。

兵と親子の契りを結んで作り上げた安禄山の親衛隊は、父子軍《ふしぐん》などと呼ばれている。異国出身の者同士の強い結びつきにより、兵らは国のためではなく安禄山への忠誠を胸に動く。

皇帝は安禄山に、三つも節度使《せつどし》を兼ねさせている。異例の待遇で、これ以上の兵力や権限は与えるべきではない。

「安禄山の長男が長安におります。父に都の情報を送る役割を担っているのでしょう。これを皇族の娘とめあわせるのです」

そうすれば、長安に人質を取ったも同然になる。

「二人の婚姻を理由に、安禄山めを長安に呼び出す。その祝いにも来ないとなれば、さすがに陛下もいぶかしむでしょう」

は、謀叛を企てているからに違いなかった。なぜかあの老帝には、それが分からない。安禄山は、病と称し皇帝の呼び出しにも応じていない。本拠地の范陽に籠っているのは、謀叛を企てているからに違いなかった。

安禄山が長安に姿を見せれば、楊国忠が罪を着せて殺す手筈になっている。このまま范陽で謀叛を起こしたならば、堂々と征伐できる。

冤罪か征伐、どちらかに転ぶように、より安禄山を追い詰める必要があった。そしてそういった策略をやらせたら、楊国忠の右に出るものはいない。

謀略に長《た》けた男は、曲がった美妓の鼻を弄《もてあそ》ぶように摘まんでいる。

「失礼」

辺令誠は立ち上がり、背後の引き戸を一気に開けた。蠟燭《ろうそく》が点々と灯る廊下で、漆黒の瞳が見上げていた。

「お前か」

今ここにきたばかりといった様子の女は、楊貴妃付きの婢《はしため》だ。細かな気づかいが行き届いているらしく、楊貴妃が気に入って手放さない。

「楊貴妃さまが楊相公《しょうこう》をお探しです」

皇帝の心を思いのままにする楊貴妃の存在が辺令誠の命綱だった。あの寵姫の機嫌を損《そこ》ねぬようにしなくてはならない。

妓女の顔を弄《いじ》っている楊国忠が、おざなりに答える。

「あとで参ると伝えよ」

この男は、貴顕や美女や、高くとまった者をいたぶるのが好きなのだ。血にまみれた狂態が目に入ったのか、婢の顔が青ざめている。深く叩頭して、逃げるように去って行った。

「辺令誠よ、今日逃した者どもを必ず探し出せ。わしに恥をかかせたこと思い知らせてやる」

まだ鬱憤が消えないのか、今日はいつもよりも粘着している。今度は妓女の髪を摑み、短刀でひと房ずつ切り落とし始めた。妓女が具《そな》えた詩才や琵琶の腕は、この男にとって踏みにじる快楽を増すための要素に過ぎない。

「お任せください」

頼まれなくとも手は打ってある。秩序を乱す者を、辺令誠は野放しにはしない。

＊

――あの人だった。

杜《と》夏娘《かじょう》は階段を降りながら、激しく鼓動する胸を押さえる。

楊貴妃の夜遊に伴った酒楼の前で、騒ぎがあった。杜夏娘があの声を聞きまちがえるわけがない。天に届くかと思うほど高らかに上がった声は、まぎれもなく崔子龍のものだ。

蠟燭が灯る階段に、杜夏娘のほかに人の姿はない。上下の部屋から、楊家の者たちの笑い声が聴こえるだけだった。

叫びだしたくなるのを堪《こら》える。手すりにもたれて腰を落とし、口元を押さえた。

――生きていたなんて。

怛羅斯の戦から帰ってこなかった崔子龍が、すぐそこにいたのだ。

何度会いたいと思っただろう。幾度その声を聞きたいと思っただろう。

酒楼の前で何が起こっていたのか、事情を探るために、楊国忠と辺令誠がこもる部屋の側に忍んだ。よく聴こえなかったが、怛羅斯で辺令誠との間に何かあったのかもしれない。あの人の性格だから、歯向かって反感を買ったのだろう。

崔子龍に伝えなくてはならないことがたくさんあった。

幼馴染の王勇傑が、宗廟を穢した罪で処断された。あまりにも重い罪に杜夏娘はひとりで抗議をした。王勇傑は、はめられたのだ。

崔子龍が怛羅斯に行っていなければ、と杜夏娘は思った。こんなことになる前に、ふたりの仲を取り持つこともできたはずだ。崔子龍に対して犯した過ちを、王勇傑はずっと悔いていた。それは発狂せんばかりの激しさで、家人が人目を憚《はばか》り、しばらく監禁していたほどだった。

あかぎれの目立つ掌を握りしめる。かつて重ねた小さな手を思い出す。勇気をもらうために、崔子龍と王勇傑と三人で手を繋いだ。

――今も変わらない。

灯籠の明かりが燦燦《さんさん》と降りそそぐ路上で、崔子龍は佞臣を遠ざけるようにと皇帝へ訴え、集まった人々の喝采を受けていた。幼い頃と同じように、崔子龍は大きなものと対峙している。

杜夏娘は自分を奮い立たせるように頰を叩き、立ち上がる。

――はやく戻らなくては。

怪しまれないようにしなくてはならなかった。楊家の者たちの前では、忠実な僕《しもべ》を演じなければならない。婢という立場で得られる情報は貴重なのだ。

階下におりると、おしろいと酒臭さの混じったにおいが杜夏娘の鼻を突いた。嬌声の絶えぬ部屋へ向かいながら、おのれに言い聞かせる。

離れていても変わらない。

「わたくしはあなたと一緒に走れる」

五

沁みるような寒さだった。

崔子龍と羊暗は口から白い息を漏らし、死体を見下ろす。

蠅隊のひとりが川辺に突っ伏し、頭が川の水に浚《さら》われて冷たいしぶきを上げている。

溶け残った氷が透明の光を放つ川面に、赤い筋を作っていた。

つい先ほどまで、この男と一緒にいた。離れてから二刻も経っていない。

水を汲《く》みに出たまま、戻ってこなかった。嫌な予感が胸をよぎり追いかけたものの、一歩遅かった。羊暗が遺体を仰向けにすると、鮮血に染まった眼孔《がんこう》が天に向く。目がくりぬかれており、頬から胸にかけて五か所刺されていた。

「ひとりでは動かぬようにと言っておいたのに」

「見せしめのための殺し方ですな」

傷を確かめる羊暗の額には深い皺が刻まれている。

「この傷、最初に後ろから首を一刺ししたのでしょうね」

「山麓《さんろく》の民の仕業だろうか。それとも役所の者か」

自問するようにつぶやいた崔子龍の声に、もっともな答えが返ってくる。

「役所だったら、もっと堂々と捕らえにくるでしょう」

ぴしゃりとした言いぶりが、やはり厳しい。

今年正月の上元節で、辺令誠を殺し損ねた。潜伏していたそれぞれの住処は、既に衛士らによって押さえられており、蝿隊は長安城を出なければならない事態に追い詰められた。

城門でもあきらかに蝿隊を狙った取り締まりを行っていた。幸い、金がものを言った。林から受け取った銀を門番に握らせ、逃げ切ることができたのだ。

あれからまた、寒い冬が巡った。

崔子龍らが腰を落ち着けたのは、人が住まなくなって久しい山の集落跡だ。土室《どしつ》と呼ばれる崖を横にくりぬいた住まいがいくつも捨て置かれており、崔子龍ら十八名が潜むのに十分な広さがあった。

山なら、獣も山菜も取れる。麓までおりれば人里があり、金さえあれば馬や道具など暮らしに必要なものもそろった。金は無尽蔵《むじんぞう》にあるわけではないが、長安で林に用立ててもらっていた金を崔子龍はその都度隊員に分配しており、皆が浪費をせずに持ち出してきていた。

麓の集落から少し南下すれば渭水《いすい》があり、そこに掛けられた便橋《べんきょう》を渡ればすぐ長安に着く。人の営みから遠すぎず、近すぎず、その山は身を潜めるのにちょうどよかった。

山は、崔子龍たちのほかにも、兵役から逃れたり、税が納められずに戸籍を捨てた貧民や盗賊など、世間から外れた者たちの巣窟となっている。相手にしていてはきりがないとでも思っているのか、今のところ役人が摘発に来る気配はない。

本拠といえる場所を得たというのに、ここ数か月の間に立て続けに隊の者が変死した。今日亡くなった者で三人目だ。

内通者がいるのか――。

苦難の道をともに歩んできた仲間に、辺令誠の手の者がいるとは思いたくない。しかし、違和感は小さな棘のように崔子龍の身体に刺さっていて、それが何なのか摑みかねていた。

遺体を羊暗と運ぶ。服が水を含んで重い。その虚《うつ》ろとなった眼孔が亡くなった牛蟻の目と重なった。

「辺令誠にこの場所も知られているのだろうか」

羊暗は答えない。ずっと抱えていた疑念が、口をついて出た。

「怛羅斯《タラス》からの帰途で辺令誠を襲ったとき、なぜ天幕にいたのが辺令誠ではなく高仙芝だったのか。お前は知っているのではないのか」

乾いた音を立てて風が吹き抜けていく。樹木の下で羊暗の足が止まる。抱えていた遺体を置いた。

羊暗は問いで返してきた。

「私を疑っているのですか」

「そういうわけではないが」

歯切れが悪くなる。あの日の羊暗は失敗を見切るのがはやく、撤退の手際もよかった。仕損じると分かっていたと勘ぐったほどだ。

「宦官にしか分からないことがあるのですよ。あなたには分からない」

お前には分からぬ——羊暗の言葉の端に、世間も苦労も知らない令息だという蔑みが滲んでいるように聞こえる。実際、崔子龍の甘さがわざわいして、上元節で本懐を遂げることができなかった。助勢してくれていた林には、本来護衛を付けておくべきだったのだ。

「辺令誠を殺す。そのために監軍を出た。おまえたちはもう宦官ではない」

羊暗は何も言わず、冷笑を浮かべる。

「お前は最近――」

元から好意的な態度ではなかったが、長安を出てからはそれが甚だしい。ひとこと言ってやろうとしたとき、背後から通る声が聴こえてきた。

「大将！」

川上から馬を引いて駆けてくる金髪は月吾だった。涼しげな碧眼を輝かせ、白い息を弾ませている。

「今日は肉が食えるのか」

地にできた赤い筋を見て、獣でも獲ったと思ったらしい。その目に触れぬように、崔子龍は月吾の前に立ちふさがる。亡くなったのは、月吾がよく懐いていた男だった。

「また一人襲われたのだ。お前は見ないほうがいい」

瞬時に月吾の顔が曇った。そのすぐ側で馬が鼻頭を大きく震わせる。

「まさか――」

横たわった遺体の足元を見ただけで、察したらしい。月吾は首を傾けた。

「顔だけでも拝ませて。おれは大丈夫だから」

崔子龍と羊暗は顔を見合わせる。別に死体をはじめて見るわけでもない。羊暗が手綱を受け取る。月吾が張り詰めた顔で、骸《むくろ》の側にしゃがんだ。

白い掌でその額に触れた。どれだけそうしていただろうか。石のように動かない月吾に、羊暗が馬の首を撫でて問うた。

「この馬を売るのか」

骸を見つめていた月吾の目が、二、三度瞬《またた》く。我に返った様子で立ち上がると、落ち着いた声で答えた。

「こちらの言い値で買ってくれるって。少し衰えた馬だし、売ってもいいかな」

「交渉はお前に任せよう。おれよりうまい」

実際、月吾は里の者に溶け込むのがうまかった。金髪碧眼の胡人の姿は目立つはずだが、純真さが人を警戒させないのだろう。月吾が茶化すように口元を緩めた。

「大将は交渉も下手だし、本当にお坊ちゃまだもんな」

「なんの、おれだって馬の世話やら少しは役に立つぞ」

月吾が気落ちしないようにと振った会話も、どこか空々しい。無残な死と、だれが殺したのかという疑惑が、重く三人に伸し掛かっている。

「弔いの準備をしておく。お前は麓にいってこい」

崔子龍の言葉に、月吾はうなずいた。まばゆい光を散らしている川面沿いを、馬で駆けていく。死体で埋め尽くされた怛羅斯の夕闇で泣きじゃくっていたあの幼い影は、もう跡形もない。

「これはむごい……」

「月吾は、麓に好きな娘でもできたようです」

おそらく露店の葡萄漿《ぶどうしょう》（飲物）売りの子だ。麓から帰ってきた月吾が、果実の甘酸っぱい香りをさせていることがある。

「志がなければ、月吾を一人の男として育ててみたいという気もする」

半分は本音、半分は叶わぬ望みを込めて言う。羊暗が両足の行縢《むかばき》についた血を払い、息を吐いた。

「むしろ、月吾はこの隊から外したほうがいいかもしれません。まだ親も覚えているでしょうから、故郷に返すのもいい」

唐突な話に面食らう。

「あれは、足手まといにはならぬぞ」

「月吾に入れ込むのは、やめたほうがいい」

「なぜだ」

問う声がつい剣呑《けんのん》になる。羊暗の顎が、離れていく馬を指した。

「あの馬、手に入れたときは暴れ馬だったのを覚えていますか。一頭だけ去勢していなかったんですよ。群れで扱うには去勢したほうがいいと頭では分かっていても、気が進まなかった。でもほかの馬を蹴り殺して騒ぎを起こしたので、結局すぐに処置した。いまじゃ、老いた馬のようになって、先に売られていく」

暴れないように、食うときに肉が柔らかくなるように、敵に奪われたときに繁殖できないように、人は馬を去勢する。

「扱いやすいように、陽物《ようぶつ》を切り取る。いったん騸馬《せんば》（去勢した馬）となれば、籬《まがき》の柵の外では生きにくい」

羊暗の言わんとすることを察して、崔子龍は顔をそむける。

「宦官も同じです。世に放り出されても、まっとうには暮らせない。しかし月吾は気立てもいいし、今の若さなら人里にも馴染めそうだ。私たちのような地下の生き方に染まりきってしまう前に、世間に戻したほうがいい」

土地を移るには身分を明かす文書が、人里で暮らすには戸籍がいる。定まった土地で暮らすには、これだけの人数の宦官は目立つ。ただ排尿するだけでも、人目が気になるのだ。

長安の西市で蝿隊が暮らせていたのは、あくまで林の支えがあったからだ。

「分かったでしょう。監軍を出ました、もう宦官じゃございませんというふうにはいかないのです」

「あれはもう十四だ。自分で決める」

おのれでも驚くほど力のない声だった。

「飼い馬になるのか、それを扱う人になるのか。大将が男を育ててみたいと夢見るとき、私は飼い馬ではなく人になれたらいいのにと夢を見る」

狷介《けんかい》な目に、寂しい光が宿った。

「それくらい、隔たりがあるってことですよ。あなたと私の間には」

しばらく睨み合った後、羊暗は「人手を呼びます」と身をひるがえした。その後ろ姿がやけに遠い。

木陰を見下ろすと、赤黒く窪《くぼ》んだ眼孔が崔子龍を見つめていた。

六

絞めつけられるような息苦しさだった。脂汗が全身に滲んでいる。

月吾の碧い眼が、絡めとるように崔子龍に注いでいる。その白肌の額には汗の粒が浮かんでいた。

しんと冴えた空気のなか、崔子龍と月吾の乱れた呼吸が重なる。ふたりとも息が上がり、口元から白息《しらいき》がいくつも漏れている。雪が降るのかもしれなかった。

木刀の先が、頬のすぐ側を突いてきた。

刀身をはじくと、月吾はすぐに構えなおす。重心は沈み体勢も悪くないように見えるが、どうにも力が弱い。

「切れがないぞ」

首もとの脂汗をぬぐう崔子龍に、月吾は燃えるような眼を向けた。できるだけ敵意をあらわにして立ち向かうように頼んであった。

互いに構えなおす。ふたりの間を、雨で増水した川の音が流れていく。

「そっちこそ、少し休む？」

首を横に振った。恐怖を克服しなければならない。こんな華奢《きゃしゃ》な少年ですら睨まれると恐ろしいのだ。

上元節のときも、胡人の兵に責められて立ちすくんだ。加勢の声が掛からなければ、動けなかったかもしれない。こんな状態では辺令誠と対峙できない。

ふしぎなもので、胡人であってもふだん暮らしの中で交わる分には、何の支障もない。胡人そのものに恐怖を抱いているのではないからだ。敵意や殺意を向けられたときだけ、あの忌まわしい出来事を想起して身体が強張《こわば》る。

睨みつけたまま月吾が崔子龍に訊いた。

「その目どうなっているの。視点が定まっていないような感じがする」

「周囲の全方向をくまなく把握する体術の手法だ。これであれば、相手を直視しないで済む」

視点を定めぬと、一見、呆けているようにも見える。本来は死角を作らぬための術だが、恐怖心を和らげるのにも使えることに気づいた。この手法を使えば、辺令誠と対峙しても仕損じることはない。

「大将も考えるもんだなあ」

月吾は月吾で、おのれが負っているものと向き合おうとしていた。

まだ身体のできあがっていない月吾が、体格の良い者と真っ向からぶつかっては力負けする。一瞬の力で仕留める突きを身につけさせようと、崔子龍は試みている。

これからの数年で、月吾にどれだけの筋力が付くのか分からない。童子のうちに去勢した者と、成人してから去勢した者では、身体への影響に差があるからだ。

月吾の喉ぼとけは低く、声は出会った頃から変わらない。男としての成長の過程を経ずに、背だけが伸びている。おそらく、本人が望むような硬質な身体は得られない。

繰り出される突きを躱《かわ》し、打ち返す。木刀が月吾の頭部をかすめる。括《くく》っていた金髪がはらりと解け、冬の日射しに透けて見える。

長安にある景教《けいきょう》の寺で、宗教絵を見たことがある。頭に輪を戴く童子が描かれ、別の生き物のようにうつくしかった。月吾の髪が日の光をはらむたびにその宗教絵を思い出すが、本人に告げれば嫌がるのが見えているので、口にはしない。

「お前は、なぜおれに付いてきた。監軍に残っても良かっただろうに」

肩のあたりで髪を結わえる月吾に、崔子龍は問うた。羊暗の指摘が頭にあった。

地に立てた木刀に寄りかかるようにして、月吾は肩をすくめる。

「辺令誠のもとで生きろと？」

月吾ら宦官は、戦から帰還すればそのまま後宮に戻る。それは辺令誠の配下に収まることを意味する。

「おれの側にいても、心のままに暮らせるというわけでもない」

羊暗の指摘は、たいてい正しい。

一度は後宮に送り込まれた者が、再び市井で暮らすのは様々な困難が伴う。あるべきものがない局所を見咎められればすぐに素性が分かる。逃亡者だと悟られぬように、常に人目を気にしなければならない。

宦官は、後宮という特殊な場所のために作られた身体なのだと、思い知らされる。

心のまま、と月吾は何かを考えるようにつぶやく。伏せていた長い睫毛を上げ、崔子龍に澄んだ瞳を向けた。その表情にはもう害意はなく、崔子龍の動悸もいつの間にか治まっていた。

「おれの髪、目の色、大将と違うでしょう」

頬に沿わすように、手を当てる。

「たまに自分の姿を川面や鏡で目にすると、驚くほど母に似ている」

「母上は胡人であったか」

碧い目が一度閉じて、また開く。

「西市で歌を披露する胡姫《こき》だった。何一つ自分で決めることを許されない。だれのために歌うのかも、たった一人の子を手元で育てることも」

一瞬、怒りと諦観が混じったような複雑な表情が、白面に浮かび上がる。

「大将、おれはさ。興行の座長が小遣い程度の金を得るために、売られたんだよ。母は泣いた。でも、聞き入れられることはない。髪を売っておれに薬を買って持たせてくれたけど、大切な商売の道具を勝手に切ったと、座長に折檻《せっかん》されていた」

木刀を持ちかえて小さく一息をつく。崔子龍の顔を見て、はっきりとした声で言った。

「おれは自分で決められないのは嫌だ」

胸にざわりとした感情が生じる。その確固たる顔に、見覚えがあった。

「多少の不便はあろうが、好きでここにいる。この身体になってから、はじめて自分で決めて飛び込んだんだ。心のままにってこういうことだろ」

――はじめて叛《そむ》いた。

怛羅斯の隘路《あいろ》から撤退する岩山の上、どこまでも赤い夕景色のなかで、牛蟻はそう崔子龍に告げた。目の前の少年の顔と、記憶のなかの友の顔が重なって見える。

あの後すぐ、牛蟻は物言わぬ塊となった。白い肉に赤い血の滴《したた》る無残な姿を思い返し、月吾から目を逸らす。この若者に、同じ末路を辿《たど》らせたくない。

「お前はまだ若いから、里で暮らすこともできる。母御が西市にいるのなら、長安に戻ったっていい」

月吾ひとりくらいなら西方と行き来する商人の一団に頼んで、城内に潜り込ませることだってできる。そう説得しようとしたが、月吾は首を横に振った。

「母はもう死んでいた」

西市に潜伏していたときに、月吾は母に会いに行っていたのだ。全くそんなそぶりを見せなかったので、分からなかった。

「胡姫は、その風貌で客を楽しませる見世物だ。物のように扱われれば、人の心は持たない。花や雪のように短命なんだ」

暗くなった空気を切り裂くように、月吾は木刀を払う。

「おれは母のように死ぬのは嫌だ。女みたいに扱われるのもごめんだ」

少女のようにしか見えない容姿で、崔子龍のほうを振りあおぐ。涼しげな容姿とは裏腹に、その内には、おのれを踏みつけんとする者へ抗う激しい感情がうごめいている。

ふと、この力みが月吾の動きを鈍くしているのではないかと気づく。

「おれの腹を目がけて、一度突いてきてみろ」

月吾が直刀を構えなおす。突きを繰り出す際の動きを、じっくりと見た。姿勢は悪くないのに、肩や腕の動きが固い。周囲にまき散らした白息が呼吸の荒さを表していた。

身体全体に要らぬ力が入って、突きの速さを削いでいる。

力を抜けといっても、脱力とは違う。どう言葉で伝えればよいのか思案し、音曲の強弱に乗せて動いてみてはと、思い至った。

「お前、歌はできるのか。声真似は見事だったが」

崔子龍は、有名な楽府《がふ》(歌謡)を口ずさんだ。

子《し》の湯《あそ》べる　宛丘《えんきゆう》の上に　(夏の神が遊ぶのは丘の上
洵《まこと》に情有るも　望む無し　我が思いはまことなれど、求めてもかなわぬ方)

夏の神を迎える詩で、杜夏娘を遊びに誘うときに王勇傑と歌った。一節を歌っただけで、月吾が目を丸くし、戸惑った表情を見せた。その顔がすぐに赤くなり、耐えきれないといった様子で笑い出す。

「なんだ」

目に涙を浮かべて、細い手を振っている。

「その顔から、こんな素《す》っ頓狂《とんきょう》な歌が出てくるなんて思わないから。冗談でやっているわけではないよね」

歌は得意なほうではないが、そこまで言われると自信がなくなる。

「宛丘ならおれにも分かる」

目を閉じ、月吾はゆるやかに続きを歌いだす。

その高く澄んだ声音を耳にしたとたん、崔子龍は息を飲んだ。自在な音色の変化、繊細な音の震え、跳ねるような音の粒。腹に響く力強い調子が、聴く者の心を浮き立たせる。

「お前が今だと思ったときでいい。歌の旋律に身をゆだねるように、突いてみろ」

月吾が歌いながら目で応える。歌姫だった母の才を受け継いでいるのだろうか。宮廷の梨園の歌手や高級妓楼の妓女にも引けを取らない。力を宿した歌は大気に溶けて、崔子龍の身体の奥まで沁《し》み渡っていく。その美声に浸っていたときだった。

すぐ前に、黒い影が迫る。避《よ》けきれず、腹に弾けるような痛みが走った。突きが腹に入っていた。みぞおちから少しずれたが、心臓に食らっていたら危なかった。

「できた」

自分でも驚いたような顔をして、月吾は碧い目を瞬《しばた》かせている。

「もう一度やってみろ」

互いに構えなおす。月吾の口から漏れる息はわずかで、その姿勢には散策にでも出るかのような身軽ささえ感じられる。繰り出された突きは、先ほどまでと切れが全く違っていた。来ると分かっていても、避けるのが精いっぱいだった。

「この感じか」

まるで別人のような佇《たたず》まいで、月吾はつぶやく。

「それでいい。最小限の力で突ける」

関節も筋肉も、身体のすべてが弛《ゆる》みすぎず、張りすぎない。勘さえ掴めば、あとは早い。突き以外の刀遣いにも活きてくるはずだ。月吾は興奮冷めやらぬ様子で、突きを繰り返している。技さえ身に付ければ、身体の細さも克服できる。

肩の荷がひとつおりた安堵に、崔子龍は包まれた。

月吾は覚えたばかりの感触を確かめるように何度も挑んでくる。大人びて見せようとしている月吾の、まだあどけない部分が垣間見えた。崔子龍は木刀を腰に収める。

「麓で酒でも買ってくるか」

「腹が減った。肉も食いたい」

崔子龍を出し抜いて、月吾が駆けだす。

「待て、金を払うのはおれだぞ」

少し大きくなったように見える背を、崔子龍は追った。

人でにぎわう街道へ入っていく。

街道は交通の要所である渭水の橋に通じており、さらに南へ渡れば長安が見える。小さな里ではあるが、街道の左右には衣服や陶器、装身具などを扱う市肆《しし》がならび、人の往来も少なくない。

露店が旗を立てる雑踏の中へ紛れていく。餅《ナン》が湯気を立て、山査子《さんざし》売りが調子よく口上をならべている。どこからか焼いた羊の肉と香辛料の匂いが漂っていた。

「あ」

酒を商っていることを示す青旗《せいき》を探していると、月吾が声を上げた。その視線の先に、水色の裙《くん》が見える。葡萄漿売りの娘だ。

崔子龍がいては邪魔だろう。ひとりにするのは不安があるが、突きの勘を摑んだ月吾なら、離れても問題はないように思えた。

「酒と肉はお前に頼んでよいか。おれは用を思い出した」

崔子龍の意図が分かったのか、月吾は少し照れた様子で目元を綻《ほころ》ばせる。

「先に土室へ戻っている」

銭を渡して、身をひるがえした。数歩あるいて振り向くと、連れ立って歩く月吾と水色の裙の娘の姿が、冬のやわらかな日射しを帯びていた。月吾は葡萄漿の入った樽を運んでやっている。娘もよく働く、真面目そうな子に見える。

自分を受け入れてくれる人と、表の世で生きる道もある。しかもその相手が女であるというのは、崔子龍たちのような身体を持つものにとって心強い。

――月吾を人里に戻す、か。

羊暗から持ちかけられたときは反発を覚えたが、面倒を見ている者の責務として、本人にとっての最善を示してやるべきだと思えた。何の問題もなくとはいかないだろうが、山で隠れて暮らすより、表で堂々と生きていけるほうがいい。辺令誠を討つ困難な道に、月吾を巻き込む必要はない。

――羊暗ともう一度話そう。

崔子龍は、雲のたなびく山上を見上げた。

七

異変を感じた。

土室の側に備えた厩舎に着くと、まず無造作に置かれた馬の鞍が目に入った。

物の管理はきびしく言いつけてあるのに、馬を世話するための刷毛《はけ》も出しっぱなしになっている。

皆で居住している土室を確かめると、だれもいない。

断崖の裏へまわる。嫌な胸騒ぎを感じた。ふだんは立ち入らない茂みへ踏みこんでいく。

奥まった場所に、切り立った崖を見つけた。人が通れるほどの穴が掘られ、こんな外れにも住処があったのかと驚きを覚える。女の細い唸《うな》り声が耳をかすめた。

入口から窺った洞穴《ほらあな》のなかは薄暗い。目に入った光景に言葉を失った。

筵《むしろ》の上にある何かに、三人の男が群がっている。血の筋がついた白い足がぼんやりと浮かび、一瞬、白い幼虫に群がる蟻のように見えた。目が馴染んで、歯型のついた肢体がやっとくっきりとする。夏物の衫《さん》を一枚まとっただけの娘がひとり、猿轡《さるぐつわ》を噛まされている。

瞬時に、三人を突き飛ばしていた。

「大丈夫か」

すぐに猿轡を外してやる。恐怖でものが言えない様子だ。激しい怒りが、身体の奥からこみあげてきた。

娘を辱《はずかし》めていた三人の男は、怛羅斯《タラス》から苦難をともにした仲間だ。

「待ってくれ、大将」

気づいたときには、娘の脚を摑んでいた隊員の指を斬っていた。絶叫とともに地に転がり、のたうちまわる。

もうひとりの腕をねじりあげ、投げ飛ばす。洞穴の天井から、ぱらぱらと土が落ちる。身をひるがえした者も追いかけて地に倒し、その背を踏みつけた。肋骨のひしゃげる感触があった。

筵の上で唸り声を漏らしている娘に駆け寄り、きつく手首を結んだ紐を解いてやる。うす暗い闇のなかで、白い肌がほのかな光を発しているようだった。赤い嚙み痕が痛々しい。顔が涙と鼻血で濡れている。おうおうと獰猛《どうもう》な獣のような泣き声を上げて、娘は錯乱した様子で逃げていく。

洞穴のなかを、振り返った。

「力の弱い者を怖がらせていたぶって、なにが楽しい」

「大将、ちょっと待ってくれ。あの女は麓からさらってきたんじゃない。山に潜む貧民なんだ」

腰を抜かし、言い訳するように広げられた五指を、また斬った。

「貧民であればいたぶっても良いというのか。最初に言い出した者は前に出ろ」

肩で息をしながら、洞穴のなかを見回す。

娘に群がっていた三人のほかに、酒を飲みながら壁沿いで眺めていた者が三人いた。酔っていようが、止めなかったのであれば同罪だ。

　背後に気配を感じて、振り向きざま切っ先を向ける。酒甕《さかがめ》を手にしたもうひとりの姿を見て、崔子龍は唖然とした。

「羊暗、お前もいたのか」

　闇に浮かぶ青黒い顔の目つきは鋭い。まあまあ、となだめる口調はいつもの皮肉が混じっている。

「私たちは聖人ではありませんから」

「なんだと」

　羊暗はゆっくりと酒甕を机の上に置く。

「陽物がないからって、私たちに欲がないとでも？　身元がばれるから遊里へ行くのは駄目。ならば、さらって連れ込むしかありません。仲間内で三人も殺されて、正直息が詰まりそうだ」

　これまでも手厳しいことは四六時中言われてきた。しかし、こんな享楽的な言葉を口にする男だっただろうか。どちらかというと慎重で、抜け目ない性質だったはずだ。

　怪訝《けげん》に思う崔子龍の内心を察したのか、いつもの皮肉が飛んできた。

「言ったはずです。あなたには分からないと」

　崔子龍とて、おのれに後ろめたいものがないとは言わない。生きるために、襲って物資を奪ったこともある。それでも、だれかをいたぶるだけの行為に耽《ふけ》ったことはない。

　腹の奥から、押し殺すような声が漏れる。

「これでは辺令誠と同じだ」

「なにか勘違いをしていませんかね」

暗がりに、ぞっとするほど冷酷な声が響く。

「おれたちは辺令誠と同じです。宦官なんだ」

何度も言っているのにな、と羊暗はひとりごちるようにつぶやく。

羊暗との間に、埋まらない溝がある。愕然として、返す言葉が出なかった。

「で、娘を逃がしてしまって、どうするんです。麓で訴えられたら厄介だ」

羊暗の指摘の正しさが、余計に腹立たしい。お前は甘いのだとまたあざ笑われたような気がした。

「お前たちはここで待っていろ」

崔子龍は洞穴を飛び出した。

困難をともにしてきた同志だと思っていた。だが、皆にとってはそうではなかったのかもしれない。

そもそも崔子龍が隊長を担っているのも、能力によるものではない。羊暗などは最初から、特権を持つ側の人間だと崔子龍とは一線を画してきた。

――知らなかった。

陽物がなくとも、女に対する欲はある。崔子龍が気づかなかっただけで、これまでも蝿隊の者らは女をさらっていたぶるようなことをしていたのだろうか。だとして、ほかの男と同じように女を愛せぬ者に、女を辱めるなともっともらしいことを言えるだろうか。

皆に鬱積を抱える生活を強いているのは、自分だ。そのおのれが、蝿隊の者たちにこそこまでの清廉さを求められるのだろうか。だが、弱い者を力で虐げる行為を看過できない。

木陰に人の気配がある。崔子龍が近づくと、腰を抜かしたように座り込み、懸命に後ずさろうとする。

控えめな目鼻立ちは整っているが、垢《あか》のついた襟が里の娘ではないことを崔子龍に教えていた。

「仲間がすまないことをした。身体が痛むだろう。寒くはないか」

羊暗は口封じに殺すべきだと言ったつもりだろう。だが力で押さえつけられ、身体を痛めつけられる恐怖は、崔子龍も知っている。目の前にいるのはかつての自分だ。羊暗の言葉とは違う意味で、放っておけなかった。

しかし、崔子龍に向いた娘の顔には底なしの恐怖と怨恨が浮かんでいる。失神してしまいそうなほど取り乱した娘の様子に、崔子龍は思い知らされる。

この娘にとっては、崔子龍も殴りつけてくる側の人間なのだ。

幼い頃の苦い思い出がよみがえる。崔家の子だと分かると、周囲はあからさまに態度を変えてきた。自分は何も変わっていないのに、脅えや媚《こ》びを向けてくる。自分と相手の間で、なにかが歪んだような気がした。生まれながらに牙の鋭い犬を伴っているようなものだ。自分自身は犬をけしかけるつもりはなくとも、相手はそうは思わない。

今とて、傷つけぬと言葉で伝えたところで、目の前の娘にとって身体の大きな男は怖いだろう。恐怖を和らげてやる方法が思いつかない。

「これで、必要なものを買ってほしい」

そっと金の入った袋を置いて、その場を立ち去る。姿を消すくらいしかできないのか。何が正しいのか、全く分からなかった。

ひたすら山を駆け上がる。せめて蠅隊の者たちと向き合わねば。共に過ごしてきた者たちの顔を思い浮かべながら、崔子龍は走った。


洞穴に戻ると、差し込む陽が短くなっていた。

目が暗がりに慣れ、腐食で足が短くなった木机、その上に散らばった干し肉や酒甕の輪郭が浮かび上がってくる。

血の沁みが残る筵と土の臭いが鼻をつく。卑劣な行いの残滓《ざんし》が、暗がりに沈んでいる。すでに六人と羊暗の姿はなかった。

暗がりのなかで娘に群がる三人、それを肴《さかな》に酒を飲む三人。何かが引っ掛かる。あることに思い至り、「あっ」と声を上げていた。

もしかすると、早合点をしたかもしれない。洞穴に飛び込んでいったとき、六人とは別に、羊暗は崔子龍の背後、出入口の壁際にいた。

もしや、と崔子龍が考えを廻《めぐ》らせたときだった。

出入口に、人の影がある。ひとりではない。

淡く白い明るさを背に、足元から影が何本か伸びている。逆光で顔が見えずとも、中心にいる人影が羊暗のものと分かる。眼が慣れてきて、娘をいたぶっていた例の六名の顔が見えた。それぞれが刀を抜く。

「何のつもりだ」

「こういうことです」と、羊暗が刀の柄をつきだして見せる。

「先ほどの裁きが気に入らなかったか」

羊暗の肩が小さくすくんだ。七人の様子から、叛逆は娘の件がきっかけではないように思えた。おそらく、昨日今日の話ではないのだ。

長安では蠅隊全員の潜伏先が押さえられていた。ここ数か月で三人の隊員が変死している。間違いなく、蠅隊のなかに辺令誠に通じている者がいる。

まさか、七人もいたとは――。

ずいぶんと人数が多い。残った十五名のうちの七名だ。

崔子龍も、刀の柄に手を掛ける。相手は七人、指を斬られた者らは満足に刀を握れまい。一人でこの場をしのげる勝算はある。ただ、あちらに羊暗がいるのは厄介だ。

いったい羊暗はどういうつもりなのか。その思惑は見えないが、自分の考えに賭けてみようと崔子龍は思った。

慎重に言葉を選び、かまをかけてみる。

「いつから辺令誠と通じていた」

「怛羅斯を出る前から、ですかね」

ほかの六名に確かめるように、羊暗が答える。

「お前たち、今までよく隠してきたな」

辺令誠は人の心をえぐるのがうまい。さすがにこの数の裏切りは応えた。だが、怛羅斯でも辺令誠は蝿隊に自分の手下をもぐりこませ、崔子龍が葛邏禄族と戦っているときに裏切らせた。芸がないと考える程度の余裕があった。

崔子龍は口角をあげ、笑んでみせる。

「裏切者はこれで全部だな、羊暗」

名を呼んだのが合図だった。

羊暗の刀がすぐ側にいた男の首を刎《は》ねた。

すかさず崔子龍も刀を抜く。飛び散る血をかいくぐり、ひとりの腹に刃を叩きつける。虚をつかれて、他の者は慌てたように刀を構えなおす。まずは手負いの者を斬り捨て、残りの者と対峙した。逃げ出そうとした一人の足を羊暗が斬る。すぐに、六体の死体の山ができあがった。

地面に赤黒い染みが広がり、血なまぐさい臭いが洞穴に満ちる。

「私が寝返っていないと、よく分かりましたね」

羊暗は卑劣な行為には手を染めておらず、崔子龍を裏切ってもいなかったのだ。

「お前は娘をいたぶる輪のなかにいなかったから」

お前はそんな男ではない、という思いを言外に滲ませる。

崔子龍が洞穴に乗り込んでいったとき、羊暗も同様に、あの場に居合わせたばかりだったのだ。卑劣な行いを咎めようとしたところ、後から飛び込んできた崔子龍に先を越された――。

「あなたがあからさまなことをするから、少しひやりとしましたがね」

五指を立てて、羊暗はもう片方の手の人差し指で横になぞる。

「指を斬られたのは、私が怪しいと思っていた者らと全く同じでしたから」

崔子龍は勢いに乗じて、以前から疑っていた連中を狙って斬った。羊暗も同じように感じていたらしい。

「狙い撃ちされて、こいつら焦って動き出すと踏みましてね。私も、誘いを掛けてみたのです」

暗がりのなかで、すすり上げるような声がした。羊暗が笑ったのだ。

「あなたへの不満をここぞとばかりにぶちまけました。最近、あなたとは言い合いばかりだったから、大将の首を取って辺令誠の土産にしようと持ちかけたら、こいつらすっかり信じ込んで」

崔子龍は笑えなかった。言い合いは演技ではない。

「羊暗、すまない。おれの脇が甘いばかりに」

恒羅斯でも長安でも、辺令誠を仕損じたのは崔子龍の短慮のせいだ。羊暗を疑うような発言をしたおのれを恥じた。

「少し風に当たりましょうか」

羊暗は身をひるがえす。

外は冷え込んでいた。樹々の枝や皮が白く凍えている。雪の匂いが鼻をかすめた気がした。川辺まで歩いて、羊暗の足が止まる。

「なぜ、高仙芝があの天幕にいたのか。この前、そう訊きましたね。あなたには話したくなかったのですが、私も疑われたままじゃ業腹《ごうはら》だ」

羊暗の目が、崔子龍を見据えた。

「辺令誠もいたのです。あの天幕のなかに」

「高仙芝が訪ねてきていたと？」

そんなはずはない。あのとき、高仙芝は寝床から身を起こしていた。計議《けいぎ》で訪れていたという雰囲気ではなかった。薄暗い天幕のなかで、控えていた護衛の数まで覚えている。小さな燭台がひとつ灯されていて、枕頭の刀を手にした姿はたしかに高仙芝のものだった。

「高仙芝は自分のせいで恒羅斯に散った兵の命の数と、生き残った兵の今後を考えた。

それで辺令誠に屈服したんでしょう」

　高仙芝は、大敗で多くの兵の命を失ったことに苦悩していた。さらに、辺令誠の働きかけで旗下の兵たちがおのれのために崔子龍を見捨てたことを知って、辺令誠の支配から逃れられないと悟ったのかもしれない。あのときの、高仙芝の思いつめた表情がまざまざと思い出される。

　しかし、だからといってなぜ高仙芝があの寝床にいたのか。

「宦官が宦官を屈服させ、服従を誓わせる儀式がある」

　語りだした羊暗の眼には、脅えと微《かす》かに哀しみの色が混じっている。

「毒の入った饅頭《まんとう》を食わせ牛蟻を殺す。それを知って逆上したあなたが寝こみを襲いに来る。そこで、自分と顔の似た総大将が征服されている姿を見せつける。辺令誠は本物ですよ。ここのいかれ具合がね」

　羊暗が自分の頭を指さす。崔子龍は羞恥で顔が熱くなった。高仙芝が夜具をまとっていたのは覚えている。その姿が目に入ってからは、委細まで気が回らなかった。

「相手が男だろうと女だろうと、そこには愛情のかけらもない。ただ服従させるためだけの行為だ。まず、膝を折って屈めと命じられるのです」

　私にも覚えがある、と羊暗が語ったその行為は、まっとうな者なら発狂してしまうようなおぞましい所業だった。胃からせりあがってくるものを何度も、飲みくだす。それでも最後まで聞いていられず、川原に嘔吐していた。

「あれをやられると、痛みなんか感じなくなる」

風にかき消えそうなほどのつぶやきが、崔子龍の心を刺した。この男が痛みににぶい理由が分かった気がした。

嘔吐物の臭いに眉ひとつ動かさず、羊暗は静かに続ける。

「あんな頭のいかれた宦官のもとで働かなくちゃいけないなんて、何て運が悪いのかと思っていました。そこに、あなたが来たのです。あの辺令誠に楯突いている。伍長や次官じゃない。相手はけだものの親玉、あの辺令誠だ」

引きつるように右頰を上げる。

「私が見込んだとおりです。殺された牛蟻のために泣いて、辺令誠を殺してくれる」

「おれには崔家という後ろ盾があったから」

自分は生まれながらにして、権を持っている。それが辺令誠への牽制になったのだろう。あまり気分のよいものではなかった。

「あなたは家柄を笠に着ておれたちを見下すこともなかった」

「良家の令息だと呆れていたのではないのか」

世事に疎いのは間違いない。この狷介な男がいなければ、潜伏の暮らしを乗り切ることはできなかっただろう。

「お坊ちゃまです、あなたは。何不自由ない良家の暮らしを捨てて、牛蟻や元家令のために身を投じる。今だって、ひとりの貧民の女のために追いかけて行く」

翳《かげ》のある顔が、崔子龍に向いた。

「馬の話をしましたね。飼い馬ではなく、それを使役する人になりたいと思っていました」

ですがと、その目が細まる。

「今は、違う夢がある」

小さな光が川で躍っている。崔子龍の胸にざわざわと湧き起こるものがある。冷たい風が水面を浚い、足元から頭上に抜けた。

何かに宣言するように、羊暗は顔を天に傾けた。

「宦官のことは宦官同士でけじめをつける。あなたには触れさせません」

最初は嫌われているのだと思っていた。だが、思い返せば、いつも側で支えてくれたのはこの男だ。

「ほかの者たちにも話をせねば。皆、どこにいる」

「尾根のほうで、鶏の血を抜いているはずです。里には下りていない」

悪行に耽っていた者以外は、皆で鶏を仕留めていた。だから土室にはだれもいなかったのだ。

羊暗の目にすっと鋭い光が宿る。崔子龍も背後を振り返った。

荒々しい音とともに樹々の奥から姿を現したのは、月吾だった。

走ってきたせいか、月吾の流血が激しい。

「いったい何があった」

だらりと下ろした腕を検めると、深い傷を負っている。顔が蒼白なのは、失血のせいだけではないようだった。

「漿を売る手伝いをしていたら、役人たちに、娘をいたぶったのはお前かって難癖をつけられたんだ」

崔子龍が去った後、あの傷ついた娘は里に出たのだろうか。金を渡したから、服や必要なものを購《あがな》おうと、すぐに街道に出たのかもしれない。

月吾が山から下りてきているのも、里の者に知られていたのだ。羊暗が自分の袍《ほう》の紐を抜き、月吾のわきの下から腕を縛り上げる。されるがままになっている月吾の歯の根があっていない。何があったのかを伝えようと、懸命に言葉をつむごうとしている。

「その娘には嚙み痕がたくさんあったんだって。閹人《えんじん》（宦官）は陽物がないから嚙むんだと。お前、ちゃんとついているか、脱いでみせろって」

水色の裙の娘の前で繰り広げられた悪夢を思い、崔子龍は思わず顔を背けた。

「男を棄てたやつに、ろくなやつはいない。やはりこいつが犯人だって言われて」

月吾のすがるような目が、崔子龍に向く。

「ごめん、大将。おれ、里で何人か殺してしまった」

小刻みに揺れる肩を、なだめるように摑む。

刀術の勘を得て自信をつけたばかりだった。先ほどまでの意気揚々とした面影はどこにもない。

「しっかりしろ。お前は腕もたつし気立てもいい」

眼が虚ろで、崔子龍の声が届いていない様子だ。里で投げつけられた罵声が、耳に残っているのだろう。水色の裙の娘はどうしたのか、まったく触れないことが、かえって傷の深さをうかがわせた。

月吾の肩に、羊暗が腕を回した。

「急いで山を下りましょう」

土室に戻ると、残った者たちが集まっていた。すぐに出立できるよう荷ができている。

「六人をけしかけたとき、万が一を考えて、ひそかに荷造りを命じておきました」

早口で言う羊暗に、思わず舌を巻く。

「さすがだな」

「大将が甘いのです」

こういうときの羊暗の用意周到さと手際の良さには敵わない。

崔子龍は蠅隊の者たちを集め、事情を説明した。六人が辺令誠に通じていたこと、その六人が娘をいたぶり、月吾がその犯人だと疑われて麓の里で人を殺したこと。

突如起こった複数の事態に、蠅隊の者たちは戸惑いの顔を見せる。

「いつ役人が来るか分からない。その前に、山を出る」

「すまない」

羊暗に支えられた月吾が、か細い声で漏らす。

「気にするな。ずっとここに居るわけにもいかなかったのだから」

月吾はうなだれているだけで、崔子龍の声が聴こえているのかも分からなかった。九名となった蠅隊は、騎乗して慣れた住処を後にする。

里のある南へ向かうわけにもいかず、かといって西や北では、辺令誠のいる長安から遠ざかってしまう。それで、東へ向かうことにした。

白いものが、目の前をかすめる。細かい雪が次々と降りかかり、山を下り切った頃には視界を遮るほどの降雪になっていた。

山道から麓に出たところで、行く手に人だかりが見えた。月吾を抱え最後尾を走っていた羊暗が、先導していた崔子龍に追いついた。

「検問でしょうか」

引き返そうとする蠅隊の者たちを、崔子龍は手で制した。

役所の検問にしては、様子がおかしい。山道から通じる道に触れが掲げられ、武官らが貧民らしき者たちを並ばせている。人を殺した山の者を摘発するというには、大がかりに過ぎる。戸籍を捨てた逃戸《とうこ》を取り締まっているのかと思ったが、貧民らは自分たちから集まっているように見えた。

「様子を見てきます」

羊暗は月吾を馬に凭《もた》れさせると、ほかの者の馬を借りて駆けて行った。しばらくして引き返してきた肩背は、雪で白く染まっていた。

「募兵だそうです」

「なぜこんな都の側で――」

「安禄山が挙兵したと」

まさか、と蠅隊の者たちから声が上がった。

西市で潜伏していた頃から、挙兵の噂は耳にしていた。だが、実際にそうなったといわれると事の大きさゆえに実感がわかない。

「安禄山は、逆賊の楊国忠を討つという大義を掲げているそうです」

それは建前に過ぎず、実質、安禄山は皇帝に弓を引いたことになる。殺人犯の捕縛や逃戸の摘発どころではない。国を揺るがす一大事が起きている。

「話を聞いてみよう」

月吾を捕らえる者たちではないと分かれば、近づいても差し支えない。崔子龍は取り仕切っている吏員に尋ねた。

「いったい何の募兵をされているのです」

そんなことも知らぬのかと、鬚《ひげ》に雪をまぶした吏員は尊大な態度を見せた。

「安禄山が范陽で謀叛を起こし、洛陽や長安に向けて進軍を続けている。ついては、陛下は叛乱軍討伐のため、天武軍を編制なさるように命じられた。志のある者はだれでもよい。名乗りをあげよ」

長安で義勇兵を募ったものの、どうやら数が集まらないという事情らしい。都が戦場になるなど、だれも想定していない。兵になりたがる者もそう多くはいないのだろう。寒さに凍えながら並ぶ者たちを見るに、ごろつきや浮浪者のような者までかき集めているようだった。吏員は崔子龍たちを値踏みするように眺める。

「馬があるというのは良いな。怪我をしている者でも構わぬぞ。今日中にあと三十人を長安に送り込まねばならぬ」

吏員の目に崔子龍たちはどのように見えているのだろうか。全員が騎馬しているが、明らかに貧民ではない。

後ろめたい事情をかぎ取ったのか、吏員の目が、素性は問わぬと暗に告げている。寒さと降雪で難儀している様子で、はやく引き上げたいのだろう。今なら崔子龍たちでも簡単に長安に入れそうだった。

崔子龍が逡巡していると、吏員が甘い言葉をささやいた。

「なあに勝てる戦よ。軍の元帥は永王《えいおう》だが皇室の方ゆえ長安に留まる。戦場での総大将は副元帥の英雄高将軍だ。楽な働きで給金がもらえるぞ」

――総大将は高仙芝。

怛羅斯の天幕で目の当たりにした、高仙芝の夜具姿が頭をよぎる。崔子龍は息を飲み、吏員に訊いた。

「監軍使はどなたです」

旗下の将ではなく、監軍使を問うのは不自然だったかもしれない。しかし吏員は気に留めた様子もなく、小さなくしゃみをして答えた。

「辺将軍だ。すでに洛陽へ向かっている」

よほど冷えたのか、吏員は鼻水をすすっている。振り返ると、雪風に吹かれながら蝿隊の者らが崔子龍を見つめていた。

辺令誠に近づく絶好の機会ではある。だが、危険と背中合わせだ。万が一素性がばれれば、怛羅斯の逃亡兵として捕らえられることになる。

崔子龍は目を閉じ、雪の降りやまぬ天を仰いだ。このまま野《や》にあっても、辺令誠を討つことは叶わない。であれば、この従軍に賭けてみるのが最善ではないのか。なにより、この出陣に高仙芝と辺令誠が揃ったことに、宿命めいたものを感じた。

目を開け、崔子龍は吏員に向かって出まかせを吐いた。

「実は、私たちは此度《こたび》の叛乱を聞いて、陛下の下に馳せ参じようと故郷を出てきたのです。ぜひ募兵に応じたい」

細い髯を雪で凍らせていた吏員は、一度に九人を確保できることになり、顔をほころばせた。

「勇士の申し出、何よりだ」

気が変わらぬうちに、とでも言わんばかりに、手続きを促してくる。偽名を名乗った崔子龍に、蝿隊の者たちが続いた。

これまで二度、辺令誠を打ち損じている。今度こそあの男を仕留める。吹雪に身をさらわれながら、崔子龍は東の方角を睨んだ。

第四章　籬《まがき》のなか

一

細い光が射し、たゆんだ空気をひとすじ切り取っている。真智《しんち》の魂を吸い上げていく筋のようにも見えた。

真智の口から漏れる白息は、か細い。

驪山《りざん》で衛士《えじ》に囚われた真智の身柄は、長安の獄へ運ばれた。獄の正確な場所は真智には分からないが、鉄格子の嵌《は》め込まれた窓から、蹄《ひづめ》の音や物売りの張りのある声がかすかに聴こえる。街中の金吾衛《きんごえい》の獄なのだろう。

六つの独房のある獄内で囚われの身となっているのは真智のみで、鉄格子の向こうには二十歩にも満たない短い石畳の廊《ろう》がある。燭台の小さな炎が、居眠りをきめこんでいる獄吏の影を揺らしていた。

腹が切ない音を鳴らす。この獄に入って幾日が過ぎたのかもおぼろだ。驪山で与えられた粥が最後で、以降は日に椀一杯の水だけだった。飢えと寒さにもだえ、これなら皇帝の前でひと思いに殺してもらったほうが楽だったとさえ思える。

その身体の感覚もぼやけて、苦痛に襲われる間隔も遠くなってきていた。楊国忠《ようこくちゅう》の不正は詮議されたのだろうか。おのれの命が絶えたとしても、義父から受け継いだ志の行方だけが気掛かりだった。

石廊に光が射す。見張りの交替らしい。廊で舟をこいでいた獄吏が、椅子から転げ落ちそうになって床を踏んだ。退屈な役目から解放されるべく、その身が戸口へ向いたときだった。

「お前、だれだ」

獄吏の頓狂《とんきょう》な声が牢に響く。

「おう」

応じたのは若い男の声だ。その堂々とした態度に、獄吏の動きが遅れた。刀を抜き切るより先に、みぞおちに男の拳が入っていた。

獄吏の服をさぐるせわしい音、鍵が差し込まれる雑な金属音、扉が開け放たれる間延びした音までが、流れるように耳に届く。

「行くぞ」

真智の腋《わき》の下に男の手が差し込まれ、身が急に地から浮いた。軽々と肩にかつがれるのは故郷で山を走っていた頃以来だ。母の長い手足とは違う、がっしりとした肩腕だった。

「少し雑に扱うが、しばしの辛抱だ」

旧知の友人のように言う。しかし、だれなのかすぐには思い当たらない。視界はもう霞《かす》んでいた。

「だれだ」

ちゃんと声になっていたらしい。

「お前の味方だよ」

どちらかというと悪党のような声が返ってくる。扉を蹴破《けやぶ》る乱暴な音がして、冬の透明な日射しが真智の目を襲った。

くすぐるような子どもの声が耳をかすめる。口のなかに甘くとろみのある飲み物が流しこまれ、身体の隅々に、痺《しび》れるような心地よさが沁《し》みわたっていく。

少し眠ったようだった。生姜《しょうが》と大蒜《にんにく》の香りが鼻孔を刺激し、真智の心身はやっと覚醒した。湯気の立つ粥が目に飛び込んでくる。少しずつ取らねば臓腑に悪いと頭が警告するが、両の手が素直に従わない。

かぐわしい香辛料の香りは、餡のかかった豆腐料理のものだった。口に含むと海ののので取った出汁の味がじんわりと広がる。添えられている小皿の泡菜《ほうさい》（漬物）までむさぼった。ほどよい塩気と食《は》む快感がたまらなかった。

「ゆっくり食え」

声を掛けられて、真智はやっと目の前の男に意識が向いた。

精悍な顔立ちに、鍛え上げられた体軀《たいく》。真智を見る目元は親しげだが、やはり面識はない。男の様子を観察しながら、新たに運ばれてきた粥に手を伸ばす。今度は鶏の出汁をしっかりと舌が感じ取った。

「豚の三枚肉を煮込んでいるそうだから、腹が慣れてきたら出してやる」

肉と聞いただけで腹の虫が鳴る。おのれという人間は、これほどあさましい。食い物をくれるというだけで、素性も知らぬこの男を好いてしまいそうだった。腹がくちくなってようやく部屋の様子が目に入ってきた。

外はすでに日が暮れているらしく、絹を張った窓は群青色に染まっている。その上品な群青色には、金銀の糸で刺繡された菊花が浮かんでいる。油よりも値のはる蠟燭《ろうそく》がふんだんに灯されて昼のように明るく、青い文様の入った陶器の火鉢は赤々として季節を忘れさせるほど暖かい。

空になった椀が並ぶ机は、表面に翡翠《ひすい》が嵌《は》めこまれている。真智には調度品の価値は分からないが、どれも一級品に見えた。

獄から運びだされた際のとぎれとぎれの記憶から憶測するに、この屋敷はおそらく高級官人の住まう平康坊《へいこうぼう》かその近くの一等地。対して、目の前の男がまとっているのは動きやすい騆馬服《しゅんばふく》で、川や市場で荷を運ぶ人夫かどこぞの邸宅の厩番《うまやばん》のようないでたちだ。

とても官人には見えず、まちがいなく堅気ではない。

「食欲旺盛な僧というのはかえって爽快だな」

男は茶の椀を傾け、興味深そうに真智を眺めている。

その背後には壁付けの机があり、地図が置かれていた。長安・洛陽《らくよう》・太原《たいげん》の三府、各郡の城、それぞれの脇に数が書き込まれ、碁石のような駒が置かれている。

その地図を、真智は顎で指した。

「辺防軍《へんぼうぐん》や藩鎮《はんちん》の配備？」

男は背後を振りかえり、立ち上がる。駒を掌で弄《もてあそ》ぶように転がした。

ふと、この男は朝廷に反する勢力だろうか、という疑問が湧いた。

驪山にもたらされた安禄山《あんろくざん》の挙兵の報せを思い出す。この長安には安禄山の嫡男がいるはずだ。この男は国賊となった安禄山の血族、もしくは父子の契《ちぎ》りを交わした取り巻きではないのか。

あらためて男の姿を観察する。肩背には俠《きょう》とした風情があり、貌《かお》には威風がある。安禄山の軍には遊牧民が多いが、この男も草原を馬で駆《か》る姿が似合うような気がする。

「あなたはいったいだれだ」

目で警戒しながら、口に饅頭《まんとう》を詰め込む。

「お前の義父の同志だ」

思いがけない言葉に、口のなかのものがこぼれるところだった。

「義父《ちち》の……？」

「よくぞ、生きていてくれた」

男は握りしめた駒を机上に放り、真智のほうへ近づいてくる。逞《たくま》しい腕が、真智の背を抱く。何が起きているのか分からず、真智は饅頭を一気に飲み込んだ。背をふたつ叩き、身体を離した男の目が真智に注いでいる。

「皇帝に諫言《かんげん》をしたのだと聞いた。志を受け継いでくれたのだな」

口元をほころばせた男に、真智は飛びついていた。

「義父を知っているのですか」

長安にいたときに義父が何をしていたのか、武威《ぶい》の僧は詳細までは把握しておらず、真智は何も知らなかった。

「いったい義父とはどのような関係で？」

男は言い聞かせるように説く。

「あれは果敢で好い男だった。無謀にも、楊国忠の非道を訴えんとしていたのだ。それで罪を負わされ、斬首になるところをおれが手を貸して逃がした」

「あなたはいったい──」

素性を問おうとすると、せわしい小さな足音が近づいてきた。

扉から、小さな頭が覗く。この光景に見覚えがある。現れたのは、栗毛の野兎のような愛らしい姿で、その後に続いた冷たい印象の童女を見て、記憶がさらに鮮明になった。

驪山の華清宮《かせいきゅう》で見かけた小瓊《しょうけい》とその僕《しもべ》の冬蝶《とうちょう》だ。とすると、ここは皇族の王府か。

「父上」というひめの言葉に、真智は硬直する。目の前の男は、飛び込んできた小瓊を軽々と抱き上げた。

「まだ起きていたのか」

「お客人が気になって、眠れないのです」

「案ずるな。先ほど目覚めて飯も食った。どれ、久しぶりに父が寝かしつけてやろう」

瞼《まぶた》が壊れたのかと思うほど、真智の目が何度も瞬《しばた》く。声が裏返っていた。

「父――」

振り返った男の精悍な顔、それからその腕に抱きかかえられた小瓊の利発そうな顔に目を移す。

「娘？」

男は抱きなおして小瓊を掲げるようにし、頰を緩める。

「そうだ。天下一のひめぞ」

小瓊は皇帝のひ孫に当たるのだから、この男は皇帝の孫ということになる。

「お前の処遇は祖父上《じじうえ》からお任せいただいた。驪山の僧らもな」

事態の大きさを受け止めきれずにいる真智の前で、「ああそうか」と男は思い至ったように顔をあらためた。

「名乗りそびれたな、おれは李倓《りたん》という」

唐朝李家皇太子の第三皇子《おうじ》。

「建寧王《けんねいおう》――」

長安で過ごして日が短い真智でも耳にしたことがある。数多《あまた》の孫の中で皇帝が最も可愛がっているうちのひとり。些末に縛られない豪傑な性格で知られている。

しかし、いったいどこの国に罪人を逃がす皇子がいるというのか。頭が混乱して、言葉が出ない。

愛娘《まなむすめ》に相好《そうごう》をくずしたまま、若き皇子は真智を一瞥《いちべつ》した。

「おう、それよ。李倓だ」

二

陶器の割れる音がするたびに、真智は身をすくめた。

壊れた甕《かめ》や皿は、ふだん真智が使うような陶器とはものが違う。

昨日、真智を獄中から連れ出したのは、唐国皇帝の孫である建寧王。その屋敷の調度品の質が違うのは当然で、真智が手当を受けた場所は、建寧王が開府を許された王府だった。

しかも今、建寧王とやりあっている相手はその兄で、順当にいけば次の皇太子、いずれは天子にのぼるかもしれぬ広平王李俶《こうへいおうりしゆく》である。

——とんでもないところに来てしまった。

建寧王の話によれば、皇帝により真智の不敬は許されたのだという。建寧王自身が皇帝に請《こ》い、真智の身を引き取ったということだった。

広平王は早朝から乗り込んできて「なぜこの若僧を助けた」と静かに怒りをあらわにした。「外に出ておれ」という建寧王の命に従い部屋を出たものの、兄弟喧嘩の原因がおのれにあるので、真智は廊で右往左往している。

いかに皇族に対して淡泊な真智といえども、この状況で恐縮せずにいられるわけがない。

「父上の廃嫡《はいちゃく》につながったら、どう責任をとるつもりだ」

漏れ聞こえる声に耳をそばだてる。広平王は、楊国忠や楊貴妃《ようきひ》の排除を訴えた真智を引き取ったことを問題としている。いくら皇帝のお気に入りの愛孫であっても、寵姫とその背後の勢力を敵にしては立場が危うい。

「父上は安禄山を嫌い、身辺から遠ざけるように幾度も祖父上に進言していた。それでもいっさい聞き入れてくださらなかったのだぞ」

皇帝は、皇太子である息子よりも、寵臣《ちょうしん》である安禄山を信用したらしい。皇太子は虚弱だと聞くが、その立場もさほど強くはないようだった。

建寧王も負けてはいない。毅然とした声が響く。

「祖父上は父上の言葉を聞き入れるべきだったのです。佞臣《ねいしん》どもを重んじたゆえに、今日のこの事態となったのではありませぬか」

その指摘は、互いにとって痛いところを突いたらしい。言葉の応酬がやみ、いったん静かになる。

建寧王によれば、今、叛乱軍は破竹の勢いで副都である洛陽に迫っている。河北《かほく》諸郡は軒並み安禄山に寝返り、朝廷は急遽、義勇軍の兵を募り始めたという。叛乱軍に対する防衛の手立てで、朝廷は混乱に陥っているという話だった。

「いずれにしても」と沈黙を破ったのは弟のほうだ。

「あの若僧の件は、祖父上がお許しになったのです」

「そのようなこと、まわりの者らによって都合よくひっくりかえる」

ぴしゃりと冷たい声が打ち返される。兄皇子の懸念は正しい。同志の息子とはいえ、危険をおかしてまで救う価値が真智にあるのか、建寧王の考えのほうが分かりかねる。

「安禄山の叛乱とて、どう転ぶか分からぬというのに。火だねを増やすな、ばか者め」

捨て台詞とともに、突如、広平王が廊に姿を現した。

激しく口論した後とは思えぬ、理知に冴えた風貌があった。その変わりように、真智はあっけに取られる。未来の皇帝となるやもしれぬ男は、口を開けたまま目を瞬かせている坊主の脇を通りすぎていく。

恐る恐る建寧王に許しを請《こ》い、真智は部屋に入った。弟皇子は陶片の散乱した床に座り込み、首のうしろに手をかけてうなだれていた。

「うるさくしてすまぬな」

こちらは兄皇子と違って、まだ言い合いの余韻が抜けていない。「驚いたろう」とくたびれた様子で真智を見上げた。

「感情をあらわにできる相手がおれしかいないものだから」

長兄を相手に、まるで手のかかる子のように言う。

「父君は、安禄山に用心されるように、陛下に奏上していらっしゃったのですね」

真智の問いに、建寧王の口元が苦々しくゆがむ。

「父上だけではない。おれも兄上も、辺境にいる武将らを少しずつ都へ移すように、祖父上に進言していたのだ。それが聞き入れられず、とうとう安禄山は挙兵した。それで、兄上も相当いらだっている」

思うように行かぬ焦りを外ではひたすら隠し通し、気やすい弟の前だけで吐露しているのだろう。散り乱れた陶器の破片が、その鬱積をあらわしているかのようだった。

建寧王は立ち上がり、机上の地図を見下ろした。国境を縁取《ふちど》るように駒が置かれている。

唐は久しく内乱を知らない。辺境の軍備に重きが置かれ、名だたる将軍は節度使として国境に配置されている。

「安禄山は、唐の軍備の弱点をうまく突きましたね」

軍備の偏りという仕組みの問題だけではない。皇帝は安禄山ひとりにいくつも節度使を兼任させた。

その軍閥の大きさは、ほかの武将と一線を画している。長安からはるか東北にある范《はん》陽《よう》、平盧《へいろ》、河東《かとう》の三つの節度使を兼ね、安禄山が擁する兵力は唐国の主だった戦力の三分の一を超えるとも言われている。これでは謀叛を起こしてくれといっているようなものだ。

「太平四十余年、と楊貴妃がおっしゃっておりました。ですが、太平の世を支えてきた仕組みの欠陥が、此度の叛乱を許したのでしょう。何の改革もなしに、叛乱の勢いを止めることができるのでしょうか」

声を立てて建寧王が笑った。

「これは驚いた。口が達者なところも義父にそっくりだな」

真智の記憶にある義父は、無口で穏やかだ。口が達者だと言われても、ぴんとこなかった。この皇子は真智の知らないことを教えてくれる。

「まあ、そのとおりだ。加えて、楊国忠と安禄山の対立を収められなかったことが大きい。これまでも楊国忠はあの手この手で政敵を葬ってきたが、安禄山だけは相手が悪い」

楊国忠にしてみれば、安禄山を追い詰め逆賊に仕立て上げて、葬り去ろうと目論《もくろ》んだのだろう。だが安禄山の持つ武力は、唐そのものの存在を脅かす。安禄山の擁する軍は、兵の数だけではなく質も違う。

「とはいえ、唐とて容易には斃《たお》れぬ」

建寧王の武張った指が地図上で示したのは、潼関《どうかん》だった。

長安と洛陽をつなぐ街道上に位置し、東から長安に入る際には必ずこの地を通過しなければならない。北には河水《かすい》（黄河）、南には崋山《かざん》が迫る険しい地勢で、唐にとっては守りやすく、敵にとっては攻めにくい要害だ。

「どれだけ賊軍が強くとも、唐には潼関がある。ここを固めれば、まず賊軍に抜かれることはない。そして討伐のために編成された義勇軍の将は、英雄高仙芝《こうせんし》だ。あれには父上も深い信を置いている」

真智は問いを切り出した。

「昨日、殿下はご自身を義父の同志だとおっしゃいました。詳しくお伺いしてもよろしいでしょうか」

がっしりとした体軀が、真智のほうへ向く。

「同志といっても、徒党を組んでいるわけではない。これまで何人もの官人が楊国忠の専制を糾《ただ》そうとして、葬られてきた。おれはただその罪が軽くなるように動いてきただけだ。死罪が避けられない者はひそかに脱獄の手助けなどをしてきた」

この皇子はどうにも変わっている。犯罪まがいの義挙に、皇族が係わっているなどふつうは想像もつかない。

「不正がまかり通り、まっとうな官人らは自ら命を絶つか、冤罪によって排されていく。

このままではこの国は腐っていくばかりだ。立場上、派手に動くことはできぬゆえ、地味な支援しかできぬ」

もどかしさに耐えるように、皇子は固く拳を握りしめた。

「楊貴妃の側に、夏蝶《かちょう》という名の婢《はしため》がおりました」

夏蝶の子がこの王府で仕えている。ということは、あの女人も建寧王の同志なのではないか。真智の予想どおりのことを、目の前の皇子は言った。

「あれは、元は官人の娘で杜夏娘《とかじょう》という。友が楊国忠によって陥れられ、それを助けんとして子の冬蝶《とうちょう》とともに罰を受けた」

やはり、あの美婦《びふ》は良家の出だったのだ。

「事情を知って、おれは親子ともどもこの王府に引き取ろうとした。しかし楊貴妃がいたく気に入り側に置いたので、杜夏娘の望みもあって、間者《かんじゃ》のようなことをさせている」

「私のことを守るのだと、口にしておりました」

「華清宮での顚末は聞いている。お前が志を遂げられるように支えたかったのだろう。あれはこれまで楊貴妃の前で従順を装ってきたが、今回、はじめて叛《そむ》くことになった」

杜夏娘の足を踏みつけた楊貴妃の姿が頭に浮かぶ。

「あの方が重い罰を受けるようなことがあるのでしょうか」

「生きてはいるようだ。だが、連絡を取り持っていた者が変死した」

胸が圧《お》し潰されそうになった。杜夏娘が苦しい立場に追いこまれているのは、真智のせいだ。生きているからといって、無事だとは限らない。

「杜夏娘に会いたいか」

精悍な眼が、真智を見据えていた。

「僧であるお前ならば、後宮にいる杜夏娘と話せる手立てがひとつある。命がけとなるが、それでも構わぬのなら、手配する」

あの壮健だった女人の身が案じられた。無事な姿を見るまで、気が気ではない。

「救っていただいた命です。なにを惜しみましょうか」

「助かる。実は、杜夏娘から得た話をおれにも報《しら》せてほしいのだ」

杜夏娘の身の上はもちろん、安禄山の叛乱を受けて、水面下で楊国忠がどういった動きをしているのかを知りたいのだと皇子は言った。

「お前の居所だが、驪山の僧らは大興善寺《だいこうぜんじ》に身を寄せている。寺に紛れているのが都合よかろう」

大興善寺は伽藍《がらん》だけで一つの坊を占め、長安城内の仏寺で最も規模が大きい。国家の事業として、仏典の翻訳なども行っている由緒ある寺である。故郷の武威から長安に来た際に移ったのも、この寺だった。

「動きやすいように、いいものをやろう」

悪戯《いたずら》じみた笑みを浮かべ、建寧王は身をひるがえした。

偉軀《いく》のあとを追って外に出る。銀の鱗《うろこ》のような冷たい光を放つ甍《いらか》が目に入った。敷地にどれだけの屋敷が建てられているのか、いくつ棟《むね》を越えても建寧王の足は止まらない。府の規模が、いかにこの皇子が皇帝に愛されているのかを表していた。

いぐさと馬の匂いが鼻をかすめる。向かう先は厩舎のようだ。

白い日射しの下で戯れる、色とりどりの裙《くん》が目に飛び込んでくる。厩舎の前の庭で小瓊が女官らと毬《まり》で遊んでいた。婢の冬蝶の姿も見える。

「冬蝶なる子が口をきけぬのは生まれつきなのでしょうか」

少し間があった。

「後宮に入った際にな」

言葉を選ぶように建寧王は続ける。

「官婢となれば、家畜と同じ扱いを受ける。ひどいものを目にし、また自分でも身をもって知ったのだろう。以来、言葉を失った」

「それを、あなたさまが救われたのですね」

「おれは目についたひとりひとりを助け出すことしかできぬ」

淡々とした口調には、自身に向けられたものなのか、静かな怒りのようなものが感じられた。

庭には女官のほかに、ともに戯《たわむ》れる男児の姿もある。近所の子らのようにも見えるが、この屋敷に仕える者たちのようだった。

「童僕《どうぼく》の数がずいぶんと多いのですね」

「孤児《みなしご》やらをな、引き取っている。今後おれが子を授かることはないからな」

言われてはじめて、この王府に孺人《じゅじん》(妻)の姿がないことに気づく。建寧王ほどの立場にあれば、何人もの妃を抱えていてもおかしくはないのだ。

立ち入ったことを訊くのはためらわれた。だが、建寧王は自ら語った。

「妃は小瓊を産んで亡くなっている。勝手にみそめられて妃にさせられ、子の命と引き換えに天に召された」

自分を責めるような言い方をする。真智には男女の機微が分からない。凡庸な言葉しか思いつかなかった。

「あなたさまのことです。お妃も幸せであったのではないでしょうか」

「分からぬ。妃になることについて嫌だとは言わなかった。だがそれは、嫌だと思っていないということではないのだ。思うようには言えまいよ。おれの背後には唐という国があるのだから」

おのれの言葉の浅はかさに、真智は恥じ入る。

この皇子は妃を心から愛しただろう。夫は男ぶりもよく、不自由のない生活があった。妃として迎えられた女人は、幸せだったのではないか。しかし、建寧王が生まれながらに負っているものが、それを不明瞭にしている。

毬を蹴っていた小瓊が、父の姿に気づいて駆けてくる。

「失ってはじめて思い至った。おれは妃のことなど何も見えていなかったのだ」

帯びている権力が相手との関係を歪《ひず》ませ、この皇子を悩ませている。剛毅そのものといった男の、内省的な一面を見た気がした。

「父上！」

短く弾ませた息が、白く小さな丸い形を作っている。女官たちも後を追ってきた。ひめの表情には、少しの暗さもない。きらきらとした眼が真智に向いた。

「華清宮のときのお坊さまでしょう。お元気になられたのね」

「ひめ君にはご機嫌うるわしゅう」

真智の伺いに、小瓊は少し胸を反らせて言い放つ。

「冬蝶の母上に助けられたのだから、感謝するのですよ」

ずいぶんと賢い子だ。まだ十かそこらなのに、華清宮での状況をよく見聞きして、何が起きたのかを理解している。真智はしゃがんで目線を合わせ、耳打ちした。

「ひめも冬蝶どのを守られましたね」

「冬蝶をあんな者たちに渡すなんて、絶対に嫌だったんですもの」

声を上げて泣き出したのは、この童女なりの計算だったらしい。そのすぐ背後で冬蝶は、相変わらず冴えた表情をしている。夏でも解けぬ氷雪のようだ。

「わたくしが泣けば、ひいおじいさまが黙ってはいませんからね」

小瓊が鼻を鳴らす。自分の涙は楊貴妃のそれに勝る。両眉を上げてにんまりと笑んだ顔は、見ていて気持ちがよいほどの自信に満ちていた。

頼もしい子だ。すでに義の気質を漂わせている。

「父君に似ておられる」

真智の言葉に苦笑する建寧王を、小瓊がねめつけた。

「厩舎にいらしたということは、また父上の悪い癖ですね。自慢の馬を与えたいのでしょう」

建寧王は破顔した。

「いつもこうやってやり込められる。どうだ、どれもおれが育てた名馬だぞ」

馬を賜《たまわ》るのは名誉であるが面倒の方が多い。考えが顔に出ていたのか、建寧王がいぶかしんだ。

「馬には乗れぬか」

「そういうわけではございませぬが」

正直、おのれで走ったほうが速い。馬の世話は手間でもあり、飼葉代もばかにならない。しかも皇子から下賜された馬となれば売ったり譲ったりするわけにもいかない。

建寧王の顔に人懐《ひとなつ》こい笑みが浮かんだ。

「では、腹が減ったらおれのところへ来い。好きなだけ食わしてやろう」

押しつけがましくないところも、この皇子の美点だろう。

荒々しく、馬で乗り込んでくる者がいた。見覚えのある僧衣だ。大きな瞳には剣呑な光がある。驪山で出会った若僧——圭々《けいけい》だった。

「生きていたのか」

命に別状はなかったのか、もう動けるようになったらしい。やはり武芸をやる者は身体の作りが違う。しかし助けてやった恩を忘れたのか、駆け寄った真智を冷たい眼で見下ろしている。

「おれだよ、驪山でおぶってやった真智だよ。忘れたのか」

あからさまに嫌そうな顔を見せる。

「そうつれなくするなって。おれとお前の仲だろう」

馴れ馴れしく言う真智に、圭々はげんなりとして言い放つ。

「寺に帰るぞ」

この若僧は、すぐそこにいる男が建寧王だとは分からないらしい。下馬もせずに話を続ける。

「お前を引き取りに行くように和尚から命じられた。今後、我らは建寧王のもとで働くのだそうだ」

不服な表情を隠そうともしない。一国の天子に仕えていたのに、唐突にその孫に預けられたのだから、たいそう不満なのだろう。

真智はこっそりと教えてやった。

「少しは礼節をわきまえよ」

「何様になったつもりだ」

「おれは親切で言ってやっている」

圭々が気づかないのも仕方ない。下男のようないでたちをしている建寧王が悪い。真智も最初はどこぞの無法者かと思った。

父の背後から小瓊が愛くるしい顔を覗かせる。三人の男たちを見比べた。

「父上、お客さまですか」

お付きの女官を従えた童女の言葉を聞いて、圭々は弾けるように馬から下りた。

「大変ご無礼をいたしました」

その狼狽《ろうばい》ぶりに、笑い転げそうになるのを堪《こら》える。この男は高貴な血に弱いのだ。額《ぬか》ずいた身体には、指の間まで冷や汗をかいていることだろう。

圭々が現れたほうから、童子たちの声が聴こえる。主《あるじ》を探している様子だ。

「旦那様！」

数名の童僕らが駆けてくる。その中のひとりの少年が腕に赤子を抱えている。

「旦那様、お嬢さま、また裏門に赤子が！」

「お前が見つけたのだな。ならばお前が名づけ親だ」

少年から赤子を受け取った建寧王が「女児か」と首を傾げる。

「男の子ですよ」

「名よりも先にお乳を上げてきてもよろしいでしょうか。腹が減っているようなのです」

口々に童子たちは、意見している。

「父上、まだ首も据わっていない子ですよ。もっと優しくしてください」

小瓊にまで窘《たしな》められて、皇子は降参したように、赤子を童子たちに受け渡す。飛び立つ鳥の群れのように、「まずはお乳だ」と子らが駆け去って行く。

信じられないものでも見たかのように、圭々が顔をあげていた。

「棄児《きじ》をどうされるのですか」

「一緒に暮らすのだ」

「だれと、だれが？」

心の声がそのまま漏れたかのような率直な言葉だった。大きな眼は瞬きひとつせずに建寧王を見つめている。

「皆で暮らすのだ。以前は浮浪児たちに炊き出しをしていたのだが、腹が減っているのに食おうとしない子がいてな。おれは病だと思って医者を呼ぼうとしたのだが、食い物よりも家族がほしいとこぼした」

寺でやるような施しでは、満たされないものがある。真智にも覚えがあった。天童だともてはやされて十分な衣食住が与えられても、心は飢えていた。それで高僧を論破して喜ぶという、荒《すさ》んだ行為に耽《ふけ》っていたのだ。

「何も分かっておらぬと思い知らされた。おれは人が見えていないのだ。妃のことも、民のことも」

わずかに翳《かげ》の射した顔が真智に向いた。

「お前の義父とも話し込んだことがある。棄児を生まぬ世を作るのが天子の使命であり、それを支えるのがおれの役目だ。まずはそれを果たすべきだと頭では心得ている」

「いえ」と真智は身を乗り出す。「たしかに建寧王が話したとおりだとは思うが、ひとり世に放り出された子は現にいるのだ。この皇子の援《たす》けによって救われた子がどれだけいるだろう。しかし、建寧王は「よいのだ」と真智に武骨な手を向けた。

「ここは父娘《おやこ》ふたりで住むには広すぎる。別に邸宅もあるのでな。たいして手はかけてやれぬが、子どもとは不思議なもので、勝手に楽しくやってくれている」

郡王、しかも皇太子の息子ともなれば、長安の内外に持っている別宅は、百はくだらない。王府だけではなく所有しているすべての邸宅を、孤児を育てる場所に当てているのかもしれない。

「幼児を囲っているなどと口さがなく言う者もいるが、好きに言わせておけばいい。ここには乳のでる侍女もいるし、世話好きのひめもいるからな」

ところで、と建寧王は頰をさすりながら、圭々に近づいていく。その前で腰を落とした。

「お前、腕が立つな。それもかなりだ」

武芸に長けた者同士、相対しただけで分かるものがあるらしい。

「真智の友ならば、信が置ける。お前もおれのもとで働かぬか」

まるで童子が遊戯にでも誘うように、屈託のない笑顔を向けた。

三

読経の声が道場に響いている。

異様な光景だった。広々とした室内には壇が設けられ曼荼羅《まんだら》が広がっている。それ自体は仏門の修行場としては代わり映えのないものだが、道場内にいる者が僧と美女ばかりなのだ。

──建寧王も考えられたな。

灌頂授法《かんじようじゆほう》──曼荼羅の上に花を投げ、当たった三十七尊の秘法を、その者に授ける儀式である。

後宮には、貴妃の下に夫人が三人、嬪《ひん》が九人、世婦《せいふ》が二十七人、御妻《ごさい》が八十一人いる。その妃たちで望むものには、授法させているのだという。その後に、子孫繁栄のための祈禱を行うのだ。そのために大明宮《たいめいきゆう》にいる妃たちは、掖庭宮《えきていきゆう》（後宮）の外にある道場までの移動が許されていた。

昔は宮城《きゆうじよう》内に仏教や道教の寺はなく、用があれば皇室の者は市井の寺まで出向いていったと聞くが、今は宮中に幾つも道観や仏堂などが建てられている。

仏教よりも道教を上位とする道前仏後《どうぜんぶつご》などと言われながらも、仏教勢力は着実に国家権力に食い込んでいる。故郷の武威で得度を受けた際、真智に試験をした不空三蔵《ふくうさんぞう》は、過去に皇帝に対して灌頂を授けている。密教は護国の色合いを帯びていく流れにあった。

建寧王は、大興善寺からこの儀式に出す僧のなかに、真智を紛れ込ませた。

「今、真実の言葉を弟子たちに聞かせます。如来よ、どうかこの者たちを加持《かじ》してください」

しかし、と真智は儀式を取りしきる僧らを見る。真言《しんごん》も適当で、先ほどから講釈を垂れている阿頼耶識《あらやしき》の捉え方も変だ。法の解釈を根本的なところから間違えている。これなら真智のほうがまともな灌頂を授けられるのではないか。

逐一訂正を入れたくなるが、ここは辛抱だった。

そもそも、しかるべき高僧を選んでいるわけではないようなのだ。僧はそろいもそろって見目がよく、声のうつくしいものばかり。僧の基準は後宮側からの要請なのだろう。

皇帝は楊貴妃以外の妃には目もくれない。男ではないものとして、見栄えのする僧を呼ぶくらいは後宮でも許容しているのだろう。実際、後宮妃たちは説法などそっちのけで僧らの容姿に見入り、美声に聞き惚れている。

頃合いを見て、近くの僧に厠《かわや》だと断りを入れる。長時間の灌頂ゆえ、席を立つのは許されている。この午前の時間帯、妃に仕える婢たちは洗い物をしているのだと建寧王に教えられた。皇帝はふだん、興慶宮《こうけいきゅう》を居所としているが、月に数日は楊貴妃を伴って大明宮に滞在する。道場と洗い場の間には、皇帝の日常の記録を保管した古い書物庫があり、楊貴妃の滞在中で灌頂授法が行われるときに、杜夏娘は連絡係とその書物庫のなかで落ち合ってきたのだという。

外は、雪が降るのかと思うほど冷えていた。

厠へ向かう途中、思わぬ光景に出くわし、木陰に隠れた。灌頂を受けているはずの妃が数人うろついているのだ。

——なぜ妃たちが？

まさか真智らの目論見《もくろみ》を知ってのことではあるまい。見つからぬように、真智は木陰を走り抜けた。

書物庫らしき土蔵が見えた。周囲に人がいないのを確認してから、ゆっくりと戸を押す。書棚が並ぶ暗がりのなかに、浮かび上がる人影がある。うつくしい曲線の陰影が目に飛び込んできた。

「杜夏娘どの」

冷静になれと頭が命じているのに、足が駆けだしていた。

「御無事でしたか。痛めつけられたりはしておりませぬか」

怒濤《どとう》のように感情が押し寄せ、真智は一気にまくしたてる。驪山でのことが次々と頭に蘇った。

「何からお話をしたらよいのか、まずは礼をお伝えせねば」

荒れた手を取ったときだった。なにかを言いかけた杜夏娘の顔に、緊張が走る。突然、側にあった書棚の奥からふわりとした赤毛が覗いた。

「だれだ！」

気配は全く感じなかった。落ち着けとでもいうように掌を向けた姿勢で現れたのは、変わった風貌の男だ。くせの強い赤毛が髻《もとどり》からふわふわと飛び出し、そばかすの目立つ頰は寒さのせいか蒼白になっている。いでたちから、官署で雑務を執る胥吏《しょり》だと分かった。

真智たちの様子を探っていたわけではないらしい。胥吏は口に指をあてて、情けない表情で懇願してきた。

「お静かに。どうか見逃してください」

本来、真智と杜夏娘が言うべき台詞を、なぜかこの男が口にしている。

真智は杜夏娘を庇《かば》うように間に入り、赤毛に問う。

「どうなさったのです」

「儀式をだしに道場に出てきた後宮妃たちに追い回されているのです。彼女たちが後宮に戻るまで、匿《かくま》ってください」

若い妃たちが心をときめかせるような色男、というわけでもない。

「なにゆえ、妃たちに追われているのです」

「占えとせがまれているのです」

「占い……ですか？」

赤毛が言うには、それだけで商いができるほどに占いが当たるのだという。それが後宮でも評判となり、灌頂の日になると、赤毛のいる書物庫のあたりを妃たちがうろつくようになったらしい。

呪術や占いを否定した釈尊の教えに従うわけでもないが、真智はこの類のものを信じていない。寺でやっている祈禱や護符も気休めだと思っているのだ。内心が伝わったのか、赤毛は鼻を膨らませた。

「ばかにしましたね。私は真剣に悩んでいるのに。いいでしょう。おふたりをみて差しあげます」

赤毛は懐から折りたたんだ紙を取り出した。

「お顔を見つめ、そのあとに何も書かれていない紙を見ると、浮かんでくるのですよ、その方の未来が」

碧《みどり》がかった瞳が、真智と杜夏娘に向いた。そして、手元にある紙の上に落ちる。わずかな間だったが、深く広い悠久の刻のなかに放り込まれたようなふしぎな感覚に陥った。どこか繊細さを感じさせる赤毛の唇が動いた。

「家族のような因縁が――」

飛び出した言葉に、真智は首を傾げる。しかし、赤毛はしっかりとした口調で続ける。

「ふしぎな縁《えにし》で結ばれている。困難があってもこの縁が守ってくれる」

「当たっていると思います」

すぐ横で、漆黒の瞳が真智を見ていた。眼差しに愛おしさのようなものが混じっている気がして、胸がどぎまぎとする。

言葉が途切れると、赤毛は眠りから目覚めたかのように、二、三度目を瞬《しばた》かせた。どうやら識《しん》が降りてきているときは意識がないらしい。

「このような占いでしたら、妃の皆さまにもお応えさしあげたらよろしいのに」

「天子の妃にかかわって、おかしな疑いを掛けられたら大変です。それに若い娘とはいえ、相手は権力者ですよ。不興を買おうものなら、私の首など簡単に飛ぶのです」

脅えた顔で拳を握り、球体が飛ぶような仕草を見せる。

「だいたい、女人が束《たば》になって寄ってくるだけで怖いじゃありませんか。そのうえ最近、だれを占っても良い結果がでない」

「よく生きるための占いでございましょう」

項垂《うなだ》れている赤毛を励ますように、杜夏娘が言った。

「未来をよりよくするために、お伝えすればいいのです。悪い未来を聞かされても、人はそこからどうするのかを考えるものではないでしょうか」

赤毛が目を瞠った。次第にその色素の薄い目が輝きはじめる。杜夏娘の両手をとって、赤い髪を揺らして頷く。

「おっしゃるとおりです。占いとは、天命を読むこと。知っていても知らなくても、変わらない宿命です。ならば、それを知ったうえでどうするのか、考えればよいのです」

赤毛は夢見るような目を、外に向けた。

「私はかつて自分を占って、戦で捕虜になると卦《け》が出ましてね。そのとおり捕虜にはなったのですが、敵軍から逃げ出してきたんだ。好きな職に就けているのです」

この男がどういった出自かは知らないが、異国出身の者が公務に就くのは並大抵のことではない。様々な困難を乗り越えて、今ここにいるのだろう。

赤毛は、意外に筋肉のついた腕を自分の前に出し、その掌をまじまじと見る。自分に説き聞かせるようにつぶやいた。

「それだって、文書を扱っているほうがお前にふさわしいと言ってくれた人がいたからじゃないか」

やわらかな髪を揺らして、ふっきれたような顔を見せた。

「その人の未来を、より良きものにするためだと思えばいいのですね」

「あなた、お名前は」

杜夏娘の問いに、よくぞ訊いてくれたと言わんばかりの満面の笑みがはじけた。

「知紙《ちし》といいます。紙を知ると書いて知紙と」

戸口のほうから鈍い音がした。後宮妃たちが土蔵に入ろうとしている。

「ここはお任せください」

事情は察したとでもいうように、知紙は真智たちに目配せをする。先ほどの怯《おび》えた様子など微塵も感じさせない堂々とした足取りで外へ向かっていく。扉を開け、土蔵の前に集まっていた妃たちの前に立ちはだかった。

真智と杜夏娘は書棚に隠れて、様子を窺っている。あと少し知紙が動くのが遅れたら、危ないところだった。

「さて、占いをご希望の方はいらっしゃいますかな。よく当たる紙識《ししん》ですよ」

どうやら妃たちを遠ざけてくれるらしい。赤毛の声は女たちの嬌声とともに、だんだん遠くなっていく。気配が感じられなくなってから、真智はつぶやいた。

「いったい、なんだったのでしょう」

書棚の陰で、ふたりは顔を見合わせた。どちらからということもなく小声で笑いだす。変な男だが、ありがたかった。

すっと杜夏娘の顔が引きしまった。

「お伝えしておかねばならないことがあります」

天井近くの窓から白い光が射しこみ、杜夏娘の顔を照らしている。隙間風は凍《い》てつくように冷たく、やはり雪の匂いがした。

「唐の義勇軍の総大将に高《こう》将軍が命じられたのは、ご存じですね」

「たしか、長安に運よく高将軍がいるからと」

叛乱の報せが華清宮に届いたとき、皇帝は鎮圧軍の将として高仙芝《せんし》を指名した。国の英雄であり、的確な人選と言える。ただ、先の怛羅斯《タラス》の戦での大敗が真智には気掛かりだった。

「楊国忠は、高将軍に戦功を立てさせたくないのです。高将軍が叛乱軍を抑え、安禄山の首を取れば、高麗《こうらい》出身の将軍であっても宰相位が見えてくる」

高仙芝は容姿端麗といわれ、民からも人気が高い。国難を排除したとなれば、当然入朝の話も出てくるだろう。

「このたびの義勇軍の監軍使《かんぐんし》には、辺令誠《へんれいせい》が任じられました。楊国忠の息のかかった宦《かん》官《がん》です」

驪山の競走で、真智が参加できるように取りはからってくれた碧い眼をした男だ。

「あの宦官は、最初から私の目論見を知っていたのですね」

杜夏娘は深く頷く。

「武威にいる手下があなたの目論見を探り当て、辺令誠に報せてきたようなのです。そして、手なずけていた義恵寺の僧たちにあなたの邪魔をさせた」

僧らを使って、真智が持っていた証拠を別のものにすり替えさせた。あの宦官が武威を調べるようにと皇帝に進言したのも忘れはしない。義父を殺した者たちと関係しているとしか思えなかった。

「辺令誠によって高将軍が陥れられ、万が一にも賊軍に負けるようなことになれば、次に攻めこまれるのは国都であるこの長安です。これだけは避けねばなりません」

「楊国忠や楊貴妃はそこまで愚かでしょうか」

いくら自分たちの地位を守るためとはいえ、暮らしている都や、国そのものを脅かすようなことをするだろうか。

「私には難しいことは分かりませんが」

射しこむ光を帯びても、漆黒の瞳は濃く潤《うる》んでいる。

「権力は、その偉大な力が自分の価値であり力なのだと、それを持つ人に勘違いをさせる。だから権力を失うことは、その人にとって死に等しいのだと思います。本来、人の強さや価値はそこにはないはずなのに」

杜夏娘の言わんとすることが、すぐに分かった。生まれながらに権を持つ建寧王の苦悩を知った今、より明確に理解できる気がした。

「権に魅入られたものは、権に亡ぶ。それに民が巻き込まれてはたまったものではありません。すぐに建寧王に動いていただきたいのです。高将軍が危ないとお伝えいただけますか」

建寧王であれば、監軍使を替えるように皇帝へ進言するなど、いくらでも手の打ちようがある。

「必ず、お伝えします」

真智の言葉に杜夏娘が頷いたとき、左袖のなかから赤黒いものが覗いた。思わずその腕を取り、袖を捲《まく》っていた。あらわになったのは刺青《いれずみ》だった。肘から肩に向けて文様のように入れられている。

「これは、楊貴妃の罰ですか」

「たいしたことではありません」

皮膚の腫《は》れ方からいって、日を置いて少しずつ刺青を増やしているようだった。今は服で見えないところにしかないが、近いうちに、手の甲や首、顔と、見えるところへ入れていくのではないか。袖を戻して、真智は首を横に振った。

「これ以上、あなたに恐ろしい思いをさせられません。建寧王の下へ逃げるべきです」

黒い睫毛が伏せられ、それから光の射す窓に向いた。

「昔、西市《せいし》に曲がったことを許さない名物の女将《おかみ》さんがいたのです。額に大きな三日月の傷がある立派な身体つきの女人でした。あの人がずっとわたくしの心のなかにいる」

刺青の入った腕を、胸の前で抱きしめるように押さえる。

「子どものころ、よく英雄ごっこをして遊んだものですが、あの人は遊戯の英雄ではない。本物の英雄でした」

かつての出来事を思い返しているのか、口元をほころばせた。

「悪いものを悪いと糾せる大人がいる。子ども心に、どれだけほっとしたことか」

「ですが、あなたひとりが怖い思いをすることはない」

「ひとりでは、この恐怖には耐えられません。でも、心のなかに、女将さんや義に生きた友がいる。わたくしも勇気を持てるのです」

黒曜石のような瞳がじっと真智の顔を見つめている。頬を大粒の涙が伝った。

「真智、あなたはわたくしの大切な友人の志を運んでくれました。あなたはわたくしに礼を伝えねばとおっしゃいましたが、礼を言わなくてはいけないのは、わたくしのほうです」

湧きあがる感情を堪《こら》えるかのように、杜夏娘は目を閉じ、口を結ぶ。顔をあげて、真智に告げた。

「あなたは、わたくしの大切な幼馴染の王勇傑《おうゆうけつ》の義児《ぎじ》。だから、どうしても守りたかった」

真智の心に、ざわめくものが生じている。王勇傑、それは武威の僧から教えてもらった義父の本当の名だ。

「あなたが助けようとした友というのは、義父のことだったのですか」

――建寧王もお人が悪い。

おそらくあの皇子は事情をすべて知っている。その上で、真実を伝えるのは杜夏娘のほうがふさわしいと、自分から話すのを遠慮したのだろう。

「楊国忠の不正の証拠を携えて、王勇傑の義児が来る。わたくしは楊貴妃の側で、その情報を得ました。その志を成し遂げられるように、手助けをしたかったのです」

楊貴妃のための競走に真智が飛び入りで加わると分かったとき、腹を括ったのだという。

「それまでずっと従順を装っておりましたが、戦うのは今だと思いました。わたくしははじめて表でも叛くことにしたのです」

この女人は、真智を守ることで、もっと大きなものを守ろうとしたのではないか。かつて三日月の傷の女将がそうしたように。

「あの赤毛の胥吏の占いは当たっているのかもしれませんね」

真智は杜夏娘に囁いた。

声を抑えて話さなければならないのが、もどかしかった。外に駆けだしたくなるような衝動に耐える。昂《たかぶ》った気持ちを密やかな声で伝えた。

「足自慢の杜夏娘どのと私が出会ったのは、決まっていたことのような気がします」

義父との出会いもそうだ。必然であったような気がする。

「幼い頃、英雄ごっこをしていたとき、王勇傑は増長天《ぞうちょうてん》を好んで演じていました。驪山であなたの走りを見て、なんてすばらしい眷属《けんぞく》を送ってきたものかと思ったものです」

増長天自身、強い力を持つ仏神だが、眷属などの配下を自在に使うとも言われている。

また余計な知識を披露したくなった。

「増長天の配下にいる足の速い仏神を御存知ですか」

杜夏娘の黒曜石の瞳につややかな光が瞬《また》いた。

「韋駄天《いだてん》」

ふたりの声が揃った。互いの口から笑みが漏れる。

驪山で走っていたときもそうだった。杜夏娘が真智に向けるあたたかな眼差しは、子を愛おしむ母の目のようだった。それが少し恨めしくもある。年齢は十も離れているが、母というには杜夏娘は若すぎる。

武威にいたころの王勇傑は、四十は過ぎているように見えたが、まだ二十代だったのだ。苦悩ゆえだろうが、老け込みすぎだと言ってやりたくなった。

「ひとつ、お教えください。冬蝶は、あなたの産んだ女児の父は、王勇傑なのですか」

杜夏娘は首を横に振った。その顔にちらちらと動く影が映る。外で雪が降り始めたようだった。

四

天宝十四載《さい》（七五五年）十一月二十九日。

澄んだ冬空の下、興慶宮前の街路で、人々は歓声に沸いた。

興慶宮の南端にそびえる勤政楼《きんせいろう》はふだん皇帝が政務をとる場所であり、揺れる街路樹の枝の合間から、その荘厳な甍《いらか》が日射しに反射しているのが見える。せり出した露台から皇帝が見守るなかで、勇ましく行進するのは天武軍約十万の兵だ。

指揮をとるのは、国の英雄と称えられる高仙芝。その雄姿をひとため見んと、長安中から民衆が押し寄せていた。

真智は街路樹の枝に登り、圭々と並んで行進を見下ろしている。

周囲の歓声がひときわ大きくなった。背後に大将旗をはためかせた偉軀が次第に近づいてきた。白銀の鎧で身を包んだ騎馬姿が、人の目を惹きつける。高仙芝の愛馬といえば、詩人の杜甫《とほ》が歌った葦毛《あしげ》の馬が有名だが、今騎乗している馬は眼が冴えるような純白だ。冷たい日射しを受けて、細かな透明の光をまとっているようだった。

熱狂する群衆のなかにあって、真智は杜夏娘のことを考えていた。あの女人は、土蔵の書物庫で義父王勇傑の過去――三人の幼馴染の話を聞かせてくれた。

武威では慎ましやかな暮らしを送っていた義父だったが、長安にいた頃は粋な遊び人だったらしい。ある日、情事の最中に誤って相手の娘を死なせるという、救いようのない事件を起こしてしまった。

娘の父は権力者である楊国忠を頼った。王勇傑は保身に走り幼馴染の崔子龍《さいしりゆう》に罪をなすりつけたのだ。

それで、崔子龍は娘の父である商人に襲われ、陽物《ようぶつ》を失うはめになった。杜夏娘からの面会の求めにも一切応じずに、失意のまま怛羅斯《タラス》の戦に出征したのだという。折悪しく、崔子龍が長安を出てから、杜夏娘は崔子龍の子を身ごもっていることに気づく。名門でありながら子宝に恵まれない崔家に報せれば、子を奪われてしまうかもしれない。杜夏娘は両親とともに本籍のある山東《さんとう》に移り、冬蝶を産んだ。

一方、王勇傑は崔子龍に降りかかった災厄を知って、狂わんばかりに自分を責めた。あまりの発狂ぶりに家人が監禁したほどだったという。

部屋から出てきた王勇傑は再び勉学に励んだ。貢挙《こうきょ》に見事登第《とうだい》し、官人となった。朝廷に入ったあとは、まるでおのれの過ちを償うかのように、理不尽を糺そうとしたのだという。楊国忠の不正に気づき、執念でその証拠を集めたのだ。しかし、相手のほうが上手だった。

祭祀を扱う部署にいた王勇傑は、宗廟《そうびょう》を穢したと冤罪を着せられ、斬首の刑を申し渡される。その報せを聞いた杜夏娘は子とともに長安に戻り、減刑を訴えた。杜夏娘は連座して官婢《かんぴ》とさせられたが、王勇傑は建寧王の計らいによってひそやかに武威へ逃れた。そして、養親を探していた真智と出会ったのだ。

何度考えても、あの寡黙だった義父に、そのような激しい過去があったとは信じられなかった。

「お前に話しておくことがある」

圭々の大きな黒目が、真智に向いていた。話があると言われて連れ出されたものの、なかなか切り出さぬので、つい考え事に耽ってしまった。

真智は行進に目を向け、「なんだ」と先を促す。

「お前が持っていた楊国忠の不正の証拠だが、建寧王にお渡しした」

相槌を打って聞き流そうとした言葉が、頭のなかで巡った。

「お前だったのか！」

胸倉を摑んでいた。

「なにゆえだ。あの文書は義父の魂といってもよいのだぞ」

あの証拠さえあれば、皇帝の前で楊国忠を弾劾《だんがい》できたのだ。

「気を失って目覚めたお前が、水筒のなかの書状を確かめているのを見たからな。しかも、おぶさっている間、すり替えてくれといわんばかりにおれの目の前に水筒があった」

涼しい顔で言って、真智が摑んだ腕をするりと抜く。その反動で、真智のほうが枝から滑り落ちそうになる。

「幸い、お前はなにやら熱心におれに語っていた。汚さずに入れ替えるのは苦労したが」

この男だけは許さぬ。殴りかかろうとして、身体がひたと止まった。

証拠を建寧王に渡したということは、楊国忠側に渡さずにおのれの手の内で匿《かくま》っていたということになる。

「お前……」

「建寧王は、これは遺品でもあるゆえ、真智に断りを入れるのが道理だろうとおっしゃった。お前にはちゃんと話したからな」

この男は、建寧王に仕えると覚悟を決めたのだ。つまり、今は真智の同志ということになる。これまでこの男に感じていた違和が、次々と思い浮かんだ。

「お前、もしやあの宦官、辺令誠に操られていたのではないか」

操られた、という言葉を圭々は反芻するようにつぶやく。

「陛下をお守りするためと言われて、母を殺した。だが、もうあの男には服せぬ」

この男は、皇帝に仕え、辺令誠に従うことに激しい葛藤を抱えていたのだ。思い返せば、おぶって走っているときに、おれを助けたことを後悔するぞと警告じみたことを言っていたような気もする。驪山の競走のときも、迷いがあって義恵寺の僧らに斬られたのではないか。この男ほどの腕があって、あれほどたやすく斬られるのはおかしい。

「同門の僧には、おれのほかにも辺令誠の息が掛かった者がいる。既に何人か不審な死に見舞われている。建寧王がお前の身柄を引き取ったと知って、辺令誠が事実を知る者を消したのだろう」

圭々の大きな黒目がさらに強い光を帯び、真智に注ぐ。

「殿下は、お前が持っていた証拠を陛下にお示しして、楊国忠を宰相から外すように訴えるおつもりだ。さらに踏み込んで、皇太子へ実権を譲るように促される」

真智は、身体の奥に熱いものが生じるのを感じた。

義父の志がまだ、生きている。しかも、真智が訴えるよりも、もっと有効な手立てを持つ者の手へ渡ったのだ。あの証拠は、まさにこの国の腐った根を一掃する役割を担おうとしている。

今、建寧王は、皇帝の側に控えているはずだ。圭々の視線が再び興慶宮に移った。

「殿下の敵は少なくない。だが、皇族は私兵の所有を禁じられている。護衛ですら、兄君よりも目立たぬようにと、ごく少数しか側におかぬ。僭越だが、おれたちがお守りせねばならぬ」

歓声の混じった冷たい風が、真智と圭々の間を抜けていく。

「来たぞ」

圭々に倣《なら》って、真智も行進の隊列を眺めた。

行列のしんがりに、監軍使の一隊があった。

皇帝の御前ゆえ、馬車には乗っていない。中肉中背の宦官は、総勢百の親衛隊に囲まれ軍馬に騎乗している。ゆったりとした歩みは、高仙芝の命運を握っているのはおのれだと誇示するかのようだった。

建寧王は監軍使を替えるべく迅速に動いたが、出陣前に皇帝を翻意させるに至らなかった。しかし、あの皇子は今も皇帝への説得を続けている。楊国忠の不正の証拠が、そこでも活きてくれればいい。

行進する隊からは、群衆のなかにいる真智たちの顔が分かるはずがない。しかし、辺令誠の碧い目がこちらを見ているような気がした。

五

骨から外れるほど、よく肉が煮込んであった。辺令誠は豚のすね肉をつまみ、また皿に戻す。たれのついた指を手巾で拭いた。

辺令誠の目の前で僧形の男が跪《ひざまず》き、肩を震わせている。

うす暗い天幕のなかだった。辺令誠は監軍の天幕には身を置かない。陣営のあちこちに張った天幕を、数刻ごとに移っている。うるさい蠅《はえ》が居所を嗅ぎまわっているからだ。

背後に控えている男を肩越しに見た。それが合図のように、すぐ側を男が駆け抜ける。一瞬だった。剃髪《ていはつ》した頭が一突きで飛んだ。天幕が一気に血なまぐさくなる。

首を失った僧形は、義恵寺に潜りこませた辺令誠の手下で、楊国忠の不正の証拠の行方を探させていた者のひとりだった。

「殺すほどのことでもあるまいに」

命じたわけでもないのに動く。褒めてやらねばなるまい、と辺令誠は思った。

「お前はずいぶんと腕をあげたなあ」

義勇軍に先んじて叛乱軍と対峙していた洛陽の軍が惨敗していた。辺令誠は長安にいる皇帝にその戦況を伝え、唐軍の駐屯地に戻ってきたばかりだった。崔子龍の下に潜《ひそ》ませたこの男は、待ち構えるように深夜に辺令誠の下へ忍んできた。自分を売り込む必死さが可愛くもある。

「楊国忠の不正の証拠が、建寧王の手に渡ったのは痛いが」

辺令誠は、煮込んだ肉に目を落とす。

「それよりも、今は高仙芝よ」

この義勇軍の総大将をいかに料理するか、ということだった。

「どのように煮るのです」

男はまるで辺令誠の側近のようにふるまい、控えていた従者に死体の片付けを促す。

「高仙芝は、国の財産を私《わたくし》した。その証人も用意した」

洛陽で敗北した唐軍が移ったのは、洛陽と長安の中間にある陝郡《せんぐん》だった。長安から出陣した義勇軍は、最初はこの陝郡に陣を敷いていた。

高仙芝は洛陽から逃亡してきた唐軍と合流し、陝郡にある官庫を焼いて、ここ潼関《どうかん》まで引いたのである。天然の要害である潼関で守備に当たるのが最善と判断したのだろう。

この官庫を焼いた、というのが辺令誠の気に掛かった。

「証人、でございますか」

「複数いる。ひとりは高仙芝に心酔していた側近中の側近だ。以前、わしの周囲を探っていたのを捕らえて、手元に置いておいた」

高仙芝に対して忠誠を誓っていた人間である、ということが大事だった。それでこそ、皇帝は信じる。

「その者をどのように操ったのです。家族を人質にでも？」

「『支配』の対義はなんだと思う」

「服従」

男は即答する。

「そうだ。だが服従させようとして、派手な拷問をしたりすると裏目に出る場合がある」

痛めつければ、かえって闘争心を煽る。おのれに誇りを持ち、忠誠心が強い者などは、それがより顕著だ。

「毎日、石を運ばせたのだ。丘の麓から頂上までを往復させてな。それを毎日、朝から晩まで繰り返しやらせる」

「どういった意味が」

「何の意味もない、ということに意味がある」

一度だけならばたいした負担にならない使役を、繰り返しやらせる。少しでも遅れたり、怠けたりしたときにだけ、叱る。

「宦官となってから、西市で商人をしていたときのことを思い返してな。興味深いことに気づいた。稼ぎのうち八割を税で持っていかれていた。なぜみな、そんな理不尽に従っているのか。そして、おのれも従っていたのかと」

異国生まれの者には、何についても決定する権が与えられない。当たり前のように服従を強いられる。だれもがそれを何の疑いもなく受け入れているのだ。なぜ暴動が起きぬのか、市の外に出てはじめて疑問が湧いた。

働いても働いても、自分の手元にはわずかしか残らない。持っていかれた税が何に使われているのかも知らされない。一日のうち、意味のない労働をしている時間のほうが長いのだ。そして、税を納めるのが少し遅れたり、少なかったりすると、笞《むち》を食らう。それを繰り返しているうちに、なぜ税を出さねばならないのか、出す必要があるかどうかということを考えなくなる。それどころか、税を取りたてにくる役人の顔色を窺うようになるのだ。媚《こ》びを売り、気に入られようとする。搾取しているはずの役人を、なにか価値のある人間だと思いこむようになる。

その者から刷り込まれた情報や価値観は、真実となる。

「高仙芝を信望していた側近も、いまではわしの僕《しもべ》だ。その側近の娘がわしの屋敷のものを盗んだと告げたところ、無実を訴える娘を斬った」

実の娘よりも、辺令誠の嘘を信じるようになっていた。自ら家族を斬るように仕向けるのは、忠誠を試し、強化するためだ。

「殺したのですか、実の娘を」

「あの側近の頭のなかでは、信用すべきはわしで、英雄だと思っていた高仙芝は、実はけちでがめつい男だという風に塗り替わっている」

感心するように、目の前の男は息を吐いた。

「服従者は容易に支配者を替える。そうさせぬためには、支配する側が強く手綱を握っておかねばならぬのだ」

首にかけた縄を締め上げ、自分が支配する側にいるかと常に確かめる必要がある。そうやって絆《ほだ》し、思考ができない状態にしておくのが肝要だった。

服従者となったものは、支配者に命じられれば自分の親も子も殺す。死ぬと分かっているのに、みずから毒饅頭を食らう。

「高仙芝も服従させればよいのでは？」

「試みた」

高仙芝の胆力はすさまじかった。

まれに得体のしれない何かを秘めている者がいる。

脅しても、目をそらさない。英雄ともてはやされる男にはとうてい耐えられないだろうという屈辱を与えても、動じない。皇帝に口を利いて、爵位という飴を与えても一切媚びない。命令には従うが、心が屈していない。服従しない者は、やはり殺すしかなかった。

黙り込んでいる辺令誠の側で、男が上目遣いで媚態《びたい》を見せた。

「崔子龍の女のことですが」

自分の手柄を強調しているのだ。崔子龍にまつわる情報を持ってきたのは、この男だった。

「あの女も同じように？」

崔子龍が女を探しているとこの男から報告を受け、勘の働いた辺令誠は手を尽くして調べた。名を変えていたのもあってすぐには分からなかったが、崔子龍の女はあの楊貴妃のお気に入りの婢だったのだ。

崔子龍との関係が分かり、夏蝶こと杜夏娘の身元を洗ううちに面白いことが見えてきた。娘の冬蝶が建寧王府の婢であることは把握していたが、杜夏娘には建寧王の息が掛かっていた。この女を取り込めば、建寧王に対抗できる。

「建寧王の手下だと分かった以上、あれもわしの支配のもとにおく」

驪山の競走の後に、杜夏娘ははじめて反抗的な態度を見せた。楊貴妃が刺青を入れて嗜虐《しぎやく》しているが、あれでは反骨をより強めるだけだ。

「あのうるさい蠅の女だったとはな。お前に言われて調べなければ分からなかった」

少しおだてて、気分を良くしてやる。

「杜夏娘には、主である建寧王や、恋仲の崔子龍ですら敵だと思い込ませる」

「そういうことができるのですね」

「できる」

一番肝心なのは、支配されていることに気づかせないことだ。

「おのれの意思で動いていると信じて疑っていないのだから、めでたいの」

男は目を瞬かせている。自分のことを言われているとは分からないようだった。

「皇帝、のことでございますか」

思わず笑みが漏れた。この男には、やはり自身の姿が見えていないのだ。

しかし、発言は間違いでもない。皇帝はもはや、自分でものを考えられなくなっている。楊国忠や辺令誠に責を負わせ、大事な国事を丸投げする。ある意味で、皇帝は辺令誠らの服従者だった。

——お上の言うことだから。

息子を殺した者も、殺した者を罰することができない者も、みな「お上」のせいにしておのれの行為に責を持たない。服従者だったからだ。

そして今、この国の頂点である天子は、辺令誠の僕と化している。

辺令誠は目を閉じ、首を吊ろうとした日の蒼天《そうてん》を思い浮かべる。今、おのれの上にはだれもいない。足元に、首縄をかけられた者たちが連なっているだけである。

「皇帝のもとへ、また戻らねばならぬ。明日にでもこの軍から証人を連れて、高仙芝の不正を報告する。崔子龍には、無駄な骨を折らせておけ」

そう告げてから、辺令誠は男に煮込んだ肉を差し出した。

「お前が来るだろうと思って用意させておいた」

男の表情が緩む。亡くなった息子の面影がかすかに見えた。

「私ひとりがいただくわけには」

「わしのことは気にするな。肉が食えぬゆえな」

息子を失って以来、辺令誠の身体は肉を受けつけなくなっていた。

第五章　枉《おう》と言え

一

「なぜ見つからぬ」

潼関《どうかん》の駐屯地で崔子龍《さいしりゆう》は声を漏らした。

頬を撫《な》でる風が冷たい。その風が肉を焼く匂いを運んできた。

肉は高仙芝《こうせんし》の指示で振舞われた。怛羅斯《タラス》の戦のときからそうだったが、一兵卒に到るまで配慮が行き届いている。

訓練の統率も緩みない。義勇軍はろくに軍事の訓練を受けていない者の寄せ集めで、最初はまともな戦ができるとは思えなかった。しかし高仙芝は、兵が音を上げない程度の訓練から始め、軍として最低限は戦える兵衆に整えた。

とはいえ、安禄山《あんろくざん》率いる父子軍は鉄騎と呼ばれる精鋭だ。日々草原を馬で駆け、屈強の異国の民を相手に戦を繰り広げている猛者《もさ》である。いくら高仙芝が訓練を施《ほどこ》しているとはいえ、戦の経験のない丁男《ていだん》（成年男子）、ましてや浮浪者やごろつきが太刀打ちできるわけがない。

ゆえに、高仙芝は一度陝郡《せんぐん》まで進めた軍をこの潼関まで引いた。

潼関は、山と川に挟まれた天然の要害だ。馬車一台すれ違うのも難しい隘路《あいろ》が続き、ここに陣を敷かれれば鉄騎といえども抜くことはできない。

高仙芝は勝つための戦でなく、負けぬ戦をしようとしているのだろう。

きれいに肉を削いだ骨が、草むらに積み上がっていく。

隊伍ごとに建てられた天幕の陰で、羊暗《ようあん》が骨付きの肉を齧《かじ》っている。骨の髄まで味わうようにしゃぶっては、骨を放る。

「機会はやってきます。焦らぬことです」

黒布から覗いた羊暗の目が、木の幹に凭《もた》れている崔子龍をちらりと見た。

素性を知られぬよう、蠅《はえ》隊は土埃避《よ》けの黒い布を顔に巻いている。

宦官《かんがん》の集団であることがばれてはと排尿にも気を使ったが、意外なことに、陰部を見ても騒ぎ立てる者はいなかった。

この天武軍を構成する雑多な兵のおかげだ。徴募に応じたのは、世を堂々と闊歩できる者ばかりではない。戸籍を捨てた貧民、何本もの刀傷を持つ罪人、腕のない無頼《ぶらい》の者など、脛《すね》に傷のあるに違いない者たちのなかで、崔子龍らは浮くことなく馴染んでいた。

それはありがたい誤算だったが、肝心の辺令誠《へんれいせい》を討てないのでは意味がない。

崔子龍は声を潜めて言った。

「監軍《かんぐん》はいつになったら戻るのだ」

長安を出陣してから、隙を狙って辺令誠に近づくつもりでいた。しかし行軍時も夜営の際も、常に総勢百の親衛隊が辺令誠を囲んでおり、近づくことができない。かなり際どいところまで迫ったときもあったが、最後のところで邪魔が入った。しかもこの潼関に陣を置いてからは、監軍の隊の姿が見えない。辺令誠は長安との間を往復しているらしく、陣営に常駐していないのだった。

叛乱軍と戦うために従軍しているわけではない。辺令誠を討つためにこの陣に身を置いているのであり、標的がいないのでは無為に過ごすだけだった。

「辺令誠は、洛陽の敗戦を皇帝に知らせているのでしょう。千年の都が燃やされたのですから」

肉を食べきった羊暗が、物足りなそうな顔をして言う。

「洛陽の敗将は潼関に着くなり、皇帝の下へ謝罪に向かったと聞きます。監軍使がそれに遅れてはならぬと急いだのでしょう」

山から吹き下ろす風が、再び頰を撫でていく。兵らの間から談笑が聴こえ、穏やかな空気が流れている。叛乱軍が洛陽に腰を落ちつけ、追跡の隊を引き上げさせているという安心感からだった。

近づく人影があり、羊暗が黙り込む。男の顔に右目はなく、そこには裂けたような傷があった。老練な印象を与える隻眼《せきがん》で、崔子龍たちの隊伍を束ねる将校だった。

「飯が済んだなら、隊長はこちらへ来い」

今日の訓練の指示だろうか。それとも洛陽の叛乱軍に動きが出たのだろうか。崔子龍は将校の後についていく。将校の足は天幕の建ち並ぶ営舎を抜け、官署のあるほうへ向かっていく。伝達するのなら幕舎のほうが都合がよいはずだ。

「なにか不測の事態でもございましたか」

崔子龍が問うても、光のある左目は微動だにしない。

官署の門に足を踏み入れた途端、崔子龍は頭から布袋を被せられた。

視界が遮られたと思ったときには、腹に一撃を食らっていた。

うずくまった隙に手足の自由を奪われる。流れるような作業だ。抵抗を試みたが、瞬《また》く間に縛り上げられていた。

――手練《てだ》れだ。

崔子龍の身は、何人かの手によって運ばれていく。布袋の隙間から建物の中を移動しているのが分かった。

「閣下、急ぎお話がございます」

すぐ側で、隻眼の将校の潜《ひそ》むような声が聴こえる。崔子龍の身体が床に置かれた。

「何を騒いでいる」

その通る声に、聞き覚えがあった。

布袋が外されて、視界が明るくなる。目が合った。おのれに似ている眼が見開いている。数瞬、見つめ合う。その顔には少しやつれたような翳《かげ》があった。毛織物の戦袍《せんぽう》に、白の行縢《むかばき》姿。清廉そのものといった武装で腰かけていたのは、怛羅斯でともに戦った英雄――高仙芝だった。

隻眼が、崔子龍の顔に巻いてある黒布を乱暴にむしり取る。口早でまくし立てた。

「この男を替え玉にするのです。これほど似ている男がいるとは、天が閣下を助けようとしているとしか思えません。これは顔を隠していましたが、執念で見つけ出しました」

目をすがめていた総大将は、ふっと顔を緩める。

「お前、崔子龍か」

四年ぶりの対面だった。

夕陽が照らし出す怛羅斯河畔のおびただしい遺骸、蟻《あり》隊の者らに囲まれた牛蟻《ぎゅうぎ》の遺体、天幕のなかで鉢合わせた高仙芝の夜具姿。堰《せき》を切ったように、様々な光景が頭を巡る。

我に返ると、目の前に英雄の顔があった。

「よく生きていたな」

節くれだった指が、崔子龍の頬に触れる。続いて、高仙芝は自身の頬を撫でた。

「人は私たちを似ていると言うが。お前、顔つきが変わったな。よい貌《かお》になった」

高仙芝は立ち上がり、おのれよりもずっと年上の隻眼に穏やかに命じた。

「これは私の弟のようなものでな。放してやれ」

「弟？　しかし閣下の弟君は……」

隻眼を見る目が、強い光を帯びた。

「私は一応、唐国の英雄と呼ばれている。替え玉を使って生き長らえる情けない男にするつもりか」

「そんなつもりでは」

隻眼は大きくかぶりを振る。右目の傷の周りから、顔全体が赤く染まっていく。

「ですが、私は閣下を死なせたくありません。閣下が安西都護《あんせいとご》になられる前、私は、閣下の上官の取り巻きでありました。私は上官に倣《なら》って、まだ一隊長に過ぎなかった閣下を、狗《いぬ》を食らう高麗人《こうらいじん》めと罵《ののし》っていた」

高仙芝が崔子龍くらいの年齢だった頃の話だろう。隻眼の背後で、ほかの将校たちも目を熱く潤《うる》ませている。みな、古参の側近のようだった。

「閣下が功績を上げて安西都護となられたとき、上官ともども呼び出されて、これまでの仕返しをされるのだと震えあがったものです。しかし閣下は『よくもこれまで虐げてくれたな』と一喝するのみで、これで不問だとお笑いになった」

いかにも高仙芝らしい話だった。軍人の間で繰り広げられる力の闘争に、この男は意識して関わらないようにしている。そんな気がする。

隻眼が思いつめた顔で、頭を下げた。

「自分たちの責任です。側近の者から、裏切り者を出しました。もっと注意深く見ているべきでした」

いったい、何が起こったのか。

いくつもの充血した目が、崔子龍に注がれている。隻眼の将校がすがりつくように、崔子龍の足元に額《ぬか》ずく。

「頼む。本当はおれが代わりに死にたいのだ。だが、この顔では役に立たん」

「まさか――」

崔子龍が言葉を詰まらせると、高仙芝は壁際に目を向けた。血染めの布で包まれた丸い物が、部屋の隅の机の上に置かれていた。

「洛陽の敗将の首だ」

皇帝の下へ許しを請《こ》いにいっていたはずの男が、既に首一つになっていることに崔子龍は驚いた。

「皇帝の命を受けた辺令誠によって、その首を打たれたばかりだ。かつておれの配下にいた男で、葱嶺《パミール》越えの大遠征でも共に戦った」

崔子龍は言葉を失った。洛陽を敵に明け渡した敗将の処刑は予想できた。しかし、高仙芝が罰を受ける理由はない。

呆然としている崔子龍を見て、高仙芝は落ちついた声で説いた。

「私についても辺令誠から讒言《ざんげん》があったそうだ。官庫の財を懐に入れたと。陛下はそれを信じられた」

――あの外道《げどう》め。

辺令誠は陝郡で官庫を焼いたことを非難したのだろうか。確かに高仙芝は旗下の兵らに官庫の財を分配し、残りを焼いた。しかし、敵を利さぬように退却時に食糧や財を空にするのは定石だ。讒言を信じた皇帝も戦を知らぬのかと、叫びたくなった。

「閣下の処刑は覆せぬのですか。陛下に申し立てをすれば――」

「相手は辺令誠だ」

その名には、抗わんとする気力を失わせるだけの力があった。

高仙芝が処刑されれば、唐は叛乱軍に対抗できる有力な武将を失う。また辺令誠のせいで、多くの唐兵の命が奪われることになる。

将校らは無言になって、その肩を震わせている。高仙芝が、淡々と崔子龍を縛り上げた紐を解いていく。ふと何かを思いついたような顔をして、部屋から出ていった。戻ってきたその手には、白銀の装飾が施された見事な長刀があった。

「貰ってくれるか。私にはもはや無用だ」

この武人は、金でも財でも部下に惜しげなく与えてしまう性分だ。崔子龍は両手で受けた。この男をどうしても死なせたくないという思いが、こみ上げてくる。

「長柄の色が似合う。こうして見ると、私もなかなか好い男だという気がする」

唇を嚙みしめる崔子龍の前で、高仙芝は笑みを浮かべている。死を覚悟した者の顔だった。

「ひとつお伺いしたい」

ひるがえした大きな背に、崔子龍は問うた。

「国の英雄と称えられるあなたでも、辺令誠が怖いのですか」

若き日から戦に明け暮れ、葱嶺越えの大遠征を成し遂げた勇敢な英雄であっても、あの宦官が怖いのだろうか。なぜ、あの天幕で屈したのだろうか。腕力を考えれば、容易にねじ伏せることができたはずだ。

振り向いた顔から、白い歯が覗いた。

「恐ろしい。天鼠《てんそ》の次くらいにはな」

崔子龍の口から微《かす》かに笑いが漏れる。同時に、涙がこぼれた。

怛羅斯で崔子龍がよい働きをしたときに手をあげて喜んだ、あの無邪気な顔が目の前にある。友軍の抜汗那《フェルガーナ》族を追い払った豪快さと、天鼠に脅えて崔子龍にしがみついた気安さ。高仙芝という男の素の姿を目の当たりにして、崔子龍はもう我慢できなくなっていた。将校たちも嗚咽《おえつ》を漏らしている。それはすぐに男泣きに変わった。

泣くな、と英雄は苦笑する。

「私が以前、話したことを覚えているか」

忘れるわけがない。今でも恐怖に身がすくむたび、おのれに言い聞かせている。

「戴《いただ》いた天に臆せず、胸を張って生きる」

崔子龍が答えると、英雄は満足そうに頷いた。

「私は最期まで胸を張っていたい。見届けてくれるか」

その願いに、崔子龍は首を縦に振ることしかできない。英雄は崔子龍の肩に手を置き、しっかりとした足取りで部屋を後にする。

隻眼の将校が吼《ほ》えるように泣き崩れる。だれもがおのれの感情のままに叫んでいた。

崔子龍は一番近くにいた将校に訊く。

「辺令誠は今どこに」

恨みのこもった声が返ってくる。

「既に長安に戻っている」

あの宦官を放っておくわけにはいかない。生かしておけば、また禍《わざわい》を起こす。辺令誠をこの世から葬りさるのが使命だと、崔子龍はおのれに言い聞かせた。

二

暴れるように黒い雲がうねり、広がり、形を変えて東へ流れていく。

吹き荒れる風は天上だけではなく、地の砂を巻き上げ、集まった兵士らの身体を浚《さら》った。

固唾《かたず》を飲んで整列する兵の中央に、一段高くした処刑台が設けられている。そこには既に罰を受けた洛陽の敗将の首が置かれている。崔子龍は、同じように顔を黒い布で隠した羊暗や月吾《げつご》、蠅隊の者たちと、壇上の様子を見ていた。

寒々しい台の上に、肩背の逞《たくま》しい一人の男が姿を現した。再会したときと同じ、戦袍に行縢という簡素ないでたちだ。

空は鈍い色をたたえ、地を照らす光は薄い。高仙芝のその飾り気のない清廉な姿が、きわだって眩《まぶ》しく見えた。

処刑の場には、辺令誠の抜刀隊が控えている。彼らを手で制し、高仙芝は声を高らかに上げた。

「卿《けい》らに問いたい」

英雄の言葉に、兵士たちはしんと静まり返る。

「ここにいる皆は、私が長安で徴募した勇士たちだ。一度は陝郡《せんぐん》に布陣し、潼関まで退却してきた。今までともに刻を過ごして来た卿らに、訊きたい」

言葉を区切り、高仙芝は四方に集まった者らを見まわす。

「私が横領の罪を犯したと、監軍使の辺令誠は陛下に讒言をした」

ざわりと兵の間に動揺が広がる。官庫の財を分配するように命じたのは高仙芝だが、実際に受け取ったのはひとりひとりの兵だ。その理屈でいえば、すべての兵が罰を受けねばならない。兵のなかには、互いに顔を見合わせる者、声を荒らげる者など、裁きを非難する姿があった。

「独断で退却をしたのは、私の罪だ。それに対する罰であれば、喜んで受け入れよう。しかし、官庫を横領などしていない。今、私は天を戴き、地を踏んでいる。伏しても仰いでも、私は天地に恥じぬ」

朗々たる声で、高仙芝は説いた。

「長安から今まで、同じものを見聞きしてきた卿らに問おう。もし私に罪があると思うなら『実』と言ってくれ、無実だと思うなら『枉《おう》』と言ってくれ」

血を吐くような激しさで、英雄は問うた。処刑の場には辺令誠の抜刀隊がいる。目立つ行為は控えるべきだった。しかし、崔子龍の身体は、我先にと拳を突き上げていた。

「枉だ！」

素性を知られても構わない。だれよりも強く、高仙芝の無実を訴えたかった。

しかし、その崔子龍の声も次々と上がる声に埋もれていく。風が、兵らを鼓舞するように四方から吹きこんでいる。枉、枉と、叫び声が波のように伝わっていく。何万という兵の叫びは、地鳴りのように天地の間に轟《とどろ》いた。

男たちの叫びに、高仙芝は両手を上げて応えている。その目が兵のひとりひとりの顔を確かめるように、しっかりと群衆の様子を捉えていた。

――聴こえるか、辺令誠。

これが人の答えだ。お前に対する非難の声だ。この場に辺令誠がいないのが、返す返すも悔しかった。

熱狂する群衆のなか、黒い装束で身を固めた抜刀隊が動き出す。ひとりが、高仙芝の髻《もとどり》を乱暴に摑む。棍棒で脚を叩いて、高仙芝を跪《ひざまず》かせる。一瞬だった。英雄の首が、血を吹いて胴から離れた。おのれの一部を裂かれたような激痛が、崔子龍の身に走った。

——このようなことがあってたまるものか。

賊軍を前に、無実の罪で英雄を死なせた。この処刑は唐の命取りになる。辺令誠は、私欲で国を亡ぼすつもりか。

血の臭いが、崔子龍の下まで届いた。雲は変わらず上空で暴れ、荒々しい風が大気を乱している。

「堪《こら》えてください」

羊暗の声で崔子龍は我に返る。手が刀の柄を握っていた。

「ここで抜刀隊を斬ったところで、捕らえられて無駄死にするだけです」

英雄が肉の塊となったあとも、「枉」という叫び声は鳴りやまない。唸る風が、天地を吹きすさんでいた。

三

「殿下、お待ちください！」

興慶宮《こうけいきゅう》の正門の前で、建寧王《けんねいおう》は馬を乗り捨てる。門番を振り切り、中へ乗り込んでいく。手綱を取る真智《しんち》に、振り向きざま叫んだ。

「馬など放っておけ。はやく付いてこい」

門を守備する衛士《えじ》に馬を預け、真智は建寧王の後を追う。目の前に広がった光景に圧倒された。見渡すかぎり、きらびやかな宮殿や鐘楼が建ちならんでいる。ただ、のんびり眺めている余裕はなかった。突き進む建寧王の背を見失わぬように、足を進める。

先ほどまで、真智は建寧王に呼ばれて王府にいた。

真智が運んだ楊国忠《ようこくちゅう》の不正の証拠は、すぐに建寧王によって皇帝の前につまびらかにされた。楊家を排するべきだと建寧王は皇帝に上奏し、水面下で、建寧王と楊家の熾烈な駆け引きが始まったのである。

関わった者たちは口を閉ざし、真実を語ろうとした数名は口封じに殺された。犠牲者を出した上に、結果は完全な勝利とはいかなかった。しかし、楊国忠の罪を減軽する代わりに皇太子に実権を譲ると、建寧王は皇帝に約束させたのだ。

皇帝は潼関へ親征し、国の舵は皇太子が代わりに取る。いわゆる監国《かんこく》を行うことになった。楊国忠を罰することができないのは気に入らないが、皇帝の威さえなければ、楊家の権など恐れるにたりない。明るい兆しに沸いていたところへ、建寧王の兄の広平王《こうへいおう》からの急使がやってきた。その文を見るなり、建寧王の顔色が変わった。「お前も来い」と言われ、真智も随行している。

嫌な予感に、胸のざわつきが治まらない。

建寧王は勤政楼《きんせいろう》の本楼に上がった。この興慶宮の本殿であり、かつて圭々《けいけい》と義勇軍の行進を見物した際に、街路越しにその荘厳な甍《いらか》を見た。

建寧王の後を追って駆け込んだ広間には、皇帝と楊貴妃《ようきひ》、そして神経質そうな細身の貴人がいる。貴人は虚弱で知られる皇太子の李亨《りこう》だろう。その側には長男の広平王が控えている。広平王の顔には「もう遅い」と書いてあった。

貴人らの前で、異様な光景が繰り広げられていた。

皇帝の御前に、楊貴妃が跪いている。その瞳からは涙があふれ、化粧が滲《にじ》んでいた。口には泥がついている。ただならぬ様子に、ひと悶着あったことが分かる。

突如現れた建寧王の姿に、老帝はばつの悪そうな顔をした。その皇帝に向かって、楊貴妃がしずしずと拝礼する。一見、しおらしい仕草を見せたその横顔には、勝ち誇ったような表情が見え隠れしている。

顔を団扇《うちわ》で隠して、楊貴妃はその場を去って行く。見上げると、建寧王の顔が強張《こわば》っていた。

残された者は、だれも言葉を発せずにいる。老帝が観念したかのように、建寧王の名を呼んだ。

「倓《たん》よ。わしは監国を止めることにしたぞ」

恐れていた展開に、真智は愕然とした。建寧王の失望は真智以上であろう。

皇帝は居直ったように声を強めた。

「今少し、わしが頑張ることにした」

皇帝が翻意した理由などひとつしか思い当たらない。

楊貴妃に泣きつかれたのだ。皇太子は楊国忠を嫌っており、監国の流れで皇太子が位につけば、楊家は朝廷から抹消されてしまう。そこで、楊国忠は楊貴妃を使った。口に泥が付いていたのは、死人を模したのだ。私に死ねとおっしゃるのかと、決死の覚悟で皇帝にせまったのだろう。

建寧王が皇帝の御前に駆けつけ、すがるように跪《ひざまず》く。

「なにとぞ考え直してくださいませ。陛下に今、出陣していただくのが肝要なのでございます」

太平の天子と称えられる皇帝が親征するとなれば、兵の士気が上がる。失政を重ねてはいるものの、この皇帝は民に人気が高い。そして、皇帝に変わって政を仕切るのは御年四十五の皇太子。楊国忠を排すれば、朝廷は刷新される。

親征と監国のふたつが叶えば、唐が盛り返すのは夢ではないように思えた。

「祖父《じじ》上《うえ》様、どうか御親征を。私も多少は武勇で鳴らしておりまする。必ずお守りいたします」

建寧王は必死に説得を試みるが、皇太子はただその様子を眺めているだけで、広平王も口を一文字に引いて黙り込んでいる。二人ともすでに説得を試みたのだろう。何を言っても覆せないと悟っている様子だ。

「仕方がないのだ。もう決めた」

取り付く島もない様子に、建寧王も言葉を失っている。もしや、と真智は思う。

この皇帝は、唐の敗北を想像できないのではないか。続いた皇帝の言葉が、真智の疑惑をより強いものにした。

「親征をせぬとなれば、潼関の守りをさらに確かにせねばならぬ。洛陽を奪われた将と、横領を犯した高仙芝は処刑し、哥舒翰《かじよかん》を置くことにした」

降ってわいたような話に、真智は頭を木槌で打たれたかのような衝撃を受けた。目を剝《む》いた建寧王が、皇帝に詰め寄る。

「なぜ高仙芝まで処刑するのです。あれは武将として優秀な男です。思いとどまってくださいませ」

仮に横領があったとしても殺しては元も子もない。叛乱軍は次々と各郡を陥《お》とし、副都の洛陽まで占領している。英雄とまで呼ばれた将軍を殺すとは、自ら首を絞めているようなものだ。

「すでに監軍使の辺令誠に処刑を命じた。高仙芝は信用ならぬと報告してきたのだ。この非常のときに、大事なのは信義ぞ」

監軍使の名に聞き覚えがある。驪山《りざん》で会ったあの宦官だ。

「今頃、高仙芝は首ひとつになっておろう。仕方があるまい」

皇帝はそう繰り返すが、なにがどう仕方ないのか、真智には皆目分からない。先ほどから、人のせいでそうせざるを得ないかのように話している。しかし、目の前にいる男はこの国の天子で、最終の決断をする立場にあるのだ。それが、自分には決める権がないとでも言わんばかりに言い訳をしている。

だから、話が嚙み合わないのだ。まるで人形と話しているかのように埒《らち》が明かない。気づくと、思いつめたような建寧王の顔が目の前にあった。

「帰るぞ」

建寧王の声が暗い。真智は皇帝らに向けて叩頭《こうとう》し、すぐに建寧王に続いた。大きな身体が肩を怒らせて、美しく整えられた庭を横切っている。

「殿下、お待ちください」

真智が呼びかけると、荒々しく進んでいた皇子の足が池の側で止まる。

「代わりの将が哥舒翰だと。あれは病で臥《ふ》せっているではないか」

建寧王は周りもはばからず、吐き捨てた。怒りはもっともだ。長安にいる将はたしかに限られる。しかし、他郡から呼べばいいだけの話で、いくら在京だからといって病床にある将軍を引っ張り出すとは、勝つ気があるのか疑わざるをえない。

建寧王は堪《たま》りかねた様子で言いつのる。

「安禄山の叛乱は何年も前から危惧されていたのだ。あやつは正月にも参内しなくなり、祖父上が使者を送っても、病を理由に一切会おうともしない。安禄山の長男と皇室の娘の婚姻の儀が長安で執りおこなわれた際も、安禄山は招待に応じなかった。ここまでくれば、叛意は明らかだ。不穏な予兆はいくつも起きているのに、祖父上は事態を見ぬふりをした。あってほしくないことは起きないことにして、備えることもしない」

建寧王の顔が、さらに苦悩の表情に歪む。

「それを糺《ただ》すことができなかったおのれの罪も重い」

建寧王の険しい顔がこちらを向いた。見ているのは真智——ではなく、伴《とも》を連れて勤政楼から出てきた皇太子と広平王だった。

宮殿の前で建寧王を見遣《みや》ったふたりの態度に、真智は微《かす》かな違和を感じる。まるで、余計なことをしたとでも責めるような視線だ。建寧王とすれ違う際、ふたりは目も合わせず、何も言わなかった。いつぞや建寧王府で繰り広げられた派手な兄弟喧嘩からは想像もつかぬほどの、余所余所《よそよそ》しさだった。

「喧嘩もままならぬ。拳を握る力も湧かぬわ」

自嘲するように建寧王が言う。監国が泡と消えたことで、建寧王と父兄との間に不協和が生じている。これでは敵の思うつぼだ。

「辺令誠という宦官は驪山で見かけました。私はあの者が義父を殺したのではないかと疑っているのです」

「あれは、楊家の手の者だ。その可能性はあろうな」

精悍な眼が、寒空を映す池の水面を見つめている。目元に深い影が刻まれている。

「心配していることがある。杜《と》夏娘《かじよう》と連絡がとれぬ」

大明宮《たいめいきゆう》で再会したときには、またすぐに会えるものだと思っていた。しかし、再び灌《かん》頂《じよう》に呼ばれて大明宮へ入ったとき、書物庫に杜夏娘は現れなかった。建寧王が後宮に放っている間諜《かんちよう》らも、杜夏娘の消息を摑めずにいるのだという。

思い浮かぶのは、黒曜石のようなきらめきのある瞳、そして、袖に隠された痛々しい腕の刺青《いれずみ》だ。

――もし命に関わるような事態に陥っていたら。

想像するだけで、胸が締め付けられる。

「無事でいてくれればよいのだが」

心なしか建寧王の声に力がない。翳《かげ》った目が大明宮のある北に向いていた。

四

唐の英雄高仙芝が処刑された翌月の天宝十五載《さい》（七五六年）元旦、賊将安禄山は国都と定めた洛陽で皇帝として即位した。国号を大燕《だいえん》と定め、新しい国を建てたのである。

二月前に范陽で挙兵した際、安禄山は「奸臣《かんしん》楊国忠を討て」と宣旨《せんじ》した。

太平の世が続いた弊害で政は膿み、その澱《よど》みは地方にまで及んでいる。腐敗した権力の象徴として安禄山は宰相の楊国忠を名指しし、権力者に対する民の不満を煽って河北諸郡を軒並み叛乱軍に従わせた。進軍の勢いはすさまじく、遥か辺境の東北から瞬く間に洛陽へ到った。

安禄山は、本拠の范陽では英雄と崇められている。彼の地の人々は安禄山を慕い、像を立て、廟《びょう》まで設けていた。

人望ある民の味方であり、権力に抗う英雄そのものだった。

「驪山では見事な走りであったな。まさに英雄のようだった」

辺令誠は頑《かたく》なに口を閉ざしている杜夏娘に語りかけた。

歳は二十を過ぎているが、瞳には童女のような輝きがある。生きる力に満ちたこの眼がどのように変わっていくのかに辺令誠は興味があった。

「手がずいぶんと荒れておる」

案じるそぶりを見せても、触れたりはしない。杜夏娘を囲ったのは、長安城内の屋敷のひとつだ。庭にある狭い離れを与えた。部屋には、三人の見張りの宦官が隅に控えている。

「なぜわたくしを後宮から出してくださったのです」

「女ばかりの園で、痛めつけられる姿を目にするのはつらい。わしが連れ出さねば、楊貴妃はそのうつくしい顔に刺青を入れるつもりでいた」

「驪山では、婢《はしため》の話など取り合う必要はないとあなたさまはわたくしを責めました。それなのになぜ？」

杜夏娘は辺令誠を見据えた。なにかを見抜こうとするような、鋭い眼だった。自分のうつくしさに惹かれて囲われたと短絡には考えぬようだった。辺令誠の腹の底を探ろうとしている。この強情な女には、刺青といったあからさまな虐待は効果が薄い。

「責任を感じている。驪山の競走を言い出したのはわしだ。一等を獲った結果、かえって楊貴妃の不興を買ってしまった」

まだ杜夏娘はいぶかしむような顔を辺令誠に向けている。

「その罪滅ぼしだ。しかし、わしが代わりに罰を与えると偽りを言って連れ出してきた手前、外に出して自由にしてやるわけにもいかぬ。何の使役もさせぬというわけにもな」

「炊事でも何でも、お命じになればよいのです」

その顔は、どんなことでも耐えてみせるという気概に満ちていた。この気概を失わせ、手なずけられれば面白いことが起きそうだった。この女は建寧王の手先であり、うまく取り込めれば良い道具になる。

揺さぶってやろうと、まずはかまをかけた。

「お前も父のおらぬ子を産むはめになるとはな。あの男に騙されたのであろう。婚姻の手続きも取らぬとはひどい男だ」

杜夏娘の漆黒の瞳がわずかに見開く。

「知っておるぞ。崔子龍だ。わしは監軍使として怛羅斯にも行っていたからな」

動揺を隠そうと努めているのが分かる。辺令誠はさらに揺さぶった。

「あれはお前が子を孕《はら》んだことを知っていた。にもかかわらず、長安から逃げたのだ」

「あの人が知るはずがありません。わたくし自身、気づいていなかったのです」

やはりだ。子の父は杜夏娘と恋仲だった崔子龍なのだ。

「あれはお前よりも女体をよく知っている」

事情を知りたい、と杜夏娘の顔に書いてある。だが、黙り込んだ。まだ自制が働いているようだった。

「まさかあれの女は自分だけだと思っているわけではあるまい。なぜあれが監軍の隊を抜け出し、何年も長安に戻ってこなかったと思う？　あちらで別の女と懇《ねんご》ろになっていたからだ」

「でも、翡《ひ》翠《すい》楼《ろう》で――」

口にしてから、しまったというような顔をする。

上元節《じょうげんせつ》の夜、翡翠楼の前に崔子龍が現れたとき、この女は気づいていたのだ。いかに気丈な女でも、つけ入る隙はいくらでもある。

「お前の子もな、ああなる前に手を打っておけばよかったのだが」

考える間を与えずに、辺令誠はさらに毒を流し込む。

「あの子に、なにがあったのです」

我が子のことになれば、取り繕うのも難しいらしい。摑みかからんばかりに寄ってきた。

「建寧王が崔家に引き渡した」

崔家には後継ぎがいない、ということは調べてあった。崔家に子を取られるのは、この女が恐れていたことであり、この嘘は真実味を帯びて伝わっているはずだ。

「そんなことはありえません」

はっきりと言い切った唇が、わずかに震えているのを見逃さなかった。

「わしは崔子龍や建寧王とは違う。お前の身の上は、わしが責を負う」

嘘を吹き込むのはここまでだ。荒波に見舞われた心は、落ち着ける岸を探しているだろう。穏やかに続けた。

「過酷な労働はさせぬ。ただ建前上、使役されているという形を取りたい」

まだ杜夏娘の目には警戒の色がある。身体を弄《もてあそ》ばれるのではないかと考えているのかもしれなかった。

「水を運ぶだけでよいのだ」

やさしく告げた言葉に、杜夏娘は眉を顰《ひそ》めた。

「裏庭の井戸から部屋の近くにある池まで、大した歩数でもない。それからわしに仕えていると外から見えるように、毎日朝晩わしへの感謝を唱えてもらう。感謝せよと言っているわけではない。そういう形を取りたいということだ」

辺令誠は杜夏娘の前に、文言の書かれた紙を置く。

「ここには宦官しかおらぬ。不快な思いをさせぬように、交わす言葉は挨拶のみと命じておく。男ではないのだ。お前に乱暴を働くこともできぬゆえ、安心するがよい」

これから、この女は閉じられた場で、見張られながらひたすら水を運ぶ。愛した男や志を共にした主《あるじ》のことを悶々と考えながら、疑心を育てていく。疑心はいつか、確信に変わる。拷問によるいっときの苦痛とはまた違う、長い時間をかけて人の心を苛《さいな》み、人格そのものを変えていくのだ。

翡翠楼で英雄きどりだったかつての配下——崔子龍の顔を日に浮かべる。監軍の隊に入ったときから反抗的な態度で、高仙芝に似た風貌をしていた。

英雄は、調子のよい言葉ばかり口にして責を負わない。

あの胡将も耳に心地よいことを言って、息子をたらし込んだ。そして息子の命を奪っておきながら、他人事《ひとごと》のように振舞った。

安禄山も同じだ。権力に抗うと大義を掲げて挙兵しておきながら、抵抗もしない何万もの唐の民を殺している。そのうち、殺された民が悪いかのように話を仕立てておのれを正当化したり、兵が勝手にやったことだと言い逃れをしたりするに違いなかった。

「さて、女の英雄に茶でもひとつ差しあげようか」

辺令誠が笑むと、控えていた宦官らが茶器の用意を始めた。

五

杜夏娘は、古びた井戸から水を汲み上げた。視界の端に霜焼けで赤黒くなった足が見える。

朝霧に埋もれるように、その宦官は足を折って蹲《うずくま》っている。昨晩は特別冷えた。宦官は屋根の下で寝ることも許されず凍え死んだのだ。杜夏娘は一瞥《いちべつ》するだけで、弔うこともできない。定められた行動以外の動きを取れば、見張りの宦官から罰を受けるからだ。

水を満たした桶を持って離れの側の池へ向かう。

この屋敷には大きな堂がひとつに離れがふたつ、それから厩舎がある。三十人ほどの宦官がそれぞれの建物に分かれて暮らしている。宦官らは三人で組を成し、その組には厳格な序列がある。最も下の組は厩舎で過ごし、その組の中でも最下位の者は身体を横たえて寝ることも許されない。

亡くなった宦官はこの屋敷の最下位の者であり、昨夜は何かの粗相をしたのか、罰として庭に追い出されていた。夜の間、だれひとりとして手を差しのべる者はいなかった。杜夏娘も同じだ。寝起きする離れは鍵が掛けられ、三人の見張りの目もあって外には出られない。隙間風が入るたびに、庭に追い出された宦官が案じられてまんじりともできなかった。

この閉ざされた空間で、杜夏娘は毎日、夜明けから日が暮れるまでひたすら水を運んでいる。

作業そのものは大した労働ではなく、日に三度の休憩も入る。だが一日が終わっても、何の達成感も得られない。

毎朝毎晩、ほかの宦官らと共に辺令誠への感謝の気持ちを唱える。ふしぎなもので、最初は反発を覚えていたのに、何度も口にしているうちにそれがおのれの本心であるかのように思えるときがある。辺令誠はふいに訪ねてくると、杜夏娘と茶を飲んで帰っていく。人と言葉を交わせるのが嬉しく、次にその姿を見たとき、心が浮き立つような感情を覚える。

杜夏娘が桶を手に庭を横切っていると、石畳の回廊で地に這いつくばっている宦官の姿が見えた。運んでいる粥を落として椀を割ったらしい。上位の宦官がすぐに清めるように命じる。失態を犯した宦官は罰として後ろ手に縛られ、片づけるための道具も与えられていない。何のためらいもなく、舐《な》めて回廊を清め始めた。破片で舌を切ったのか、糸のように赤いものが垂れるのが見える。

その様子に心を痛めていると、杜夏娘の手が滑った。桶から水がこぼれて、霜柱の立つ土を濡らす。

見張りの三人の宦官のうち、一番若い者が近づいてくる。三人は面でも被ったかのように同じ表情をしており、かろうじて年齢で見分けがつく。

杜夏娘よりは五つほど年若だろう。近づいてきた宦官が腰に下げた棒を手に取った。誤って水をこぼしたり、決まりを破ったりすると棒一回の罰を受ける。まるで犬にでもするように、宦官は棒で叩きながら、杜夏娘を四つん這いにさせる。何の前触れもなく、唐突に尻に衝撃が走った。口から白い息が漏れる。今日はすでに三度目の殴打で、股関節まで痛んだ。

杜夏娘に罰を与える若輩の宦官もまた、腕に折檻《せっかん》の痕がある。三人の宦官たちは、ただ杜夏娘を見張っているわけではない。互いのことも見張っている。置かれた立場は杜夏娘と似ている。見張りという単調な行為を繰り返し、手を抜けば、ほかのふたりの宦官が罰することになっているようだった。この宦官は打擲《ちょうちゃく》に手心を加えていると疑われ、年配のふたりから殴られていた。

ここは人から人らしさを奪う場所だ。だから名前もない。それは後宮も同じだった。婢として名を奪われて、物のように扱われる。

杜夏娘の脳裏に、後宮で言葉を失った幼いわが子の顔が浮かんだ。建寧王の下へ引き取られた今もなお、言葉を取り戻せていないだろう。まだ数年しか生きていないあの子に、この異常な籬《まがき》のなかが世界のすべてだと思ってほしくなかった。杜夏娘自身、これ以上籬のなかで過ごすのは限界だと思った。

――わたくしに勇気を。

杜夏娘の心には英雄がいる。額に三日月の傷のある女将、真智、王勇傑、それから崔子龍。立ち上がって、裙《くん》の裾を叩《はた》いた。

「あなた」

杜夏娘が声を掛けると、宦官は眉をわずかに動かした。言葉を交わすのは挨拶だけというのが決まりだからだ。

「腕の傷が膿んでいます。はやく手当をしなければ」

その腕を掴み、抵抗する間も与えず膿を吸い出してやる。桶の水ですすぎ、素早く帯の紐で傷を縛り上げてやった。

「お故郷《くに》は山東《さんとう》ではありませんか」

若い宦官はほかのふたりの宦官のほうへ一瞬目を動かす。

「わたくしの父の故郷が山東なのです。あなたには父と同じ訛《なま》りがある」

若い宦官はふたりの宦官が気になっているようだった。三人のうち、序列は一番下なのだ。困らせている、と思いつつも、杜夏娘はさらに語りかける。

「山東のどのあたりのお生まれなのです」

突如、若い宦官が左頬を殴ってきた。目に火花が散って、腰が地に着いた。会話をした罰は棒ではないらしい。じんと熱を持った頬を押さえ、若い宦官を見上げる。

「わたくしは山東の棗《なつめ》が好きなのです。長安でも生の棗はあるけれど、やはり、もいですぐに食べる山東の棗が美味しい」

今度は右から拳が降ってくる。一言話すごとに、だんだん殴り方を強めていく。

「山東は孫子《そんし》や呉起《ごき》、諸葛亮《しょかつりょう》ら、英雄を生んだ地――」

口の中に小さな固い物がある。歯が折れたのだ。口中が切れぬように、ためらわずに飲みこんだ。これでも、おそらく手加減をしてくれている。目に直接食らったら、眼球が潰れているはずだ。

「わたくしたちにもきっとその気風が。あなたのことは何とお呼びしたら？」

しゃべると、腫れた皮膚が目や口を圧迫しているように感じる。崔子龍も王勇傑も、殴られて顔を腫らしたときにはこのような感覚だったのだろうかと思う。そんなことを考える自分が可笑《おか》しく、つい笑みが漏れた。

「一緒に過ごしているのに、呼び名もないなんておかしいもの」

殴られた勢いで、身体が仰向けに倒れる。澄みわたるような空が目に広がった。どこまでも果てしなく続く蒼天。だがすぐに、黒い影がそれを塞《ふさ》ぐ。若き宦官が馬乗りになっていた。

「話をしてはいけないなんて、ここは変です」

痛みで、数瞬、気絶したらしい。頰にかかった熱いもので、意識が戻る。腫れのせいで熱湯かと思うほど沁《し》みた。

頰を濡らすその熱いものを、杜夏娘は指で確かめる。

若き宦官が、拳を振り上げる。その顔は面のように表情がない。開かれた両目から滂《ぼう》沱《だ》の涙がこぼれていた。

六

虫が躍っているようだった。

篝火《かがりび》が、夏の虫を誘うように煌々《こうこう》と燃えている。

戌《いぬ》の刻（午後八時前後）、長安城の城壁の東隅にある春明門《しゅんめいもん》の楼閣で、ひとりの衛士《えじ》が灯りを遮るために顔の両脇に掌をつけて、目を凝らしていた。

この時刻になると、その日の無事を報《しら》せる烽火《のろし》が上がる。平安火《へいあんか》と呼ばれ、長安城へ続く街道沿いに、点々と煙の合図が伝っていくのである。仄々《ほのぼの》と上がる印を見逃さんと、衛士は息を殺していた。

夜目はきくほうだが、闇が一面に広がっているだけで何も見えない。楼閣の灯りが強すぎるのかもしれなかった。湿気が多く過ごしにくい夏の長安も、夜になると涼しい風が吹く。それでも、衛士の掌は汗で湿っていた。

「何を深刻そうにしておる」

衛士の後ろから、陽気な声がする。酒臭い息とともに太い腕が肩に回った。同僚の衛士だ。

「平安火が上がらぬ」

「酒でも飲んで、遅れているんだろうよ」

篝火に照らされた赤ら顔は、ぬらりと光っている。

「お勤めの前に飲んできたな。罰を受けるぞ」

窘《たしな》めても、へらへらと笑って取り合わない。衛士らの気が緩んでいるのだ。

安禄山が叛乱を起こしたのが昨年の十一月、翌十二月には唐の副都である洛陽が奪われ、年が明けて正月にはその洛陽を都として燕という国が建った。それから約半年、燕の長安侵攻の動きは鈍い。洛陽が陥落したときには狂騒に躍った長安の民も、今では叛乱が起こる前の日常を取り戻している。

城内を見遣れば、皇帝の居所である興慶宮のあたりに点々と灯りが見える。その周辺に広がる各坊は、夜の闇に静まり返っていた。

「安禄山は結局、長安を攻めてこない。それだけの兵がいないのだろうなあ」

「潼関は抜けまいよ。天下一の要害だからな」

口々に言う衛士たちに、赤ら顔が同意するように頷く。懐から小さな酒甕《さかがめ》を取り出した。

「つまり平和だということだ。今日もまた酒が飲める」

「お役目の最中だ。止めておけ」

酒の回し飲みを始めた者たちに小言を告げ、衛士は、再び東に目を向ける。

これまでも、烽火の点灯が遅れたことはある。今日もおそらくそうなのだ。待っていれば烽火は見える。そのときを衛士はじっと待った。掌の汗を袖でぬぐう。何度ぬぐっても、掌は湿った。

――やはり灯りが強いのだ。

篝火の数を減らそうと、振り返る。

目に、精緻《せいち》な造りの水時計が入った。炎に照らし出され、闇に浮き立っている。その示す時刻が、大きく戌を過ぎている。

「おい、刻《とき》をみろ！　まだ平安火が上がらぬのだぞ」

遅れるにしても限度がある。烽火はもう上がらないのだ。それは何か不測の事態があったことを意味する。赤ら顔がすっと青ざめた。ともに雑談に興じていた者たちも、事態を悟ったのか、一斉に動き出した。

「興慶宮に報せねば」

赤ら顔が足をもつれさせながら、階下へ降りていく。階段を滑る派手な音が楼閣に響く。

衛士が何度目をこらしても、東の空は沈黙したままだ。すぐ側で、夜の闇を舐《な》めるように篝火の炎が蠢《うごめ》いている。寄ってくる虫をことごとく炙《あぶ》っていた。

＊

潼関が落ちたらしい、という噂は長安の民に瞬く間に広がった。

それにともなって皇帝が親征の詔勅《しょうちょく》を出した、という話も真智の耳に入った。詔勅が事実ならば、今更ではあるが建寧王の望みが叶ったことになる。

——真《まこと》であってくれ。

一縷《いちる》の希望を胸に、真智は建寧王府へ向かった。応対に出た者は、主人がいるともいないとも言わず、あいまいな態度を見せる。非常の事態で、王府も混乱しているらしい。しばらく客堂《きゃくま》で待たされ、しびれを切らして立ち上がったときだった。

窓から、ぬっと覗く影がある。真智の口から悲鳴が漏れた。

窓でゆらりと動いているのは、羊の首だ。つぶらな眼から血が滲《にじ》んでいる。

「父上はまもなくお帰りになりますよ」

羊の首を持ち上げ、胸を反らせたのは建寧王の娘——小瓊《しょうけい》だ。

「県主《けんしゅ》さま。心臓に悪うございます」

父が父なら、娘も娘だ。どこの世に羊の首を掲げて屋敷を闊歩するひめがいるというのだ。この子もやはり、変わっている。

「王府の者たちが大わらわなのですよ。手が空いているのなら、手伝いなさい」

小瓊はいつもの勝気な顔で言い、庭に連なる回廊を進んでいく。

「いったい何の騒ぎなのです」

「遊びではありません。食糧を作っているのです」

庭では、屋敷の子どもたちが鶏を絞め羽をむしり、皮を剝《は》いでいた。羊だけではなく、豚の首も転がっている。

子らだけで、肉を料理しようとしているらしい。

「このようなこと庖人《ほうじん》にやらせればよいのです。ひめの手を煩《わずら》わせるようなことでは……」

挑むような顔が、真智の言葉を遮った。

「わたくしにはできないとでも？」

薪《たきぎ》の側にある鍋から漂ってくる臭いが気になった。中を覗くと、入っているのは湯ではなく油だ。

「油など張ってどうなさるおつもりです」

「焼くのは面倒だから、一気に揚げてしまおうかと思って」

「いけません！　引火して大火事になります。幼子《おさなご》が近づいたら、火だるまになりますよ」

相手が県主だろうと、叱らざるをえない。子どもの遊びの範疇《はんちゅう》を超えている。

「そうなのですか」

目を瞬《しばた》かせている小瓊に、きつく言い含める。

「火を使うなら焼いたほうがよろしい。女官らはおらぬのですか」

子ども扱いされたと思ったのか、小瓊は真智をねめつける。

「女官にこのような荒事をやらせるわけにはいきません」

大人の女官は、このひめにとって守るべき対象らしい。やはり、おかしなひめだ。

それにしても、王府の様子がおかしい。子どもたちの姿ばかりで、仕えている者らの姿がいつもより少ない。

「従僕の姿も見えないようですが」

「王府に仕える者は、父上が暇《いとま》を出したのです」

非常のときに、建寧王は何を考えているのか。王府を手薄にすれば、小瓊らを守るのも難しくなる。

「そんなに怒らないで。揚げる前には、ちゃんと冬蝶と大人に確かめますもの。あの子はとても慎重なのですよ」

冬蝶は張った紐に肉を吊るしていた。相変わらず不愛想で、氷のように冷たい表情をしている。まだ母が恋しい年齢だが、この子が年相応に泣いたり、駄々をこねたりする姿を見たことがない。口もきけず、あらゆる感情が欠落しているように見える。

童子が小瓊の下に駆け寄ってきた。

「県主さま、油は駄目だと、冬蝶と厨房で確かめてきました。鍋は脇に置きましたよ」

ほらね、といわんばかりに小瓊が真智を見上げる。向こう見ずだが行動力のある小瓊と、控えめだが冷静な冬蝶は、よい組み合わせに思えた。

童子が続けて説明する。

「庖人が言うには、肉を干すのだそうです。それから炙《あぶ》れば、十日は食べられるのだと」

「この暑さだから、もっと持ちのよいものを揃えましょう。黍《きび》や干した果実が倉庫にあるはずです」

幼いなりに考えている。今は、市場も売り買いができる状態ではない。戦の足音がひたひたと都に迫っているのだ。

「食糧を皆で分けるのですね」

「いざというとき奪われないように、男女混合で五人の子どもの隊を作らせているのです。ひとりでは容易《たやす》く襲われてしまうから」

憂慮するように言った横顔が、建寧王のそれと重なる。

――この御子は。

十歳過ぎの子どもだと思っていたが、あと少しで嫁ぐ年齢になる。本人は、既に大人のつもりでいるのだ。建寧王と同じ立場で、子らのことを考えている。

庭に大きな影が射した。小瓊の顔にふっと幼さが戻る。

「父上！」

「なにやら面白そうなことをしておるな」

相変わらず下男のような姿で現れたのは建寧王だった。

真智が建寧王と顔を合わせるのは数日ぶりだ。潼関が落ちて以来、建寧王はずっと興慶宮に詰めていて、王府に戻ってこなかった。

「父上、今日はこちらにお泊りですか」

「もちろんだ。王府で小瓊といるのがやはり一番よ」

父の言葉に満足そうにすると、小瓊は冬蝶らに混じって肉を干し始めた。

「ちょうどよかった。寺を訪ねようとしていたのだ」

庭に設けられた石の椅子に、建寧王は腰を落とした。真智は側に控える。

「王府の者たちに暇を出されたとか。ここまで手薄にしてよろしいのですか」

そのことだ、と建寧王は声を潜めた。

「家族がある者はいったん家へ返した。警固の者たちも新たな義勇軍に編入するつもりだ」

「やはり潼関が奪われたのは真なのですね」

残念なことにな、と返ってきた声は意外にしっかりとしている。

「なにゆえそのような事態に。哥舒《かじょ》将軍の御体調に異変でもあったのですか」

建寧王の顔が、何かに耐えるように歪んだ。

「楊国忠のせいよ。哥舒翰《かん》に手柄を立てさせまいと、足を引っ張ったのだ」

潼関は天然の要害であり、守りを固めて動かないのが上策だ。撃って出れば、逆に隙をつかれて攻め込まれる。しかし、哥舒翰に戦功をあげられることを恐れた楊国忠が、哥舒将軍が臆病風に吹かれていると皇帝に吹き込んだのだという。哥舒翰は矢継ぎ早にくる皇帝からの出撃命令を断り切れなくなり、泣く泣く撃って出て敗れたという始末だった。

あまりに粗末な展開に、真智は呆れた。保身のために皇帝をそそのかす楊国忠はもちろん、その言葉を信じる皇帝の愚かさは度が過ぎている。

「皇帝が親征をすれば、事態は変わりましょうか」

「今、その準備を進めているのだが」

詔勅は事実らしい。なのに、顔色は晴れない。

「なにか御懸念でも」

「いや、おれの杞憂だろう。それでお前に用というのはな、小瓊らを寺で預かってほしいのだ。おれは戦に出るゆえな」

王府の者たちを外に出している理由が分かった。単に主が不在になるという事情、それから万が一、敵兵が長安に侵攻した場合、王府に身を置くのは危ないという配慮からだろう。

庭を見遣った建寧王が、青ざめた顔で急に立ち上がった。

「何をしている」

小瓊が、抜き身の刀を手にしていた。

「わたくしも刀を覚えようと思いまして」

細い腕で刀を持ちあげる。思わず真智は身をすくめた。建寧王が両手でなだめるようにして近づいていった。

「最初から真剣を持つなど……まずは棒からだ。というよりも、まだ身体ができておらぬ」

「まあ、難しいのですね」

刀の切っ先が、ふっくらとした頰に近づく。建寧王の大きな背が縮み上がったような気がした。絞り出すような声で哀願する。

「まずは鞘《さや》に収めてくれ。いや、そのまま地に置くのだ」

「そもそも、ひめが武器を取るまでもございません」

ふたり掛かりで止められて、小瓊はむくれた。

「そうおっしゃいますけれど、元は貴族でも、うちの前に棄てられた子もいましたでしょう。いつどんな事態になるか分かりません。冬蝶もそう思うでしょう」

背後で黙々と肉を干していた冬蝶がちらりとこちらを向いた。同意するかのように血のついた小刀をちらつかせた。

だからといって、まだ十やそこらの少女が大人の男が使う刀を持ち出すのは危ない。筆より重いものは持ったことがなさそうな指先から、建寧王はそっと刀を取り上げる。

「父が都を守るゆえ、案ずるな」

「皇帝が親征なさるのですよ。そうやすやすとは負けますまい」

父と真智から説得されて、小瓊はようやく刀を手放した。しかし、小瓊の考えは間違ってはいなかった。

翌日早朝、皇帝が長安から逃亡したのである。

七

天宝十五載《さい》（七五六年）六月十三日。その日、真智は嫌な予感で目覚めた。

身体を起こしたのは建寧王府内の一室だ。

まだ外は暗い。どの坊も寝静まっている時刻なのに、空気に不穏な騒《ざわ》めきがある。

「起きろ、真智。してやられた」

荒々しい足音とともに現れたのは建寧王だ。すでに軍装に身を包んでいた。

「いったい何事なのです」

真智は急ぎ僧衣をまとった。部屋を出た建寧王の後を追いながら、帯を締める。

「宮廷から逃げてきた者が報せてくれた。宮中にいた皇帝や皇族、近しい側近らが、今朝長安を抜け出したと。祖父上たちは昨夜のうちに興慶宮から、城外に出やすい大明宮に移ったらしい」

回廊を渡る建寧王の隣に並び、真智は訊いた。

「それは、つまり親征をなさったと？」

「一行が向かったのは西だ。禁苑《きんえん》の西門から出たという者がいる」

親征するのであれば、賊軍のいる東だろう。西では正反対の方角だ。

ようやく頭が事態を理解した。皇族は民を棄てて、長安を出奔《しゅっぽん》したのだ。

「宮中は騒動になっているようだ。状況を確かめようとする官人と、外に逃げ出そうとする者で入り乱れているらしい」

官人は夜明け前に参内《さんだい》する。開門と同時に女官や宦官が外に飛び出し、秩序を失っているのだという。

建寧王の足は厩舎に向いている。王府の外に出るつもりなのだ。昨夜は少し雨が降ったらしく、地がぬかるんでいた。

「どうりで昨日おれを王府に帰したわけだ。小瓊の顔を見に行ってやれなどと、あの兄は」

その口ぶりにはどこか突き放すような冷たさがある。ここ数か月、広平王と建寧王の兄弟はうまくいっていない。言葉を交わす姿を見ても、以前のような親しさが抜け落ちているように感じた。

「今なら追いつける。力ずくでも連れ戻すぞ」

厩舎には既に側近の精鋭らが控えていた。真智も借りた馬に騎乗する。数騎で王府を飛び出した。

先導する一騎が松明《たいまつ》で行く先を照らしている。しかし、その灯りがいらないほどに、通りは明るい。ふだんであれば、夜明けを知らせる暁鼓《ぎょうこ》が鳴るまで各坊の門は固く閉じ、坊内の人々は外に出ることができない。その門は開け放たれ、坊内から人の騒ぐ声が聞こえている。先に事情を知った官人らが、長安から逃げ出す支度をしているのだろう。

大きな荷を引かせた者たちが右往左往していた。大街《たいがい》に出ると、はやくも馬や驢馬《ろば》に荷を塞ぎ、通行を妨げている。人馬の流れが錯綜《さくそう》し、大街を横切るのに難儀した。馬に慣れている建寧王らはともかく、真智は立ち往生した。

「ご容赦を。自分の足で走ります」

馬を捨てて、真智は地に降り立つ。騎馬隊に先んじて駆けだした。

城外に出る門に近づくと、ふだんは見られない光景が目に飛び込んできた。門は開け放たれ、通行証を確かめる官吏もいない。長安城内から逃げ出す者はもちろん、外から入る者も何の妨げもなく門をくぐっていた。

門から雪崩《なだ》れ込んでくるのは、破れた服をまとった貧民や顔に太刀傷のある無頼たちだ。いつもは人目を忍ぶ者たちが、異変を機に表へ出てきている。混乱に乗じて盗みでも働こうという魂胆だろう。禍《わざわい》を恐れ、都を逃げ出そうとする者たちとは逆に、城門の中へ入っていく。まるで陰陽が入れ替わっていく様を見ているようだった。

真智たち一隊は長安城を抜けた。急ぐぞ、と建寧王が側近らを振り返る。

「楊貴妃らも一緒では、そう遠くへは行っておるまい」

妃を伴っている、となれば輿《こし》を使っているはずだった。

道の先に、官署が見えてくる。

「話を聞いてこい」

建寧王に命じられて、一騎が離れていく。さほど刻をかけずに兵は戻ってきた。

「役所はもぬけの殻です。皇帝が都を棄てたのを知って、官吏も逃げたようです」

「思った以上に、役人の動きが速いな」

　建寧王のつぶやきが風に乗って真智の耳に届いた。

「皇帝を連れ戻したところで、この国はすでに取り返しのつかない事態になっているのかもしれぬ」

　隊は手分けして道沿いの官署を当たった。どこの庁舎も役人がいない。長安城を出てから、かなりの里程を走っていた。

　長安の北を流れる渭水《いすい》にたどり着く。橋を渡ると、行く手に宮殿が見えた。皇族のための離宮――望賢宮《ぼうけんきゅう》だった。

「行くぞ」

　門の前で下馬した建寧王が乗り込んでいく。その顔には確信めいたものがある。果たして、荘厳な構えの門の先に、休んでいる兵らの姿があった。その顔はどれも暗い。陽が上がって蒸してきたせいか、木陰に寝転がっているものまでいる。

　樹木のうつくしい園庭を、建寧王は数名の側近を連れて横切っていく。その姿に気づいた兵が、だれかに報せるためか走って行く。後を追っていくと、回廊で兵に囲まれて立ち止まる人影がある。建寧王が人影に声を掛けた。

「兄上、やってくれましたな」

　軍装姿の広平王は決まりの悪そうな顔をして、静かに言った。

「お前たちはここにいろ」

兄弟ふたりで話をするつもりらしい。護衛や側近は回廊の外に留まっている。兄に続いて歩き出した建寧王が、おもむろに振り向いた。

「真智は来てくれ」

一介の僧にすぎぬ自分に何をさせようとするのか、訝《いぶか》しく思いながらも、ふたりの皇子の後を追う。

回廊を渡り、小さな東屋に差し掛かったところで、兄弟は足を止めた。東屋の作りは細やかで、柱には美麗な装飾が施されている。並ぶと意外に広平王の背中が大きい。精悍な皇子らの顔に、青々とした槐《えんじゅ》の葉が影を落としていた。

建寧王は腕を組み、真智に命じる。

「一言いってやれ」

「私が、ですか」

自分では言いにくいのか、自分が言っても聞かないからということなのか。面食らっている真智に、建寧王はむすりとして見せた。

「天子が都を棄てた。その意味を、おれたちに問うてくれ」

この愚かな兄に問え、とは言わない。おのれも含めて、問い質せと言っている。建寧王は、逃げ出した皇帝や父兄を責めるために追いかけてきたのではなかったのだ。ともにその責を負おうとしている。

それにしてもなにゆえ自分なのか。もちろん、民を棄てた皇族らに言ってやりたいことはひとつでは足りない。しかし、相手は皇太子の息子たちで、ひとりは未来の天子と目されている人物である。天童と呼ばれようとも、真智は口が悪いだけで徳の高い僧というわけでもない。

――ええい、ままよ。

いつもの調子で口が動いていた。

「殿下におかれましては、難儀なさっている御様子。ずいぶんと秘密裡に長安を出られたようですが、召し上がるものもご用意なさっていなかったのですか」

兵士らの疲れたような顔、あれは空腹に耐える表情だ。おそらくこの出奔は、以前から計画されたものではない。賊軍の脅威に気づき、場当たりに決められたものではないのか。兄皇子が淡々と答える。

「宦官を先に遣って食糧や秣《まぐさ》を整えさせるように命じておいた。だが、着いてみればどこの官署も役人が逃げ出していた。今、このあたりの民が食べるものを分けてくれている」

民を棄てた天子らを、役人らが律儀に世話してくれると思っていたのだ。やはり感覚がずれている。

「なるほど、天下を統《す》べる皇帝が、民の安寧ではなく、食い物の心配をしていると」

情けなさに耐えるように、建寧王が手で顔を覆う。

「昨年、安禄山が挙兵して、河北諸郡、そして副都である洛陽まで敵の手に落ちました。唐のために亡くなった命は、一千万はくだらないでしょう。お答えください。唐朝のために散ったひとりひとりの命を、どうお考えか」

「唐朝のみに責があるというか」

剣呑な光が、広平王の眼の奥に覗いた。

「楊国忠の専制、安禄山との対立、それを収められぬ皇帝、その皇帝を諫《いさ》められぬ皇太子やあなた方には何の咎《とが》もないと？」

真智に向いた眼光の厳しさは、身の危険を感じるほどだ。広平王が腰に佩《は》いている刀は飾りではなさそうだった。

「父君の廃嫡を恐れて、皇帝に諫言《かんげん》できなかったのでしょう。あなた様御自身も玉座に手が届く身だ」

皇族の不祥事に触れるのは禁忌だと分かっているのに、口は止まらない。

「かつて、広平王殿下の御生母の御実家が謀叛《むほん》で罰せられるという大事件がございましたな。あのとき、あなたさまは際どいところで難を逃れた。さすが保身に長けておられる」

言えと命じた当人の建寧王が、その辺でやめておけとでもいうように顔を顰《しか》めている。

とはいえ、今さらあとに引けるわけがない。

「そういえば、あなた様の正妃は今をときめく楊家の娘でございました。皇帝へのご機嫌伺いも抜かりなく。玉座というのは、それほどに魅力があるのでしょうね」

とうとう広平王は端正な顔を背け、怒りに耐えるように目を閉じた。その手が細かく震えている。

――この首が飛ぶか。

それでも、建寧王が言っても分からぬのなら、真智が言わねばならなかった。

「侮辱だと思われますか。ですが、私の義父は楊国忠を糾すために、命の危険を顧みずにその不正の証拠を集めました。そして宦官らによってその身を焼かれた。婢に身を落とされても、その理不尽に抗おうとしている者もいるのです」

幾人もの官人たちが、楊国忠を糾そうとして葬られていった。杜夏娘も今はどこにいるのか。一日たりともあの壮健な女人の無事を思わない日はない。

「殿下は、唐朝のみに責があるのかと問われました。では、だれがこの事態の責を取るのです。天子に近しい血筋でありながら、殿下らはいったい何をされてきたのです」

風が槐の葉を揺らし、三人の上に夏の日射しを落としている。噛みしめられていた広平王の唇が開く。押し殺すような声で言った。

「様々な方法で、何度も佞臣《ねいしん》を排しようと試みてきた。だが何か手を打とうとすると、枷《かせ》を負わされる。お前のいうとおり、私の妃は楊貴妃の姪だ。皇帝に命じられて娶《めと》り、愛した女は妾になった。あの手この手で搦《から》めとられていく」

微かに震える手を押さえるように、自分の胸の前で組む。息を漏らした。

「向いていないのだ、皇子など。皇族などに生まれるのではなかったと幾度も思う」

皇太子の長子ともなれば、一介の民には分からぬ枷が幾重《いくえ》にもかかっているのだろう。

その目が真智を見据えた。

「生まれは宿命ゆえ、おれはこの籬のなかからは出られぬ。ならば、進むのみだ」

苦悩をはらんだ力強い瞳に、この方は生まれながらの皇子だと思った。王者の孤独を知っている。

「これから多くの民が、なぜ都を棄てたのかと殿下に問うことでしょう。ただ独りお進みください」

真智が言い終えたときだった。

「兄上」

建寧王の拳が飛ぶ。広平王の顔面を叩きつけた。頬や顎ではない。鼻頭にめり込むように入った。骨の折れる音がした。

「なにをなさいます」

真智はうろたえた。衝撃で揺れる東屋の柱の側で、広平王が立ち上がろうとする。鼻が横に曲がっている。血と腫れで真っ赤で、貴公子然とした顔立ちが台無しだった。建寧王が肩を回しながら近づいていく。

「鼻の骨など治せる」

兄をこのような目に遭わせるのは初めてではないとでもいうような口ぶりだ。

「そういう問題では……」

鼻頭は急所だ。その激痛は大の男でも気絶するほどだ。兄は兄で、口に回った血を唾とともに吐いて、刀を抜く。次にとった行動に、真智は目を剝いた。おもむろに刀を柱に叩きつけ始めたのだ。施された繊細な彫刻は無残なほどに刻まれる。刀を放ると、広平王は痛めつけた柱の上部を両手で抱きかかえた。その魁偉《かいい》にまた驚かされる。これまでの知的な姿が嘘のようだった。

この皇子は建寧王の兄なのだと思い知らされる。本性がこちらで、いつもが偽りの姿なのか。ばりばりという柱の裂ける音がする。品行方正な長兄の仮面が剝がれていく音のように聴こえた。

崩れる東屋から、建寧王と真智は離れる。派手な音とともに屋根が落ちる。巻き上がった土埃のなかに、立ち上がる影があった。砕けた瓦を払いながら、その影が近づいてくる。眼だけが爛々《らんらん》と光っていた。

広平王の肩には一本柱が乗っている。頭上で回し、建寧王に投げつける。受けとめた柱を、今度は建寧王が投げ飛ばした。広平王が躱《かわ》す。その顔に続けて拳が迫る。かろうじて避《よ》ける。その流れで建寧王の身体に飛びかかり、馬乗りになる。一発、二発、顔に拳が入った。

それは、最初に目にした兄弟げんかの何倍も激しいものだった。

「私を置いていくとは、どういう了見です」

弟の足が兄の腹を蹴りあげ、形勢が逆転する。兄を見下ろした弟の顔もまた、腫れあがっている。

「お前まで枷に囚《とら》われる必要はない」

「またそうやって、ひとりで背負おうとなさる。この倓《たん》もともに進むのだと申し上げているではありませんか」

弟に組み伏されていた兄が、威厳のある声で言った。

「よく聴け、今、この本殿に楊貴妃と楊国忠らがいる」

建寧王の拳が止まる。腫れあがった肉の間で、目が見開いたように見えた。振り上げられたままの拳を手でよけて、広平王が身体を起こす。

「楊国忠らは、これから南の蜀《しょく》に向かうつもりだ」

蜀は楊国忠に縁《ゆかり》のある土地だ。しかしそこで腰を落ちつけてしまえば、長安に戻るのが困難になる。

「だがそうはさせぬ。次の駅に着いたら楊国忠を殺す。そういう手筈になっている。その上で、父上に即位していただく」

「新しい天子を擁して長安に戻ると？」

鼻血を拭って訊いた弟の肩に、広平王は腕を回す。真智にちらりと視線を送り、声を潜めた。

「ただし、今この態勢で戻っても、燕には勝てぬ。霊武《れいぶ》で郭子儀《かくしぎ》と合流する」

郭子儀は豪傑として、また気骨のある人格者としても知られる武将だ。高仙芝と同じく、唐の英雄のひとりに数えられる。今は河北で叛乱軍の押さえに当たっているのではなかったか。水面下でどういったやり取りがなされているのか、真智には皆目分からない。だが、高仙芝を失った今、対叛乱軍の切り札になる武将といえる。

「これから北上されると――」

「北へ動けば、賊軍と鉢合わせることも想定される。危険は承知の上だ」

「なるほど」

考え込むように地を見つめていた建寧王が、急に顔を上げた。

「真智よ、おれは兄上とともに行く」

「駄目だ。敵前逃亡の汚名を残すのは、父上と私だけでよい」

広平王は建寧王の肩に回した腕に力を籠める。兄の腕のなかで、建寧王は首を横に振った。

「逆です。父上はむろん、兄上もいずれ天子になられ、太平の世をお造りになる御方。汚れるのはおれだけでよいのです」

楽な死に方など望んでおらぬ、腫れた目がそう語っている。建寧王は捨て石になる気だ。覚悟を決めた顔が、真智に向いた。

「頼みがある。急ぎ都に戻り、寺の僧俠《そうきょう》らを寄こしてほしい」

長安から伴ってきた側近は数人しかいない。もとから護衛の少ない建寧王にとって、僧俠は皇帝が与えた貴重な手駒だ。

「お前には小瓊のことを頼みたい。あれはなかなか変わった子ゆえ」

「存じております」

あれほど慈しんで育てた一人娘を軍馬の迫る都に残すのは、胸を引き裂かれんばかりにつらいだろう。だがそんな心情は微塵も見せない。王朝の一皇子の顔がそこにあった。

「しかと承《うけたまわ》りました。県主さまのことはご案じなさいますな」

真智は、頬のあたりが震えるのを感じた。ちゃんと笑って言えただろうか。

「必ずお戻りください。刀を振りまわす県主さまのお世話は私の身に余りますゆえ」

腫れあがった建寧王の顔から白い歯が覗く。

「約束する。必ず戻る。天子を連れて、長安に戻る」

兄弟は手を取りあって、共に立ち上がった。この兄弟は行く先々で非難を浴びるだろう。棘《いばら》の道へ進もうとしている。ふたりは本殿へ身をひるがえす。建寧王が案ずるなとでも言うように、肩越しに小さく頷いて見せた。

真智は駆けだした。離宮を出て、来た道を引き返す。

――急がねばならぬ。

向かう先の空を見やると、爽やかな青空に朱色が滲んでいる。戦火が既に上がっているのだ。もつれた白い糸のような雲が掛かり、血肉のような生々しい様を見せていた。

八

よく磨き上げられた白銅の鏡に、柔らかな赤毛が映っている。瞳は碧《あお》みがかり、頬にはそばかすが散っている。宮城でも珍しい、西方の血が混じった顔立ちをまじまじと見る。そのまま、手元にある紙に視線を落とした。

次に意識が戻ったとき、うつくしい女たちがおのれの顔を覗いていた。

「私はなんと言っていましたか」

識《しん》が降りるとき、意識を失う。人に尋ねないと自分では分からないのだ。

「囚われる、と」

答えたのは、まだ十代の妃だ。

「ありがとうございます、張采女《ちょうさいじょ》」

うら若き十人の後宮妃たちが、そろって案じるような顔を自分に向けている。刺繍の施された布の壁掛けからは、焚きしめた白檀《びゃくだん》の香りがする。部屋にあるのは、どれも一生目にすることのできないような一級の調度品ばかりだ。

おかしなことになった、と知紙《ちし》は思う。

ひょんなことから、後宮妃を占うようになった。本来であれば交わるはずのない貴い身分の者たちで、かかわってもろくなことにならないという思いが強かった。

しかし、宗教行事の際に宮城を訪れた妃を数人占ううちに、妃としての重圧や心のうちに積もった不安の大きさを目の当たりにした。自分などよりもずっと金や力を持つ相手だというのに、その憂えた様子が、放っておけないという気持ちを掻き立てた。

後宮の妃は百二十余人。妃たちに仕える女官を含めると、万に及ぶ美女たちがこの空間に閉じこめられている。そしてその女たちの世話をするために、何千という男たちが生殖器を切り取られ、宦官として使役されている。

後宮はひとりの男の生殖のために作られた場であり、本来貴人であるはずの妃たちは、まるで籠で飼われた蝶のように見えた。

その妃たちによりにもよって「見捨てられる」という讖ばかりが出る。平生《へいぜい》であれば、皇帝から見捨てられるという意味に取れるだろう。しかしそれは以前からだ。皇帝は楊貴妃ひとりに寵愛を注ぎ、ほかの妃たちには見向きもしない。ということは、なにか別のことを示唆しているのではないかと妃たちは考えた。

賊軍は洛陽を落とし、長安の目前に迫っている。いつだれに自分たちは見捨てられるのか。知紙の讖は妃たちに異様な緊張を与えた。

皇帝が一握りの妃だけを連れて都を棄てた、それが分かったとき、どの妃の動きも迅速だった。すぐに逃げ出せるように支度をしていたのだ。それに合わせて、女官や宦官らも雪崩を打つように後宮から逃げ出した。

知紙も、焼かれては困る貴重な記録だけを荷に詰め、街なかへ逃げ出そうとした。ところが逃げ出したはずの妃たちが、再び戻ってきた。すでに家族が都を出ていたりと、街に居場所がないのだという。

今、後宮の一室ですがるように知紙を取り囲んでいるのは、皇帝の妃となるべく育てられてきたうつくしい蝶たちだ。安全ではないと分かっていても、彼女たちにはここしか戻る場所が思いつかない。

これまで仕えてきた女官や宦官もわずかしか残っていない。

――残った者たちだけで、後宮妃を十人も助けられるだろうか。

知紙は袖をまくり、おのれの腕を眺める。怛羅斯《タラス》の戦で、血に飢えた恐ろしい敵兵から逃れてきた。地の果てからこの唐まで、おのれの身体ひとつでたどり着いたのだ。占いで自分を頼っていた後宮妃たちをここで見捨てるのは忍びなかった。

妃たちを無事に逃すため、何か手掛かりがないかと自分を占ってみた。だが、「囚われる」では怛羅斯の戦のときと同じだ。

――それならば。

怛羅斯でもいったんは囚われたものの、その宿命から逃げ出した。未来は明るくないが、活路はあるはずだ。

宮殿の門から、物々しい気配が近づいてくる。

妃たちは息を潜めて身を寄せ合う。知紙は宦官らと目で頷きあった。どの宦官も内向きの雑務に携わっていたらしく、武芸はできそうにない。それでも、妃たちを庇《かば》うようにして腰の刀に手をのばす。

「私も荒事はあまり好きではないのですがね」

知紙も物音のするほうへ顔を向けた。

部屋になだれ込んできたのは、武装した男たちだった。燕の賊兵かと思ったが、様子が違う。身を潜めているのが後宮妃だと分かると、慇懃《いんぎん》に礼を取った。

「皆さまのご無事、恐悦至極《きょうえつしごく》にございます」

顔の髭の薄さから、宦官だと察しがついた。

「唐のお味方ですね」

安堵した知紙に、宦官兵の長はうってかわって横柄な態度を見せた。

「宮廷は辺将軍が掌握した。後宮もだ」

「宦官の辺さまですか」

辺令誠といえば、宰相楊国忠の追従といわれ、あまり良いうわさは聞かない。嫌な胸騒ぎを覚えた。

「陛下は辺将軍に、宮廷の鍵を託されたのだ。辺将軍はこの都の留守を預かったに等しい」

留守などというが、単に皇帝は敵を前に逃亡したのだろう。ここにいる自分たちもはやく逃げねば、命が危ない。

「燕軍はすでに長安に入り始めております。軍が残っているのでしたら、宮廷の外へ妃の皆さまをお連れしてください」

「妃の皆さまには、ここに留まっていただく」

宦官兵の長ははっきりと言い放った。

「それはなにゆえ――」

知紙の問いを無視して、宦官兵の長はほかに妃が残っていないか探し出すように指示を出す。まるで狩りに出る猟師たちのように、宦官兵が立ち去っていく。

――この者らは本当に味方なのか。

残った宦官兵たちは、無礼にも妃たちの衣服を検《あらた》めはじめた。小刀や刃物を持っていないか確かめているのだ。

「これはいったいどういうことなのです」

知紙は咎めたが、どの宦官兵も相手にしない。お付きの女官や宦官も、侵入してきた宦官兵によって身を検められている。

背後で開き戸を閉める音が響き、知紙は讖のとおりになったことを自覚する。

――考えろ。

追いやられた部屋の端で、知紙は柔らかい髻《もとどり》をくしゃりと掻いた。怛羅斯で敵軍から逃げ出したように、活路を見出さねばならない。

「あ」

宦官兵のなかに、ひとり女人の姿がある。その顔に見覚えがあった。

——よく生きるための占いでございましょう。

いつぞや書物庫で出会った女人だ。胸にひとすじの希望の光が射す。窓からの視線を遮るためか、部屋の衝立《ついたて》を動かそうとしている。

「もし」と声を掛けると、漆黒の瞳が知紙に向いた。

九

乾いた風が、崔子龍の頬をなぶるように吹いている。

——戦況が変わったか。

長安と潼関を結ぶ街道を見張っていて、異変に気づいた。

まず、唐兵らしき数隊が散り散りに長安城へ入っていく姿を見かけた。統制が取れておらず、敗走するかのような様子だった。いつもであれば、商用や公務で長安を旅立つ者の姿が多くみられるが、それもない。

「潼関が落ちた。そうとしか考えられません」

街道から少し離れた木陰から、羊暗が目を凝《こ》らしている。頬は削《そ》げ、窪んだ双眸《そうぼう》は獣のような光を宿していた。崔子龍もおそらく同じような顔をしているのだろう。羊暗の背後で馬を休めている蝿隊の者たちも、なにか烈しいものを背から匂わせている。

潼関で高仙芝の処刑を目の当たりにしてからこの数月、蝿隊は取り憑《つ》かれたかのように、辺令誠の消息を追った。

盗賊のように野で寝起きし、長安と潼関を行き来する監軍使の一団を待ち伏せしては、幾度も襲った。手段は、選ばない。あるときは唐兵に扮し、あるときは古参の宦官を装い、辺令誠の懐へ迫らんと試みた。なりふり構わぬやり方に、ひとりふたりと命を落とし、今では蠅隊はたった七名しか残っていない。最近になって、監軍使が別の者に変わっていたことを知った。ますます辺令誠に近づくことが困難になったが、怯《ひる》むわけにはいかない。

――あの男を殺すのが、人の意思だ。

目を閉じれば、皮を剝がされた牛蟻《ぎゅうき》の顔が浮かび、天地に轟く男たちの「枉」という叫号《きょうごう》が耳に響く。

おのれの力を誇示するために、どれだけの人が死んでも平然としていられる。辺令誠の抱えるおぞましさは、配下の宦官だけではなく、武将や官人、天子までをも、悪いほうへ動かしていく。

この安禄山の戦禍ですら、あの男の所業だと思える。少なくとも潼関が落ちたとすれば、それは辺令誠が高仙芝を讒言《ざんげん》したせいだ。あの英雄が生きていれば、たやすく敵に抜かれるわけがない。

高仙芝から託された長刀の柄が、崔子龍の手のなかで白銀の光を放っている。

辺令誠の首を飛ばす瞬間を、何度も思い描いてきた。その感触は、空想とは思えぬほど生々しく感じられるようになっている。悲願のときが近づいている。そんな気がした。

街道から駆けてくる一騎がある。事態を探りに出ていた月吾が、滑るように下馬した。

「潼関が落ちた。駅の周辺から逃げてきた商人から聞いた」

蜩隊の者らが手を止め、集まってくる。羊暗が険しい目を月吾に向けた。

「長安城の様子は」

「城内は混乱していて、皇帝が長安城を出たという話もあるって。おれたちも長安に近づかないほうがいい」

羊暗と目が合った。同じことを考えている。言葉を交わさずともそういうことが分かるようになっていた。騎馬するように、崔子龍は皆に手で示す。

「ねえ、どこに行くんだって」

月吾が足元にまとわりつくように訊いてくる。

「辺令誠が逃亡しては厄介だ。急ぎ城内に入る」

長安城に着くと、東壁に開かれた春明門の周辺が異様な光景に包まれていた。役人たちの姿はなく、人々は思い思いに門を通っている。これまで商人の隊にまぎれたり、役人に金を摑ませたりしなければ城内に入ることのできなかった崔子龍たちも、難なく通過することができた。

「表と裏が入れ替わったようだ」

善良な人々は家にこもり、逆にふだんは世をはばかる盗賊らが表を闊歩している。崔子龍たちも、堂々と街道を歩ける。

あちこちから燻《くすぶ》る煙と血の臭いがする。崔子龍は、自分が知っている長安とは違う街に迷い込んでしまったような感覚に襲われた。

「宦官が街に出ているね」

月吾が指さした先には、粗末な官服を着た髭の薄い者たちがいた。宦官のなかでも地位の低い者が素性を隠さずに街中にいる。その光景は、後宮にも異変があったことを崔子龍に教えていた。

「大明宮へ向かおう」

下端の宦官が外に出ているということは、外からも入れるはずだ。辺令誠がいるとすれば、皇帝不在の興慶宮ではなく、朝廷の主な機能の置かれた大明宮だろう。この混乱に乗じれば、辺令誠の首を取れる。崔子龍たちは急ぎ馬を走らせ、繁華街の東市の前に出る。路上で物々しい空気を放つ人の群れに出くわした。

磔《はりつけ》にされた者や後ろ手に縛られた者らが磔台の上で晒されている。身なりからして卑しい身分ではない。

「あんな幼子まで」

月吾が眉を顰《ひそ》めた。壇上には、まだ四、五歳ほどの子どももいる。断罪されているのは唐側の者たちだ。崔子龍は馬を下り、すでに血の臭いのする人垣のなかへ入っていく。

赤毛に碧眼の、どこか冷徹な印象を与える将が声を上げた。

「唐の皇帝の妹である霍国公主《かくこく》とその一族を捕らえた。今から、その処刑を行う」

衆目の前に引き出されたのは、気品のある小柄な老婦人だ。目を閉じて、手を合わせて懸命に祈りを捧げている。

「燕朝の若君は、唐朝の手により無惨な死を強いられた。恨みを晴らすべく、唐の皇族どもの心臓を若君の墓に供える」

安禄山は挙兵した際に、長安にいた嫡男を唐朝に殺されている。その意趣返しをしようとしているらしい。将は薄い笑みを浮かべ、膝をつき前屈みになっている老婦人の前に立った。

観衆の間に緊張が走る。振り上げられた斧が、陽光で鈍い光を帯びる。勢いよく刃が叩きつけられ、老婦人の頭を脳天からかち割った。

血まみれの脳みそや透明な脳漿《のうしょう》が飛び散り、周囲から悲鳴が上がる。嘔吐する者もおり、将はその反応を見て満足そうに笑む。今度は老婦人の亡骸《なきがら》を仰向けにして刀を肋骨の下へ入れていく。

周囲では固唾を飲んで見守っている者、顔を背け去って行く者と、様々な態度をみせている。崔子龍は湧き上がる憤りに耐えていた。足元もおぼつかない老婦人に対する仕打ちではない。その怒りを煽るかのように、将は肩越しに観衆を見た。

「大燕、万歳」

肩まで真っ赤に染まった腕が天に突き上げられる。その手にはまだ動いている心臓があった。あまりに残虐な所業に、縄をかけられた若い男が目を剝いて倒れた。その子らだろうか、側では男児が身を硬直させ、別の女児は目を見開いたまま火がついたように泣いている。失禁して、足下には大きな染みができていた。

背丈が馬鞭《ばべん》に満たぬ幼子は斬らぬ。それが唐の武人の良識だ。だが、将の冴えた目は、幼子のほうへ向いていた。

「子どもだけでも助けられぬだろうか」

思ったことが口から漏れていた。羊暗が顔を顰《しか》め、月吾が「気は確かか」とでもいうように目を瞬かせている。

「何を言い出すかと思えば。相手は大将の苦手な胡将《こしょう》だぞ」

武装からいって、賊軍のなかでも地位の高い将に思える。しかも、かつて崔子龍を襲った胡商と風貌がどことなく似ている。

「勝てる気がせぬな」

ただ、処刑場に配されているのは、将がひとりに配下の兵が十数名だ。攪乱《かくらん》するだけなら、蠅隊にもできる気がした。いったん人垣の合間を抜けて、蠅隊は観衆から離れた。

どうやって蠅隊の者たちを説得するか。大明宮まであと少しで、唐の皇族を助ける義理もない。余計をするなと非難されるのは目に見えていた。

「幼子が残虐な目に遭うのを見過ごすことは、おれにはできぬ」

立ちどまって言うと、蠅隊の者たちが一斉に馬に乗った。拒否の姿勢だろう。これまで決死の覚悟で辺令誠を追い、その標的がすぐそこにいるのだ。当然の反応だとも思ったが、さらに食い下がった。

「どうにも寝覚めが悪い。そう思わないか」

しかし、羊暗は崔子龍が思っていたことと違うことを言った。

「やってみましょう。逃げる隙を作ってやったら、私たちも速やかに逃げ去ればいい」

ほかの者たちも半ばあきらめたような顔で崔子龍を見下ろしている。

「すまぬ」

「辺令誠まであと一歩というところへ来ています。それだけはお忘れなきよう」

「分かっている。ひと騒ぎ起こしたら、それぞれ逃げろ。追手を撒《ま》いてから、以前おれがねぐらにしていた西市の市肆《しし》にあつまってくれ」

そう言い含めると、崔子龍も馬上の人となる。蝿隊は、処刑場に向かって駆けだした。

「皆下がれ！　怪我をするぞ」

背後から突進してくる一隊に、観衆が気づく。慌てふためいた様子で逃げ出し、人垣が割れた。その合間を駆け抜け、崔子龍は冷徹な目つきの将の前に躍り出る。その顔を直視しないように視界全体に意識を置く。崔子龍の繰り出した長刀は敵将に容易く打ち返される。手練れだ。

「お前、高仙芝か」

相手は高仙芝を知っているらしい。その隙を突いて再び長刀を叩きつけた。だが崔子龍の思惑などお見通しで、倍の強さではじき返してくる。高仙芝から譲り受けた白銀の長刀が大きく震えた。力の差は明らかだった。

壇上では、蠅隊が兵に向かって飛び込んでいった。羊暗が皇族らの縄を解いてやっては、逃げるように促している。突如目の前で始まった騒ぎを、観衆は食い入るように見守っていた。

「高仙芝は処刑されたと聞いたが」

敵将は、見くびるような声で言った。

「やはり別人か」

振り上げた斧が、崔子龍の乗る馬の顔を真っ二つに斬った。

凄まじい膂力《りょりょく》だ。かつて高仙芝の側で抜汗那《フェルガーナ》族を追い払ったときのことが頭によぎる。鬼神のような迫力に圧倒されて、補佐に徹することしかできなかった。この将は高仙芝と同等だと思ったほうがいい。

馬から振り落とされたところに、別の兵の刃が降りかかってくる。長刀の柄で受け、その兵を観衆のほうへ蹴り飛ばす。振り向こうとした瞬間、耳元で風を切るような音が走った。胡将の斧が首に迫っている。たたらを踏んだところへ、容赦なく次の一撃が迫る。

一瞬、相手の碧眼と目が合った。心臓がどくんと波打つ。動きが遅れる。避けきれない、と思ったところへ、羊暗の長刀が飛び込んできた。斧を弾いた長刀の柄が反動で大きく唸《うな》る。

「すまぬ、助かった」

あと少し遅かったら、崔子龍の首は飛ばされていた。

視界の端に、皇族らが逃げ出す姿が目に入る。観衆のなかに唐の支持者がいたらしい。手引きをして馬に乗せてやっていた。

――頃合いか。

これ以上は自分たちが危ない。

「退散だ！　散れ」

崔子龍は観衆の中へ跳躍した。後ずさった人々の前を駆け抜ける。人垣のなかから、「はやく逃げろ」と励ます声が聞こえた。

観衆の群れを抜けて、羊暗とともに街路を駆ける。振り返ると、追手が数騎見えた。

「簡単には逃がしてもらえぬか」

近くの坊門へ逃げ込む。馬の通れない細い路地に入り、建物沿いに積み上げられた樽や荷箱を崩して道を塞ぐ。

それでも追ってくる気配がある。長屋の裏へまわって、ごみの山の陰に身を潜めた。

長屋の前から物音が聞こえる。しつこい、と崔子龍は内心舌打ちをする。

しかし、それはすぐに遠ざかっていった。

「なんとか撒けたか」

臭いに耐えかね、崔子龍はごみの山から身を離す。服についた果物の皮やらを落とした。

「恐ろしかったな。あれは高将軍と同じ驍将《ぎようしよう》ぞ」

ごみ山の陰に座り込んでいた羊暗が、肩を震わせた。笑っているのだ。

「どうした」

「夢のことを考えていました」

何のことだか分からずにいる崔子龍に、羊暗は片頰を引きつらせる。やはり笑っている。

「さあ急ぎましょう。肝心のけだものを倒しに行かねば」

示し合わせていた西市の市肆にふたりで向かうと、すでに蠅隊の者たちが集まっていた。

そのなかに、見知らぬ男の姿がある。崔子龍の姿を認めるなり、月吾が興奮した様子で駆け寄ってきた。

「処刑場の人垣のなかに昔馴染の宦官を見つけたんだ。後宮の状況を知っているって」

月吾と歳の近い、あばた顔の宦官だった。しかし、辺令誠の息のかかった者かもしれない。心中を察したように、月吾が説いた。

「安心していい。もう後宮を抜け出したから辺令誠とは無関係だ。逆に、これまで何度も殴られて恨みをもっている。おれは後宮を出ちゃったけど、こいつはずっと苦しめられてきた」

宦官同士の機微が崔子龍には分からない。羊暗の顔をみると目で頷いて見せた。信用してよいということだろう。あらためてあばた顔の宦官と向き合った。

「状況を聴かせてくれ。辺令誠は皇帝と長安を出たのか」

崔子龍の問いに、あばた顔は首を横に振る。

「陛下は近しい宦官を連れて長安を出奔なさいました。しかし、辺令誠は陛下から宮城や大明宮など宮廷の鍵を託され、後事を任されたのです」

辺令誠はまだこの長安にいる。その報せは崔子龍の心を躍らせた。慎重に問いを重ねる。

「あの男は今、どこに。燕軍はもう宮中に入っているのか」

すでに賊軍の手に落ちているのだとしたら、辺令誠も逃亡しているかもしれない。しかし、あばた顔は首を横に振る。

「まだ宮廷は敵の手には渡っておりません。辺令誠は街中にある屋敷で私財を集めています。側近の宦官らを引き連れていったので確かです」

慌てふためきながら後宮を出る辺令誠の姿を見て、皆、はじめてあの男の私宅の存在を知ったのだという。

辺令誠を手に掛ける生々しい感触が身体にある。機が、熟したのだ。

十

辺令誠の屋敷は広かった。

外観はひっそりとしていたが、門をくぐると瀟洒《しょうしゃ》な建物が何棟も見えた。整えられた庭は品の良さが感じられる。掃き清められ、木々の緑が目に眩《まばゆ》かった。

蝿隊の者たちが四方に分かれて屋敷内を探したが、人がいない。

「裏に蔵があります。そこで荷をまとめているのかもしれません」

裏庭に回ると、たしかに蔵が四棟ある。このどこかに辺令誠がいる。逃げられぬように、手分けして一度に当たることにした。

崔子龍が踏み込んだのは手前の端の蔵だ。なかはしんと静まり返っている。祭典のための道具だろうか、暗がりに祭器や礼服の龍や麒麟《きりん》の文様が浮かび上がった。息を殺して棚の合間をくまなく探すが、人の気配が感じられない。

――ここではない。

ほかの蔵を当たろうとしたときだった。外から、月吾の叫び声が聞こえた。

「大将、隣の蔵だ。辺令誠がいる」

外に出ると、隣の蔵の前で月吾が叫んでいる。胸が高鳴る。すぐに駆けつけ、月吾とともに蔵の中に飛び込んだ。

「来てはいけません！」

羊暗の叫び声が聞こえたと思ったときには遅かった。背後で軋む音とともに扉が閉まる。羊暗、月吾、崔子龍の三人は男たちに囲まれた。

薄い闇だった。蔵には窓がひとつしかなく、唯一灯された蠟燭の炎がゆらめいている。刀を抜いた羊暗が対峙していたのは、宦官と同じ粗末な官服を着た男たちだった。

――嵌《は》められたか。

月吾が連れてきたあのあばた顔の宦官が先んじて辺令誠に知らせていたのだろうか。

「月吾、辺令誠はどこだ」

崔子龍の問いに、月吾は顔を強張らせているだけだ。

目をこらしたが、この場には辺令誠はいないように見える。だが、まだつきに見放されたわけではない。この宦官らを締め上げて辺令誠の居場所を吐かせればよいのだ。処刑場でやりあったような驍将ならともかく、宦官の数人であれば三人で片づけられる。

外で蠅隊の者たちが閉められた戸を叩いている。崔子龍と月吾も刀を抜いて構えた。

すぐ側で、風が起こる。

それは一瞬のできごとで、目で追うことすらできなかった。気づいたときには、鈍い音とともに羊暗が膝をついていた。その腹から滝のように流れ落ちるものがある。月吾の手にある刃が赤く血に濡れている。

「月吾、お前」

叫び声とともに、崔子龍は刀を振り上げていた。月吾がさらりといなす。力で対抗しないようにと教えたのは自分だった。

「なぜだ、なぜお前が羊暗を斬る」

月吾の足元で、羊暗は身を横たえて肩で息をしている。その首に月吾の刀の切っ先が向いた。

「大将、これが最後の機会になると思うから、慎重に答えてね」

澄んだ声が蔵に響く。動揺と怒りが同時に突き上げてきて、崔子龍は自分がどうにかなってしまいそうだった。

「辺令誠の――辺さまの下にこない？」

耳を疑った。

「なぜお前がそんなことを」

月吾の姿を借りて、だれか別の者が話している。そんな感覚に襲われる。薄闇にほかの宦官らの白い顔が浮かび、嗤《わら》っているように見えた。

「それはね、おれは大将のことをけっこう好きだから」

はじめて会ったとき、月吾はまだ十を過ぎたばかりのあどけない童子だった。今日まで父か兄のように側で成長を見てきた。一体いつどこで、何がこの男を変えたのか。

「この世には、虐げる者と虐げられる者のどちらかしかいない。辺さまに従えば、やられる側にならなくて済む。うまい肉も食わせてくれるし、女にだって不自由しないよ。

とびきりきれいな女が足の指まで舐めてくれる」

少女のように細い身を揺らして、月吾は優雅に笑んだ。女、と聞いて山麓の娘がすぐに頭に浮かぶ。失恋がこの男をおかしくし、その心の隙を辺令誠に付けこまれたのだろうか。でなければ、この善良で朴直な男が辺令誠に与《くみ》するなどありえない。

「水色の裙《くん》の娘のことは運が悪かった。お前が悪いわけじゃない」

青く澄んだ瞳に、いぶかしげな色が宿る。

「なんのこと？　おれは女にだって困らないんだって」

山麓での出来事が崔子龍の頭のなかをめぐる。ある考えが、確信となって口をついて出た。

「山の土室《どしつ》に潜伏していた頃、蠅隊の者を殺していたのはお前か」

「勘の良さそうなやつをひとりずつね」

失恋がきっかけで、寝返りに到ったわけではない。この男には最初から辺令誠の息がかかっていたのだ。

「あの裏切り者らと一緒だったと……」

「おれはほかの宦官とはつるまない。洞穴で女をいたぶっていたやつらは、ちょっとこらえ性がなかった。いつ辺さまの手下だとばれてもおかしくなかったし、実際大将は疑っていただろう。おれまで巻き添えになるのは避けたかったから、先に気づかせようと思って、大将があの場に居合わせるように仕向けたんだ」

「山麓で里の人から責められて殺したというのも、演技だったというわけか」

「あれは、本当に頭に来てやってしまった。でも、あれで大将が同情してくれたからよかったよ」

屈託ない月吾に、崔子龍は言葉を失う。

「お前はおれに、天鼠《てんそ》の薬を塗ってくれたではないか」

あの気のよい少年はどこへいってしまったのか。窓から落ちたひとすじの光が、月吾の頭上を照らしている。かつて景教《けいきょう》の寺で見た宗教絵が頭に浮かぶ。頭に輪を戴く性別の分からないうつくしい童子――その形のよい唇が笑みをこぼす。

「母親の薬なんてのは、相手の同情を誘うための宦官の小道具でね。その手の物はみなが持っている。おれの母親が髪を売って薬を買ってくれたってのは作り話さ。ほんとうは陽根を失ったおれを見て、絶望して首を吊ったんだよ」

純真な光をたたえた瞳が崔子龍を見つめている。

「支配する者に対抗する手段が死ぬことだけだなんて、おれは嫌だよ。生きて、踏みにじってきたやつらを逆に踏みつぶしてやるんだ」

月吾を里に戻そうと考えたこともあった。だが、この男は自ら籬のなかへ戻っていこうとしている。そこが人を搾取できる場所だからで、幼くして後宮に入った月吾には、踏みにじるか踏みにじられるかが、人の関係のすべてなのだ。

蝿隊の者たちが扉を開けようと試みる音が外から聞こえている。しかし扉は重く、掛けられた鍵も堅固でびくともしなかった。

ねえ、と月吾はいざなうような流し目を送る。手の甲でこすった頰に、細く血の線がつく。薄暗く蒸した蔵のなかで、その姿態はぞっとするほど美しく見えた。

「唐朝がひっくり返って、辺さまはさらに力を持つよ。唐の皇帝から宮廷の鍵を預かっているんだ。それを安禄山に献上する。新しい権力者のもとで、良い思いをしたいと思わない？」

「あの残虐な叛徒どもが唐の宦官らを受け入れるものか」

「ちゃんと手は打ってある。さっき逃がした皇族の子らを捕らえてあるんだ。手土産にすれば、喜んで迎え入れてくれる」

背に粟が立った。蠅隊が危険をおかして助けた子たちを、この男は自分の保身のために利用するのだと言っている。

もはや、崔子龍の知っている月吾ではなかった。

「なるほど。処刑場の観衆の中で逃げる皇族に手を差し伸べていた者たちは、お前とつながりのある宦官らだったのだな」

味方のふりをして皇族を捕らえ、その身柄を受け渡すとあの場で敵将に持ちかけたのだろう。やけに追手の諦めがはやいと思ったら、そんな茶番が繰り広げられていたのだ。

「おれたちの決死の救助を、すべて無にしたというわけか」

自嘲を込めた返しに、「ご名答」と月吾は微笑む。

「長男の安慶宗《あんけいそう》を唐に殺されたから、安禄山の怒りはそれはもう。旗下の将たちも若君の供養だと、宮廷を押さえるよりも先に血眼になって皇族を探している」

「あのような幼子を犠牲にしてまで力が欲しいとは思わぬ」

崔子龍は泣き叫ぶ皇族の子らを思った。

「欲しいとか欲しくないとかじゃない。持たざる者は、力を得なければ死ぬんだ。崔家の令息には分からないだろうね」

月吾は常に強くあろうとしていた。それは崔子龍の目に、男子の健全な欲として映った。しかし月吾が求めているものは、人を出し抜き、打ちのめすための強さだ。

「おれはいかに生き残るかを考え抜いて、監軍に入った。後宮にいても、若いうちは容姿で重宝されるけれど、齢を取ったらそこまでだ。監軍にいれば武芸を身につけられるし、辺さまにも顔を覚えていただける。その意味で蠅隊はうってつけだった」

「目を覚ませ。あのけだものに支配されているだけなのだぞ」

辺令誠は従う者を同じ人だとは思っていない。

「支配されることの何が悪いんだい？　良し悪しじゃないんだ。人は群れで生きていくものなんだから」

息苦しさを覚えながら、崔子龍は言った。

「たしかに人はひとりでは生きていけぬ。だが、人ひとりの想いや尊厳を平気で踏み潰すようなやり方をおれは許せぬ」

「大将はさ、自分がなぜ蠅隊の隊長だったのか分かる?」

隊の者たちに推されて長となったわけではない。月吾は少し間《ま》をため、突きつけるように言った。

「名門崔家の出だからだよ。権威には従う。それをいちいち疑っていたら、軍の規律はめちゃくちゃだ」

怛羅斯の戦で繰り広げられた、蟻隊と蠅隊の統率された動きを思い出す。

「大将は辺さまをけだもののように言うけど、あれで面倒見はいいんだよ。ちゃんと言うことを聞いていれば、見返りもくれる。群れのなかで生きていくためには、幼子の死を憐れむような個の想いは邪魔になる。必要なのは、より大きなものへの従順さなんだ」

従え、と碧い目が迫っている。

「断ると言ったら」

「首をもらう……だけでは辺さまは満足されないから、少し痛い思いをしてもらうことになる」

羊暗に突きつけていた刃を、月吾はこれ見よがしにさらに首元に近づける。羊暗の肩はわずかに上下しており、まだ息がある。崔子龍を言いなりにするために、かろうじて生かしてあるのだ。羊暗を見殺しにできるわけがない。手が出せずにいる崔子龍の両腕を、背後から宦官らが捕らえた。にっこりと月吾が笑む。

「今日まで大将の下で正体を隠して来た。でも、唐の皇族と、命を狙う大将の身柄をお届けすれば、おれは高い地位に就けてもらえる。悪く思わないでね」

　窓を打つ激しい音が聴こえている。蝿隊の者らが窓の格子を打ち破ろうとしている。しかしこちらも堅固で侵入するにも刻が掛かりそうだった。

「また陽物《ようぶつ》でも奪うか。まだ少し残っているぞ」

　挑発するように言うと、月吾は爽やかな笑みを返してきた。

「まずは足だよ」

　淡々と宦官らが、崔子龍の腰と足首を押さえこむ。

「歩けなくなるというのは大変なことだよ。人の援《たす》けがなければ生きていけない。汚い物乞いになって、みじめな死を迎える」

　目の前で話しているのは辺令誠だ。月吾の皮を被った辺令誠――その魔物のような男の手が崔子龍の顔に伸びる。五指が顎から頬を包み込むように押さえた。

「大将はさ、この胡人の顔が恐ろしいんだろう」

　鼻が触れそうなほど近くに、敵意に燃えた碧い目が迫る。崔子龍の身体は金縛りにあったように硬直した。急ぎ目を瞑《つむ》る。耳に囁かれる月吾の声色が、辺令誠のそれに変わっていく。

「瞼《まぶた》を切り取って、おれの顔しか見られないようにしてやろうか」

　呼吸がうまくできなくなっていた。真っ白になった頭に響いたのは、憐れむような優しい声だった。

「こんなに怯えてかわいそうに。変に意地を張らないほうがいいよ。少し頭を下げるだけじゃないか。おれはそれを恥ずかしいことだとは思わないよ。生きるって、そういうことだ」

意識が遠のきそうになる。力を絞りだし、首を横に振る。

「ねえ、おれは大将のことが好きなんだ。こんなことはしたくないんだよ」

ここで屈してはいけない。崔子龍は刮目《かつもく》して、はっきりと言い返した。

「断る」

仕方ないとでもいうように、月吾は金の長い睫毛を伏せた。

一人の宦官が崔子龍の右足を踏む。大棒が足首に振り下ろされる。歯を食いしばって激痛をこらえた。

さらに、大棒が振り上げられたときだった。

倒れていた羊暗の目がカッと見開く。次の瞬間には、月吾に体当たりしていた。弾き飛ばされた月吾の胸に短刀が刺さっている。肋骨の下から心臓を一撃――即死だ。この角度で打てる間を見計らっていたのだろう。もつれるように月吾と羊暗が倒れる。地に打ち付けられた羊暗の身体から、長い手足が人形のように揺れた。

「羊暗！」

崔子龍は腰の刀を抜き、振りかぶるようにして側の宦官二人を斬る。蔵の扉のかんぬき錠を開けた。

「大将、すまない」

汗だくの蠅隊の者たちが乱入してくる。崔子龍は痛む足を押さえながら、羊暗のもとに駆け寄った。抱きかかえると、まだ息がある。

「お前は不死身か」

目からこぼれたものが、羊暗の顔を濡らす。

「大騒ぎしないでください。しかし、これは難儀だ」

しっかりとした話しぶりに、思わず笑いが漏れた。これだけ出血をして話ができるわけがない。ましてや月吾を倒すなど無理だ。そもそも、生きていられるわけがない。

羊暗の血が流れ続けている。濡れた腕や脚が熱かった。

「月吾に気づけなかった私の落ち度です。狡猾《こうかつ》に本性を隠してあなたの良心を利用した。宦官のことは宦官同士でと思っていたのに」

詫びるように、崔子龍の顔の横のあたりに話しかけている。もう視線が定まっていなかった。

「だから、宦官は嫌なのです。私の夢が」

「夢？」

飼い馬ではなく、それを使役する人になりたいと、でも今は違う夢があるのだと羊暗は言っていた。

「籬の外、幼子が殺されるのを見るのはつらいとか、助けたいとか、そういう当たり前のことができる――」

削げた頬が引きつるように震えた。羊暗のいつもの笑みだ。

「あなたの側で駆けていたかった」

祈るような声だった。その瞳から、光が失われていく。

「足をはやく診てもらわないと」

崔子龍を案じる言葉を発しながら、羊暗は動かなくなる。

「羊暗」

何度もその名を呼んだ。声は咆哮《ほうこう》に変わった。後ずさり闇に消えていこうとする宦官らに、蠅隊の者たちが飛びかかる姿が崔子龍の目に入った。

「終わったら、羊の肉を茹でてやろうな」

足を引きずりながら、崔子龍も刀を手にした。

十一

「食糧を持ち逃げされた？」

大興善寺《だいこうぜんじ》の境内で真智は呆気にとられた。

目の前の和尚の剃髪《ていはつ》は、朝陽に照らされて朱《あか》に染まっている。その顔があたりを憚《はばか》るように左右を窺った。

「声が大きい。庖人らが何人か抜け出したのだ。食糧庫の粟や豆がごっそりとなくなっている」

「市や、農夫からでも購《あがな》えぬのですか」

和尚は弱り切った顔を見せる。

「この事態だ。無理を言うな」

帝の出奔という天変地異にも似た危機に、寺中の僧が慌しく動いていた。暴徒に襲われて負傷した民を受け入れ、その一方で、寺の蓄財を狙って門を破ろうとする暴徒を追い払う。人手が足りない。驪山の寺の僧侶らを建寧王の下へ送り出したのも痛かった。日を追うごとに寺を頼ってくる者は増え、傷病者は養病坊《ようびょうぼう》だけでは収まりきらずに、講堂にまで寝かせている。そこへ庖人たちの裏切りである。

「市署《ししょ》や各方面に支援を要請する文を出している。どれかひとつでも、届けばよいのだが」

届いたとしても、支援を受けられるのかは分からない。ふだん寺に寄進している皇族や貴族がどれだけ都に残っているか。残っているとしても、手を差し伸べるだけの余裕があるのか。その道が断たれれば、寺にいる者すべてが餓死することになる。

和尚と別れて、真智は講堂へ向かう。

うす暗い講堂内は、傷病者の暗い息づかいで満ちていた。みな失血がひどく、死の臭いが重く沈んでいる。つい数日前まで当たり前の暮らしがあった。突如災厄に見舞われ、おのれが死ぬということが認めがたいのだろう。死にたくない、助けてくれという怨嗟《えんさ》の声が真智の耳にまとわりつく。

「まさか、天子が都を棄てるなんて」

軽傷の者同士が集まって、声をひそめている。非難したくなるのも分かる。前代未聞のことだろう。

「妃やお伴をつれて逃げ出したって。自分たちだけ助かろうとするなんて罰が当たりますよ」

皇帝への侮辱は不敬に当たり、大罪となる。それでも、口にせずにはいられないのだろう。ありえぬ話だと口々に言い募っている。

粗末な裙に身を包み、黙々と傷病者の身体を拭いている小瓊の姿が真智の目に入った。

「小瓊どの、少し僧房で休まれよ」

真智は小瓊を匿《かくま》うために、建寧王府からこの大興善寺へ冬蝶とともに移した。高貴なひめなど、寺に連れてきてはさぞかし手を焼くだろうと思いきや、以前とは別の人物のようにおとなしくしている。さすがに育ちが違うので、庶民の娘を装うのは難しい。だが、信心深い良家の子女といった様子で、献身的に寺の手伝いをしている。

このひめは、周囲の空気に敏感すぎるのだ。

まるで皇族である自分を罰するかのように、つらい労働を志願していく。その顔からは、以前のようにくるくると回る表情が抜け落ちていた。

布一枚敷いただけの固い床に、白くたおやかな腕が動いているのが見えた。小瓊の側に横たわっていた十代半ばと思われる娘が熱に浮かされた様子で、腕を宙に伸ばしている。赤く火照《ほて》った顔は汗にまみれていた。

小瓊の手が、その細い手を握っていた。

「母上」

娘は自分より年下の小瓊を母だと思っているようだった。

「大丈夫です。ここにいますよ」

母親になり切った小瓊の言葉に、娘の息が少し弾んだ気がした。背に刀傷があるらしい。痛むのか、熱で体勢を取れないのか、娘は身体を丸めて小瓊にすがった。

途切れ途切れの言葉が、娘の口から紡がれていった。

「母上の子に生まれて幸せでした」

娘は母親の好きなところを挙げていく。朝起こしてくれる温かい手、家でしか食べられない饅頭《まんとう》の味、破ってしまった服に施してくれた刺繡。話ができるうちに、ひとつでも多く想いを伝えようとしているようだった。

その懸命な様子に、真智は胸が苦しくなる。その姿が、炎で焼かれながらも真智を案じていた義父王勇傑の姿と重なる。

「父上、兄上にもお伝えください。これまでありがとうございましたと」

すぐそこに敵国の軍や暴徒が迫っている。だが、痛みと熱に苦しむ娘を支配しているのは、自分の命が絶たれることへの恐怖でも恨みでもない。だれかを想う言葉だ。ふと顔を上げると、周囲からも愛おしい人を呼ぶ声が耳に入ってくる。見渡せば、小坊主から老僧にいたるまで、寺の者らが横たわる人に寄り添い、その言葉を聴いてやっていた。

——おれの耳はちゃんとついていたのか。

怨嗟の声ばかりと思ったうめきには、全く別の声が混じっている。抗うことのできない宿命が目前に迫っていると悟ったとき、人はだれかを想う。だれかを慮《おもんぱか》り、いたわり、愛の言葉を口にする。

そんな人の一面を、真智は身をもって知っているではないか。天子に棄てられ、賊軍が迫る絶望の状況になっても、個々の人に対する想いは、たしかにあるのだ。

娘の手を握っていた小瓊が、立ち上がって講堂から出る。その目が真っ赤になっていた。

「わたくしに、できることはないのでしょうか」

何かに耐えるように唇を噛んでいる。

「充分なことをなさっています。さきほどの娘への受け答えも立派でございました」

大粒の涙がはらはらと零れる。ちょうど子どもから大人に成長する多感な年齢だ。いかに気丈とはいえ、急な身の回りの変化に心が対応できないのだろう。

「冬蝶が僧房で休んでおります。一緒に朝餉《あさげ》を取って、今日はゆっくりとお過ごしください」

寺に移ってから、冬蝶は幼いながら獅子奮迅の働きで、小瓊を支えようとした。その疲れが出たのか、床から起き上がれずにいる。まだたった六つの少女なのだ。

「ふたりとも休養が必要です。よろしいですね」

涙を拭った顔が、朝陽を受けて焼けるような朱に染まった。目の周りは腫れ、瞳まで火が灯ったかのようだ。哀しみに打ちひしがれているのだろうと、真智は思った。

十二

碧い目が、崔子龍を見つめている。

それは月吾の顔のようだった。ぼやけて、かつて崔子龍を襲った胡商《こしょう》の顔に変わっていく。しかしはっきりと見えた姿は、辺令誠だった。全身が硬直して息もできなくなる。

この恐怖の正体は何なのか——。

胡人の髪の色や碧い目や、その身体の特徴が恐ろしいわけではない。

もちろん、胡商に襲われたときの光景は、目に焼きついて脳裏から離れない。血走った碧い目、激しく罵る異国の言葉は、今でも昼夜を問わず崔子龍を苛《さいな》む。だが、それらは崔子龍の心身を竦《すく》ませている本質ではない気がした。

「大将、大丈夫ですか」

蠅隊の者の声で意識が戻った。照り付ける太陽の下で、崔子龍は背におぶわれている。

「汗がひどいです」

熱と悪夢にうなされた。何度か目覚め、そのたびに、何年も悪夢のなかにいたような疲労を覚えた。

「おれはもう大事ない。お前たちも休まねば」

羊暗を失って、数日が経っていた。足の怪我は固定するだけで充分だと言い聞かせても、みなが医者を探すのに躍起になっている。

「大将のことは、羊暗に頼まれたと思っています」

平時ならともかく、この混乱のなかで治療にあたろうとする医者がいるのだろうか。医者とておのれの身が可愛い。既に逃げ出しているだろう。

「寺の養病坊なら医師がいるはずです。ここで待っていてください」

崔子龍の側にふたり残して、蠅隊の者たちは寺のなかへ入っていく。大きな寺だ。今いる場所がどこなのか、崔子龍にはすぐに思い浮かばない。日射しで目がくらみ、塀沿いの街路樹にもたれて目を閉じる。

――おれは辺令誠を倒せるのだろうか。

もう三度もしくじっている。なにより羊暗を失ったことで、身体の中心にある根の部分を大きく抉《えぐ》られたような感覚があった。今のままでは、辺令誠と対峙することすらできない。

再び立ち向かうために、恐怖の正体を見極める必要がある気がした。

かつて、幼馴染の王勇傑が自分を裏切った。そしてまた、家族のように面倒を見てきた月吾も、崔子龍を権力者に売ろうとした。

ふたりとも、常日頃は気持ちの良い男だった。なにがどうあの者らを変えたのか。なにか大きな手が、崔子龍の近しい者たちを操っているような気がする。果てしなく大きく捉えがたいそれの正体が、崔子龍にはまだ摑めずにいる。

遠くから頭に鳴り響くような物音で、我に返る。

去って行く馬蹄の音と諍《いさか》うような人の気配がある。騒ぎのほうを見ると、暴漢に腕を摑まれている女児がいる。小さな身体で腰の短剣を抜いて立ち向かおうとするが、相手にならない。

崔子龍の腰が浮いていた。それをふたりの隊員が制止する。

「大将はここに居てください」

ふたりは騒ぎの渦中へ駆けていく。

「子ども相手に何をしている」

だが暴漢は女児を抱きかかえ、その首元に刀を突きつける。雪のように白い女児の顔が目に飛び込んできた。その瞬間、崔子龍は息が止まるかのような衝撃に襲われた。

黒い瞳が杜夏娘に似ている。そして、どういうわけか、鼻筋や口元は崔子龍にうりふたつなのだ。目の前の事態を、頭が理解しきれない。面食らっている間に、目前を一頭の馬が駆け抜けていく。暴漢の仲間だ。女児が仲間の馬に乗せられた。

「待て」

考えるよりも先に身体が動いていた。思ったよりも足が動く。しかし、以前のようにはいかない。先に追いかけて行った蠅隊の者と馬との差も開くばかりで、このままではあの女児を見失ってしまう。

二度と走れなくなってもいい。必死で、走る。しかし、馬の姿はますます小さくなる。角を曲がっていったとき、あの女児を救えなかったという絶望が襲った。それでもすがるような気持ちで追いかけようとしたときだった。

「目が離せぬな」

崔子龍のすぐ側を、墨染姿が通りすぎていく。艦褸《ぼろ》の墨染を風を感じた。周囲に旋風を起こして、放たれた矢のごとく駆けていく。艦褸《ぼろ》の墨染をはためかせ、瞬く間に角を曲がっていった。崔子龍が追いついたときには、その僧は自分よりも倍はありそうな体格の暴漢らを、馬から引きずり降ろしていた。その猛々《たけだけ》しい姿が目に入ったとき、崔子龍の身体に不思議な力が漲《みなぎ》った。

「その子を離せ」

長刀を手に駆けつける崔子龍の権幕に、暴漢たちが目を剝く。蠅隊のふたりも加勢して飛びかかる。形勢不利と見たか、先に走って行った馬を追うように暴漢たちは逃げて行った。

「子どもだけで動くなとあれほど言いつけておいたのに」

若い僧だった。しゃがんで女児と目線を合わせ、怪我がないか確かめている様子だ。

突如、女児の身体がくったりと崩れる。崔子龍の口から声が漏れた。

「大事ないか」

足をひきずりながら近づいていく。女児を横抱えにした若僧が顔を上げた。

「ご案じなさいますな。気を失っているだけです」

若く見えたが、声はしっかりとしている。見た目よりも年上なのかもしれなかった。

無事だと分かって崔子龍の身体から力がぬける。足が笑っていた。

背後から、何人か僧が駆けつけてくる。若僧はその僧たちを割れんばかりの大声で叱りつけた。

「目を離すなと言っておいたろう！」

僧たちは申し訳なさそうに身をすぼめている。

「ほんのわずか、所用で離れた隙に姿を消したのだ。怪我でもしたのか」

「暴漢に攫《さら》われるところだったのだぞ」

なんと、と僧らは恐縮した様子で女児を抱きかかえ、寺へ戻っていく。

「あいつらへの説教は後にして、だ」

檻褸がひるがえった。くりくりとした丸い目が、ひたと崔子龍を凝視している。

「信じられぬ」

横から、下からと、食い入るように崔子龍の顔を観察している。

「冬蝶のやつ、母親似だと思っていたが、父親似だったのか」

若僧は何かを考え込むように唸り、自分の頭をとんと掌で打つと、天をあおいだ。引き締まった腕をぐいと崔子龍に差し向ける。

「あなたはもしや崔子龍どのか」

十三

腫れあがった足に触れていた医師が顔を上げた。

「歩けないわけではありません」

歩けるが、元のようにはいかない。予想どおりの見立てだった。だが、崔子龍に後悔はない。辺令誠の傘下にくだれと言った月吾に、明確に拒否の姿勢を見せねばならなかった。それは、おのれの内にある恐怖への抵抗でもあった。

「ひと月は足を高くして横になっていてください。冷やして安静にすること。無理して足を動かせば二度と歩けなくなると思ってください」

医師は崔子龍に念を押すと、追われるように次の患者のもとへ向かっていった。

医師と入れ替えに現れた若僧が、あらためて崔子龍の顔を見つめた。

「血の繋がりとはおそろしいものですな」

若僧が崔子龍を案内したのは、大興善寺という長安随一の規模を誇る寺だった。狭い僧房のひとつに、蠅隊の者らは詰めていた。先ほど女児を目にしたばかりの隊員は、ずっと何か言いたげにしている。ただ、崔子龍を憚っているのか黙っていた。他者の目にも、やはり似て見えるらしい。

「伽藍《がらん》が騒がしいのはご寛恕《かんじょ》願いたい。今は非常ゆえ」

僧房の窓から、怪我人を運ぶ僧や武装した僧侠らの物々しい姿が見えた。その先の空には、立ちのぼる煙が幾筋も見える。街が焼かれているのだ。窓から入る微風はかすかに焦げた臭いがした。

若僧が名乗った。

「私は大興善寺の僧で真智といいます。御縁があって、冬蝶の面倒を見ています」

冬蝶というのが、女児の名らしい。どこか風雅で他名《たみょう》のようだった。

「崔子龍と申します。かつて怛羅斯の戦に従軍しておりました」

なぜ軍を離れるはめになったのか、これまで何をしていたのかと、真智は踏み込んではこなかった。崔子龍はやっと問いを口にした。

「あの女児、冬蝶のことを教えていただけますか」

「身に覚えがおありですか」

問いで返され、野合《やごう》であることを咎められたような気がした。ここに冬蝶がいる、ということは崔家には秘密裡に産んだのだろう。側にいてやることもできず、苦労を掛けたことは間違いない。

「杜夏娘の子、なのですね」

「そう伺っています。あなたの娘だと」

面と向かって事実を告げられ、ふわりとした不思議な感覚に包まれる。一生望めぬと思っていた、おのれの血を引く子だ。どうにも実感が湧かない。しかし、もし自分に子がいるのだとしたらまさにそうであろうという姿を、あの女児はしていた。

他人に教えられても、どういった顔をすればいいのか分からなかった。子を作れぬ蠅隊の者らの前でもある。物音に振りかえり、ぎょっとする。蠅隊の者たちが一様に涙を流していた。

「お前たち、いったいどうした」

堰を切ったようにそれぞれが言い出した。

「詳しい事情は知らないが、大将には実は子がいて、その子と会えたんだろう。なら、もっと喜んでいい」

鼻をすすりながら、別の者が崔子龍の肩に手を乗せる。

「おれは大将にずっとついてきた。その大将が我が子と行き逢えたんだから、嬉しいよ。おれたちに遠慮することはない。我がことのように嬉しい」

両手で顔を覆って、号泣する。反応に困っていると、違う者が吐露するように言った。

「月吾があんなことになって、羊暗が死んで。心の内が荒れてどうしていいのか分からなかった。今はただ喜びたいのです」

目に涙を浮かべて破顔する。蠅隊の者たちの様子を見ていた真智が口を開いた。

「仏縁、とでもいうのでしょうか。人の巡りあわせとは不思議なものです」

なにか含みのある言い方をする。まだ、話の続きがあるようだった。

「といいますと」

「あなたにお伝えしなくてはいけないことがふたつあるのです」

真智はおもむろに、崔子龍の足元に額ずいた。崔子龍は蠅隊の者たちと顔を見合わせる。

「何をなさいます」

「王勇傑があなたにしたことを謝らなければなりません」

唐突にその名を聞かされ、崔子龍は驚いた。崔子龍にとって忌まわしい、忘れることのできない名だ。

「なぜあなたがその名を知っているのですか」

「王勇傑は私の義父です。ですから、義父の想いをお伝えしたいのです」

官人の家の長子である王勇傑が、いつ、どのような動機で僧を養子にしたのか。その経緯が、まったく想像できなかった。

「義父はあなたにした仕打ちを悔いていたのです」

「おれと会おうともしなかったのだぞ」

思わず声が荒くなった。真智は落ち着いた目で、崔子龍を見上げている。

「当時、義父の慙愧《ざんき》は甚だしく、発狂したと思った家族が一時期監禁したと杜夏娘どのから伺いました」

驚きよりも、腑に落ちる感覚が勝った。おのれの過ちに気づき、思いつめるほどに悩む。そちらのほうが王勇傑の姿としてしっくりくる。

「貢挙《こうきょ》に受かったと、耳にしましたが」

自分と違って、頭のよい男だったのだ。詩も得意で、登第《とうだい》も驚かなかった。

「官人となった義父はあなたに対する罪滅ぼしのように、楊国忠の不正を暴こうと立ち向かったのです。ですが、逆に陥れられ、王家もろとも重い罰を受けました。ただ義父だけは建寧王殿下の密かな計らいによって、遠い武威《ぶい》に逃れた。そこで、私は義父と縁づいたのです」

「大逆を犯したというのは偽りだったのですね」

冤罪だったとすれば、杜夏娘が役所に訴えた流れも納得がいく。

陽物を欠いて以来、自分の根幹を支える別のものも失った気がした。欠けたままになっている場所が、みるみる満ちていくような感覚がある。

「これまで自分が何を恐れていたのか、分かったような気がします」

真実を知って、ようやく答えにたどり着いた。童顔ともいえる若僧の顔を、見つめる。

「王勇傑はよい男でした。口が達者で、熱い男だった」

その名のとおり、だれよりも勇敢だったのだ。

「それが、楊国忠の権威を恐れ、ためらいもなく友を売った。人の想いや意思とはそれほどに脆《もろ》いものなのかと戦慄したのです」

幼い頃、崔家の子だと分かると、風になびくように皆が態度を変えた。権力は人の個を歪ませ、顔のない均一な生き物に変える。それが恐ろしかったのだ。

しかし、世の中にはそうではない者もいる。幼い頃から、王勇傑はそういう男だった。権力はその王勇傑さえも変えてしまったのだと、絶望したのだ。

「あの男は苦しんでいたのですね」

「強く悔い、激しく生きた。私の目にはそう見えました」

それを知っただけで、十分だった。恨みも消えた。あの男はやはり友だ。指の先まで温かい力で満ちている。

「礼を。教えていただいたことに感謝します」

「私は眷属《けんぞく》ですから」

王勇傑の好んだ仏神の増長天《ぞうちょうてん》のことを真智が言っているのだと分かって、思わず笑みが漏れる。眷属、というならばこの僧には俊足の韋駄天《いだてん》がふさわしい。

「ふたつとおっしゃったが、もうひとつは？」

それを訊くのは覚悟がいった。先に王勇傑の話を聞いた。おそらく次は杜夏娘のことだ。冬蝶の話をしても杜夏娘の話が出ないのは、何かおかしい。

翠雨の光景に包まれた杜夏娘の姿が頭に浮かんだ。やはり、その声は聞こえない。

立ち上がった若僧の、襤褸の墨染が揺れる。次の瞬間、崔子龍は胸倉を摑まれていた。小柄な身体からは想像もつかぬ力で、ぐいと引き寄せられる。

「なんでもっとはやく現れなかったんだ、莫迦《ばか》野郎」

唾を飛ばして、真智は叫ぶ。

「人の想いが、意思が脆いなんて言うなよ。王勇傑はたしかに畜生のような所業をした。でも、ずっと悔いて、その罪を償おうとしたんだ。杜夏娘どのだって、きっとお前を待って――」

真智は声を詰まらせた。崔子龍は真智の手を摑んだ。

「夏娘は今どこで何をしている」

「後宮で婢として楊貴妃に仕えていたが、今は分からぬ。だが、あの人は男のおれが身震いするようなおぞましい目に遭っても、ひるまなかった。今もどこかで戦っているはずだ」

それでも人の想いが脆いなどと言えるのかと、真智の目が迫るように問うている。

「後宮に入って口のきけなくなった冬蝶を建寧王が引き取った。娘とともに建寧王府に入ることもできたのに、楊家の動きを探るためと、あの人は後宮に残った。楊国忠の非道を糾そうと手を尽くしていた建寧王のために、間諜《かんちょう》まがいのことをしていたのだ」

真智の口の勢いは止まらない。襟を締め上げ、頭突きでもするかのような姿勢で、崔子龍に迫った。

「王勇傑の集めた楊国忠の不正の証拠を、おれは陛下の前でつまびらかにしようとした。そのときに、身を賭して助けてくれたのもあの人だ。これだけ聞かせても、お前はまだ権になびく人の変化を恐れるのか」

一気にまくしたて、真智は肩で息をしている。やっと崔子龍の襟を放す。頭に手をやり、どっかと腰を下ろした。

「おれは一日たりとも、杜夏娘どのの無事を想わない日はない。しかしどこにいるのか、まったく分からぬ」

死を告げられるのかと覚悟をしていた。だが、無事でいる保証もない。蠅隊の者たちも黙り込んでいる。

杜夏娘もまた、王勇傑と同じく勇敢に権力に立ち向かった。それに比べ、おのれはどうだったか。

静まり返った室内に、慌ただしい足音が近づいてきた。血相を変えて現れたのは、先ほど冬蝶を運んでいった僧だった。

「真智、大変だ。小瓊どのの姿が見えぬ」

「僧房で休んでいるのではないのか」

「床《とこ》には細工がしてあった。もぬけの殻だ」

戸口に凭《もた》れるように、冬蝶が現れる。狂わんばかりに北の方角を指している。声が出せないおのれに苛立っているのだろう。あまりの焦燥ぶりに、卒倒してしまうのではないかと思うほどだった。

「落ち着け、冬蝶。お前が取り乱すなど珍しいな」

真智が背をさすり、しゃがんで目線を合わせる。根気よく冬蝶の言わんとすることを汲み取ろうとする。突然、真智は「あ」と大きく声を上げた。額に手を当てて、ぶつぶつと言い出す。

「涙の意味を読み間違えたか。まさか、いやそんなはずは。しかし、小瓊はあの建寧王の御子だ」

顔を上げて、ゆっくりと冬蝶に確かめる。

「小瓊どのは、大明宮へ向かったのだな」

冬蝶は首がちぎれるほどに縦に振る。真智は頭を抱えた。

「皇族が都を棄てたと民が口にしているのを聞いて、いたたまれなくなったのか。あのひめならやりかねん」

真智と冬蝶との間に、崔子龍は立った。跪いて、ふたりと視線を同じくする。

「お前は杜夏娘の子だな」

白皙《はくせき》の顔が頷く。首も腕も細い。主を引きとめるために、こんな小さな身体ひとつで街へ飛び出したのだ。

「よく生きていてくれた」

崔子龍の言葉に眉を寄せる。父と名乗っても冬蝶には感動はないのかもしれない。この子にとって今は火急なのだ。建寧王の娘とは、よほど大切な主なのだろう。

「お前の主人が、賊軍の下へ向かった。そういうことだな」

今度ははっきりと頷く。

「では、父がお連れいたそう」

少し舌がもつれる。父という言葉はすぐには慣れない。

「大将、足は……」

蠅隊の者が崔子龍の足を見た。

「案ずるな。馬を使えばさほどの負担にはならぬ」

崔子龍が白銀の長刀を手にすると、蠅隊の者たちも身を乗り出した。

「お前はここにいるのだ。決して僧房を出てはならぬ」

真智が冬蝶に言い含めている。自分も蠅隊に同行するつもりらしい。

「お前たちだけでは、ひめの顔が分かるまい。おれは武張ったことはできぬゆえ、腕は期待するなよ」

荒々しく人の胸倉を絞めておいて、よく言う。崔子龍は文句を飲み、急ぎ厩舎に向かう。馬を引いていると、門のあたりから歓声が聴こえてくる。騎乗して講堂の前の庭へ抜けると、足早に伽藍を横切る年配の僧の姿がある。馬上から真智が声を掛けた。

「和尚、何の騒ぎですか」

うっすらと汗をかいた坊主頭が陽光に光る。喜色を浮かべて、和尚は声を上げた。

「食べる物を運んできてくださったのだ」

炊き出しのための火が熾《おこ》されている。荷車が次々と庭に運び込まれて、蒸籠《せいろ》や鍋が設置されていく。指揮を執っているのはひとりの老女だった。

「あの婦人が、支援してくれたのですか」

「若い者は家族や自分たちのことで精いっぱいだからと。隠居でも、饅頭を蒸かすくらいはできると西市《せいし》から来てくださった」

饅頭どころか、粥を炊く用意や、肉まで仕込んできているようだった。きびきびと動く庖人らしき者も皆、老体だ。ある者は肌脱ぎになって火を熾し、ある者は芸の域と思えるような包丁捌きで麵を湯に落としていく。どの姿も老練で勇ましい。邪魔をせぬように、蠅隊はその側をすり抜けていく。

炎天の下、頭の老女は粉の入った袋をみずから担いで、指示を出している。白髪を振り乱した恰幅のよい姿は、武神か英傑を思わせた。

その額には、大きな三日月の傷があった。

第六章　戴天《たいてん》

一

　小さな黒い影が、辺令誠《へんれいせい》の足元を過ぎていった。

「鼠か」

　煙に燻《いぶ》されたように、建物のあちこちから鼠が列をなして外へ走り、地からは虫が湧いている。獣や虫も、身近に迫った災厄を察して逃げ出しているのだ。

　見上げれば、夏の青空が、傾いていく陽の色と美しい濃淡を生んでいる。

　その高い空を汚すように、立ちのぼる煙が黒い色を滲《にじ》ませていた。辺令誠は、北から東、南へと忙《せわ》しく目を動かす。

　辺令誠が指揮を執っている建物は、大明宮《たいめいきゅう》の宦官《かんがん》の公署である内侍省《ないじしょう》（別省）であり、掖庭宮《えきていきゅう》（後宮）の東に位置している。

　北には全国から徴収された銭帛《せんぱく》や財宝が収められている左蔵庫があり、南には天子が政務を執る表の世界――外廷《がいてい》が広がり、宮殿や官署が建ち並んでいる。開け放たれた戸からどの方角を見ても、幾筋もの煙が上っていた。

「無法者めが」

どの宮殿も官署も、唐の官人や吏員が逃げ出して秩序を失っている。代わりに長安城の外の野山に棲《す》む貧民や無頼の者が侵入し、火をつけ無法を働いていた。まず、朝廷の主だった機能を有する大明宮から秩序を取り戻さねばならなかった。

「白虎《びやつこ》班、戻りました。ほぼ消火は済んでおります」

辺令誠の手元に残った手駒は、宦官兵が約百。四つの班に分けて、大明宮の東西南北の消火に当たらせた。戻ってきたのは、西に割り振った班だった。

辺令誠の前に黒猫のように転がり込んできた宦官兵は、班の長だ。その顔や衣服が、煤《すす》で真っ黒になっている。きなくささは、身体に染みついて数日は取れないだろう。

「よくやった」

辺令誠の予想どおり、この班は戻りが早い。西は比較的被害が少ないのだ。問題は市中に接する南だった。

「辺将軍、ほかの班に合流してもよろしいでしょうか」

「朱雀《すざく》班に合力せよ。秩序を乱すものはためらわずに斬り捨てるのだ」

悠久の歴史を有する都の宮殿が、賊徒に侵されている。髪はざんばら、顔に垢《あか》のたまった浮浪者のような者が、荘厳な宮殿を闊歩しているのだ。

玉座に乗り上げる驢馬《ろば》を見たときは呆れた。太平の天子、いや開闢《かいびゃく》以来の唐朝の威信も落ちた。権威という重石がなくなると、人は秩序を失う。

「まさか、天子が逃げるとはな」

話を聞かされたときは耳を疑った。皇帝はみずから賊軍と戦うと親征の宣旨《せんじ》を出していたが、それは逃亡の兵備を整えるための擬装だったのだ。皇帝はごく親しい近侍《きんじ》だけを連れて、宣旨を出した翌朝、朝日の上がらぬうちに都を抜け出した。辺令誠も、皇帝から御幸《みゆき》に伴うようにと命じられたが断った。

側に控える宦官が、小声を漏らした。

「これほどはやく収束できるとは」

まだ大明宮のすべてを消火したわけではない。ただ、今日のうちには無法者どもを駆逐できるだろう。よく手懐《てなず》けた宦官兵がいるからできることだ。

統率と秩序の回復――これらが混乱時に要となる。

だが、無法者を駆逐しただけでは安堵はできない。もっと大きな脅威が迫っている。外の熱気を纏わせ、新たに宦官兵がひとり駆け込んできた。

「街中を動き回っていた燕《えん》軍が、南門の前に集ってきているようです」

辺令誠は腰かけていた椅子から立ち上がる。

「野蛮な胡将《こしょう》どもめ。とうとう来たか」

燕軍の先発隊は長安城に入ると、なぜか朝廷を制する前に、唐の皇族を探し始めた。

賊将安禄山《あんろくざん》は、唐朝に殺された長男の仇討ちにこだわった。長安に取りのこされた皇族が市中に潜んでいることを知っているのだろう。

その皇族狩りが一段落し、賊軍は宮殿に腰を落ち着けようとしている。宮殿内の敵に対する備えはもちろん整えてある。

「含元殿《がんげんでん》でお待ちしていると伝えよ」

含元殿は大明宮の正殿であり、元旦の大朝会など朝廷の重要な行事が行われる神聖な宮殿である。

辺令誠は燕軍へ使者を送り、自身も内侍省を後にする。裏門から北の路上に出ると、西の後宮の堅固な門に斜陽が射していた。門番に命じて、鍵を開けさせる。

開門と同時に、夕暉《せっき》に照った鮮やかな緑と、色とりどりの夏の花が目に飛び込んでくる。壮麗な宮殿がいくつも聳《そび》え、それぞれの甍《いらか》が強い射光を放っている。庭には堂が建ち、それらを優美な線を描く曲廊が繋いでいた。たったひとりの男のために作られた家庭の空間であり、皇帝以外の男は入ることを許されない。ただし、性器を切り取られた宦官は例外だ。

一番手前にある宮殿に、辺令誠は足を踏み入れた。

天子が出奔した朝も後宮の門は厳重に閉めてあった。警固の兵も置いていたのに、宦官と妃が示し合わせたように外へ逃げ出したのだ。

あの動きは予想もしなかった。後宮がそのままの状態で残っていれば、燕軍との交渉にも有利に働いたと悔やまれる。

だが、辺令誠はすぐに後宮へ宦官を送り込んで、秩序を取り返した。後宮妃も宦官も、国主の生殖のために集められた者たちだ。後宮という型にはめられた人は、型から離れても、不安になってまた型に戻ってくる。ここでしか生きていけないからだ。

家畜のようだ、と辺令誠は思う。狭い籬《まがき》のなかで飼育される何か。ふと、豚の肉に見えた息子の遺骸が目に浮かぶ。もう顔は思い出せなかった。

宮殿の広間に足を入れる。十名のうつくしい妃たちが揃っていた。煌《きら》めく簪《かんざし》は虫の触角に、身体にまとった披帛《ひはく》や裙《くん》は翅《はね》のように見える。蝶のように儚《はかな》い皇帝の妻たち。なかにはまだ十代の娘もいる。だれかに支えられなければ外出もままならない、か弱い女たちだった。

「杜夏娘《とかじょう》、用意はよいか」

辺令誠は妃たちの背後に控えている女に声を掛ける。前に進み出てきたのは、腰に刀を佩《は》いた質実な胡服《こふく》姿だ。

「皆さま、いつでも出立できるように整っております」

杜夏娘は両手を揃え、揖《ゆう》の礼を見せる。建寧王《けんねいおう》の動きを封じる手として、この女を引き取った。この女は思いのほか多方で役に立つ。

屋敷での使役はうまくいき、たった半年で従順な人格を作り上げることができた。杜夏娘が全幅の信頼を置いているのは辺令誠であり、自分の意のままに動く。身体を四角くするには、四角の箱に入れればいい。心の形を変えるのにも、同じやり方をすればいい。人は、収められている箱の秩序を作るために、自身を箱に適した容《かたち》に変えていく。

宦官らに見守られ、後宮妃たちが歩みだしたときだった。

「辺将軍」

あわただしい足音が飛び込んできた。南に割り振っていた朱雀班の者だった。

「急ぎ、お知らせが」

額に汗を浮かばせた宦官兵が、声を潜める。

「皇太子の孫が建福門《けんふくもん》の前に現れました」

建福門は大明宮の南門のひとつである。

「皇族の屋敷はすでに洗い出したはず。まだ残っていたのか」

しかも、皇太子の孫ともなれば、血筋が濃い。

街中に残っていた主要な皇族は、宦官に命じて集めさせた。すでに燕の将軍に引き渡している。先手を打って、従順の姿勢を見せるのが駆け引きの肝《きも》だ。

「門前で名乗っているところを連れて参りました。たしかに、小瓊《しょうけい》さまです」

宦官らに案内されて広間に現れたのは、身なりこそみすぼらしいものの、たしかに建寧王李《り》倓《たん》の娘だった。

「なぜ、こちらへいらっしゃいました。燕軍がうろついていて、危のうございますのに」

懐柔するように、県主《けんしゅ》に尋ねる。愛らしい顔立ちのひめは、ただ黙り込んでいる。

建寧王が皇帝の一行を追ったという情報は、既に得ていた。なぜ、その娘が現れたのか。王府の者とはぐれて、保護を求めてきたのだろうか。

少し間を置いて発せられたのは、思いもよらない言葉だった。

「私は唐朝の者だからです」

大の男が逃げだしたというのに、この少女はみずから生贄《いけにえ》になろうとしている。うつくしい自己犠牲が辺令誠の目の前にある。ひとりひとりがおのれを捧げることで、世の秩序が保たれるのだ。

「あなたが今の唐朝の一番の責任者なのですね」

小瓊はおもむろに腰の短剣を抜く。その切っ先を自分の喉元に突きつけ、思いつめた顔を辺令誠に向けた。

「賊が来るのなら、わたくしの身を差しだしなさい」

人を使うのに慣れている者の顔だ。辺令誠は鼻白む内心を隠し、恭《うやうや》しく答えた。

「県主の身柄も丁重に扱うように、燕に交渉いたしましょう」

短剣を持つ小瓊の手を、杜夏娘がそっと押さえる。首を横に振って短剣を収めるように促す。小瓊はこの婢には心を許しているのか、大人しく従った。やはり杜夏娘は使える。

建寧王は遅かれ早かれ、必ず長安に戻ってくる。そのときにこの県主は切り札になる。

県主を生かす益は、燕軍にも理解できるだろう。

「さあ、賊どもを手なずけにいくぞ」

杜夏娘に命じ、妃らと小瓊の先導をさせる。すれ違いざま、杜夏娘がぼそりと言った。

「楊国忠《ようこくちゅう》にしてきたように、ですね」

「あの男、今頃、首と胴が離れておろうよ」

都を棄てた皇帝は命運が尽きたも同然だった。唐が存続するのだとすれば、すぐに皇太子が即位することになるだろう。となれば、自分と繋がりがあり、皇太子が嫌っている楊家ははやく始末しておいたほうがいい。

すでに手は打ってあった。天子に同行した宦官らに、楊国忠に対する兵の憎悪を煽《あお》るよう言い含めてある。実際には皇太子か広平王が楊国忠の殺害に踏み切るはずだが、それも辺令誠が作り出した筋書きに過ぎない。

杜夏娘が着飾った十人の妃たちを先導する。きらびやかな一行のあとを、十数名の女官と宦官が従う。随行する男たちのなかに、ひとり目を引く者がいる。あれほど髪の赤い者が宦官にいただろうか。

「辺将軍、参りましょう」

杜夏娘の声に、妃や宦官らが辺令誠のほうを振り返った。

「今行く」

これから立ち会う燕との交渉に思考が向き、疑問はすぐに掻《か》き消えた。

二

日が傾いていた。長安の空のあちこちで煙が上がっている。

崔子龍《さいしりゆう》が大明宮の近くの街道に出ると、夕陽で照った地に騎馬の影が長く映った。

「これでは、きりがない」

だれに言うとでもなく真智《しんち》がぼやく。蠅《はえ》隊の者はみな騎馬しているが、真智はひとりだけ馬に乗ろうとしなかった。それでも蠅隊の馬よりも速く走る。なにか特別な仏門の修行をしているのかもしれなかった。額から垂れる汗をぬぐい、崔子龍は周囲を見回す。

街路を少し進むだけで、殺す者、犯す者、盗む者が目に入る。これがあの大唐の国都かと思うほど、どこを見ても荒《すさ》んでいた。

坊門の陰に、小瓊が着ていたという萌黄《もえぎ》色の裙《くん》とその上で動く男の姿が見えた。崔子龍は馬から下りていた。

「おい」

声を上げて咎《とが》めるが、男は動きを止めない。崔子龍が男の襟首を摑むともう一本伸びた腕がある。真智とふたりで男の身体を引きはがす。噎《む》せ返るような汗の臭いとともに、女体があらわになる。組みふされていたのは小瓊ではない。同じ年頃の、十代の少女だ。

少女の眼球は白目を剝《む》いており、首には五指の痕がある。股間から血が流れている。

男は首を絞めながら犯していたのだ。崔子龍は、少女の乱れた服を合わせてやった。

「むごいことを」

背後で男を追い払っていた真智が、頭から顎までを汗だくにして戻ってきた。般若心経を唱えながら、横たわる娘に手を合わせる。この男は、相手がどんな残虐な行為をした者でも殺そうとしない。蠅隊の者が強姦する者の首を打とうとしたときも、刀を持つ手を摑んで止めたのだ。

小瓊と同じ年頃の娘の姿を求めるうち、女が乱暴されている場に出くわすのはこれで三人目だ。生きている者は、大興善寺《だいこうぜんじ》まで蠅隊の者に付き添わせた。ただでさえ少ない戦力を割くのは痛いが、戦場と化しているこの都で放り出すなどできなかった。

真智が立ち上がり、西の空に目をすがめた。

「はやく見つけ出さねば」

哀れだと、ひとりひとりを助けていては、肝心の小瓊を助け出せない。それは分かっているが、目に飛び込んでくる光景があまりにも壮絶なのだ。それも、だんだん自分に助けられるだけの余裕がなくなっていくのが分かった。

「こうやって、感覚を失っていくのだろうな」

幼子が殺されるのを見るのはつらいとか、助けたいとか、そういう当たり前のこと——。

ふいに羊暗《ようあん》の言葉が耳によみがえる。すでに自分は、当たり前のことができなくなる一歩手前まで来ているのかもしれなかった。

「何か騒ぎがあったようだ」

真智が言い捨てて走り出す。官人の参内に使われる大明宮の建福門の前に人だかりがあった。崔子龍は再び馬に乗り、蝿隊とともに駆けだす。

追いついたときには、真智が宦官らしき官服の男とやり取りをしていた。苛立った様子で何かを確かめている。

「間違いないか。歳は十過ぎで、どことなく品のある子だ。萌黄色の裙を穿《は》いている」

「おそらく合っている。皇帝のひ孫ではないかという者がいた」

真智が言葉を失っている。建福門の前に、旗を立てる兵の姿がある。燕の文字がはためき、まもなく賊軍が大明宮に入らんとしているのが分かった。

「県主がいたのか」

崔子龍がその男に念押しするのと真智が声を荒らげたのが同時だった。

「なぜ止めなかったのだ！」

その剣幕に男は最初面食らったようだったが、すぐに開き直った顔を見せた。

「なぜと言われても。唐の宦官が皇族を守るのは当たり前だろう」

「ならばなにゆえ」

真智が息を詰まらせる。

「なにゆえ、後宮へ連れて行ったのだ。じきに燕軍が宮中に入るのは目に見えていただ

「これほど早く賊が大明宮に集まるとは思わなかったのだ。それに、街なかで匿《かくま》っても助かるとは限らぬ」

「いったいこの状況で――」

言い合いを遮《さえぎ》るように、崔子龍は馬首でふたりに割り込んだ。

「県主が後宮に入ったのだな」

男は崔子龍を見上げ、陽に目を細めて頷く。大明宮の前で名乗りを上げた小瓊を後宮へ案内したのだと、どこか弁明するような口ぶりで言う。真智の顔に、憤然とした表情が差した。次の瞬間には、その姿が消えていた。

蠅隊も真智の後を追って東へ向かう。赤々とした陽を浴びた僧衣の背には、焦りが透けている。真智も分かっているのだ。今、後宮には辺令誠がいる。燕軍の集まった建福門を避けて、後宮へ入るつもりなのだろう。

先を走っていた真智が、急に立ち止まった。

「どうした」

崔子龍は真智の隣に並び、丸い目が見つめる先に目をやった。

大明宮の正門である丹鳳門《たんぽうもん》の前に、人だかりができていた。腥《なまぐさ》い血の臭いが崔子龍らのもとまで漂ってきている。地獄の蓋でも開けたような、呪わしいうめき声が耳にこびりつくようだった。

東市の前の路上で皇族の処刑を目の当たりにしたばかりだ。また燕の兵が同じことをしている。だが兵らはくつろいでおり、既に処刑は済んだようだった。崔子龍は真智に声を掛けた。

「後宮に入る別の手立てを考えよう」

さらに東にある別の南門のほうが手薄かもしれない。なにか策を使えば、入り込むことはできるはずだ。

だが、真智は丸い目を見開いたまま、大股で進んでいく。この僧の目には、崔子龍らに見えぬ遠くのものが見えるらしい。まさか、そこに小瓊がいるのか——。

誰からともなく、走り出していた。凄惨な絵図がくっきりとその姿を見せていく。

丹鳳門の前で遺骸が晒《さら》されている。そこに小瓊の姿はない。紫の官服や金の魚袋《ぎょたい》と、帯びている物から高官であることが分かる。いずれも唐の頭脳ともいうべき文官たちだ。

それが十名ほど、両手を縛り上げられ、横に渡された棒に吊るされている。

鼻や耳を削がれた者、顔の皮を剝がされた者、足を切り落とされた者。それを物乞いや無頼の者らが眺めていた。

「行こう」

崔子龍が真智を促そうとしたとき、棒に吊るされた紫の官服の男が動いた気がした。やはり苦痛から逃れるようにもがいている。その顔の皮は剝がされ、鮮血に濡れているが、まだ生きているのだ。

一瞬、視界が赤一色に染まった。脳裏に浮かんだのは、牛蟻《ぎゅうぎ》の顔だ。夕陽のなかで「はじめて叛《そむ》いた」と言った誇らしげな顔、そして、蟻隊の者たちに囲まれた無惨な顔。その幻は、両腕を斬られ血まみれになった林《りん》の姿に変わり、その姿も溶けて、風の唸《うな》る光景に変わる。地鳴りのように響く「枉《おう》」という声のなかで、高仙芝《こうせんし》の首が飛ぶ様子が目に映った。それも、崔子龍から陽物《ようぶつ》を奪った胡商の顔に変わる。目から血が流れ、むき出しの憎悪が向けられている。胡商が刀を振り上げたところで、崔子龍は我に返った。

見覚えのある男がいた。吊るされた官人らの姿を、満足げに眺めている。東市前の路上で皇族を処刑していた、あの胡人の武将だった。

まるで狩猟の成果を誇示するかのように、旗下の兵と大声で語らっている。いくつ首を取ったか、何人女を犯したのか。そのうち、皇族や高官がどれほどを占めていたか――。

身体の奥が煮え立つように熱い。崔子龍は長刀の柄を握りしめていた。

「おれが引きつけている間に、蠅隊と門を抜けろ」

側にいる真智に小声で言った。勝てる見込みはない。実力の差は大きく、おまけに足は満足に使えない。しかも、もう羊暗はいないのだ。

「無理はするなよ」

夕陽に照った真智の丸い目が、据わっている。佞臣《ねいしん》楊国忠を糾《ただ》そうと奔走してきたこの憎こそ、ずっとなにかを堪《こら》えていたのかもしれなかった。

崔子龍が挑むより先に、胡人の武将のほうが気づいた。

「高仙芝に似た男ではないか」

胡将は仰々しく騎乗し、まるで古い仲であるかのように、馴れ馴れしく近づいてくる。

「得物《えもの》まで似ているな。情けない敗走をして、処刑されたあの臆病者の」

「あの方の名を貶《けな》すな」

「お前たちは手を出すなよ」

胡将は旗下の兵から長刀を受け取る。舌舐めずりをするような表情や獣のように光る碧《あお》い目を直視しても、崔子龍はふしぎと恐怖を感じなかった。別の何かが崔子龍を満たしている。怒りとも違う。身体には熱いものが滾《たぎ》り、頭は逆に夜の湖面のように静かだった。

馬を駆ったのは同時だった。相手が仕掛けてくるよりもはやく、崔子龍は長刀を振り上げる。だが容易に打ち返された。先手を取ったつもりが筋を読まれている。やはり相手は手練れだ。

打ち合っては離れる。右足に力が入らない分、重心を取るのが難しい。刃が前から迫っていた。構えた瞬間、相手の太刀筋《かば》が変貌する。斬られたのはまた馬の顔だった。崔子龍はすみやかに下馬する。右足を庇うように構えると、刃だけではなく白銀の長柄まで夕陽に輝いた。

「お前、足が使えぬのではないか」

息つく間も与えずに、馬上から鋭い一撃が降ってくる。顔の側を風が切った。差し違える覚悟で長刀を繰り出す。刃が倍の長さに伸びたような気がした。切っ先が相手の馬の腹を裂き、勢いよく臓腑があふれ出す。知らない技なのに、身体がすべらかに動く。高仙芝の息遣いをすぐ側に感じた。

背後では、蜖隊の者たちが門を突破しようと戦闘している。胡将らをこの場から少しでも引き離そうと、南に延びた街道に目をやったときだった。

足元に矢が刺さる。一本、二本と次々に放たれ、崔子龍と胡将は互いに飛び退《すさ》った。現れた一団の異様な姿に、一瞬立ち合いの最中であることを忘れた。矢を放った一団はみなが、喪服のような白い兵装をしている。先陣を切って乗り込んできた白馬の男に見覚えがあった。右目に、張り裂けるような大きな傷。潼関《どうかん》で、崔子龍を高仙芝の身代わりに立てようとした隻眼《せきがん》の将だった。

「興慶宮《こうけいきゅう》に群がる賊どもに手が掛かってな。やっとこちらに参った」

崔子龍の姿を見るなり、くっくと肩で笑う。

「一人で挑もうとするとは。あれは安禄山の腹心中の腹心、孫孝哲《そんこうてつ》ぞ」

孫孝哲といえば、燕の将のなかでも残虐で名高い男だ。真っ先に城内に乗り込んできたのがこの将だったのは、長安の民にとって不運だったとしかいいようがない。

隻眼は吊るされた官人らを一瞥すると、左目で兵らに命じる。いつか見たことがある滑らかな手つきで、矢を放った。棒の側にいた敵兵が倒れる。吊るされていた官人らの身体が、白い兵装の者たちによって下ろされていく。

「亡霊どもめ」

孫孝哲が唾棄《だき》するように言った。既に騎乗し、隊伍を組んだ兵を従えている。隻眼の将は耳が割れんばかりの大声を張った。

「我らは亡き高将軍の旗下の者。賊どもよ、唐の民に触れるでない」

その背後には、「高」と書かれた旗が夕暉に燦燦《さんさん》と輝いていた。隻眼は孫孝哲を睨んだまま、崔子龍に小声で告げる。

「その足だ。どこぞへ逃げよ」

「後宮へ建寧王殿下のひめを助けに向かわねばなりません」

崔子龍の言葉に、左目が二、三度瞬きをする。呆れたような顔を向け、呵々《かか》と笑った。

「はやく行け。この者どもは我らが相手する」

隻眼の将はそう言っておもむろに下馬した。それは高仙芝の白馬だった。

「閣下から賜ったが、お前が乗るにふさわしい」

「そのような大切な馬に乗るわけには」

固辞する崔子龍の身体を、隻眼は無理に馬上へ押し上げる。見上げる片目のふちが赤い。

「まるで閣下が生きておられるようだ」

何かが足りぬ、と隻眼は思い出したように弓と矢の入った箭箙《せんぷく》まで押し付けてくる。

「閣下は騎射がお得意であった。持っていけ」

怛羅斯《タラス》の戦場で見せた滑らかな一射を思い出す。先ほど既視を感じたのは、この弓も高仙芝の遺品だからなのだろう。

――白き英雄、騎射を良くす。

気づくと白い喪装の者たちが、揃って崔子龍を見ていた。崔子龍に高仙芝の姿を重ねているらしい。

「ではこれを。まるで生きているかのような動きをします」

崔子龍は白銀の長刀を投げる。受け取った勢いを活かして、隻眼は長刀を頭上で大きく回した。孫孝哲の馬がすぐそこに迫っている。

「閣下は、いわれのない罪を着せられ果てた。我らの働きで、誠の忠臣であったことを世に示す！」

崔子龍に背を向け、隻眼は長刀を高く天に掲げた。

「ご武運を」

崔子龍が叫ぶと、旗下の兵らが一斉に気焔《きえん》を吐く。賊軍に、白い一団がぶつかっていく。馬首をひるがえし、崔子龍も門前の乱闘へ飛びこむ。背後で隻眼の獣のような咆哮《ほうこう》が聞こえた。

三

杜夏娘は辺令誠の背を見ていた。

「なぜだ」

外廷に出る門の近くで、辺令誠が立ち尽くしている。

その頭上で、空が燃えていた。立ちのぼる煙の数は先ほどの比ではない。火の勢いが増しているのか、焦げた臭いも濃く漂っていた。

「賊どもがまだ入り込んでいるのか」

辺令誠はすぐに配下の宦官数名に命じて、様子を見に行かせる。平静そのものといった様子だが、心中は穏やかではないだろう。状況を聞いても落ち着いていられるだろうか。消火に当たっているはずの宦官たちが、火をつけているのだ。

「いずれにしても含元殿へ向かう。賊将どもと話をつけねばならぬ」

「お待ちなさい」

杜夏娘は声を上げた。

側にいる妃を引き寄せ、その首に短剣を突き付ける。十人のなかでも、最も位の高い妃だ。妃たちとはすでに示し合わせていた。

辺令誠は振りむき、碧い目を杜夏娘に向ける。

「天子が出奔した際に使った右銀台門《うぎんだい》の鍵をこちらに寄こすのです」

杜夏娘が言い放つと、妃たちの随従の宦官らが一斉に刀を抜く。その刃は、すべて辺令誠に向けられている。取り巻きの宦官兵が、影のように辺令誠の前に並ぶ。門前の広場の南側に辺令誠らが、北側に杜夏娘らが分かれ、ふたつの勢力が向かい合う形になった。兵数は互いに約十名だ。

「何のつもりだ」

「建寧王に命じられたのか」

「だれかに命じられなければ、わたくしが動けぬとでも？」

この男は、何かに頼らなければ人は動けないと思っているのだ。屋敷の警固《けいご》は厳重であり、どのように杜夏娘が外部とつてを作ったのかと考えを巡らせているのだろう。

この状況でも辺令誠の表情は動かない。濃い夕陽の射した顔の左側は赤く染まり、右側にはくっきりとした黒い影ができていた。

「では、なぜ後宮に付いてきた」

辺令誠の目が杜夏娘の側にいる小瓊を一瞥する。「県主か」と薄い唇が静かに言った。事情を知らぬひめはさぞかし混乱しているだろう。

「妃を離せば、県主とともに鍵をくれてやろう」

市内の屋敷で何度か耳にした、辺令誠が人を懐柔するときの口調だ。偽りを言っているのは明らかで、この男は妃も県主も手放すつもりはないのだ。

それは杜夏娘も同じだ。小瓊も妃も、全員を連れだすつもりで屋敷の宦官らと策を練った。

「先に鍵を渡すのです」

妃たちを置いていけるわけがない。辺令誠が消火に専念している間、それぞれの妃と話をした。賊軍に差し出されると分かっていて、大人しく従う者などいない。

「お前はわしの僕《しもべ》ではなかったのか」

言外に、逆らえばどうなるか分かっているかという脅しが滲んでいる。

「わたくしが従順なふりをするのが得手なのは、楊貴妃の下でご覧になっていたでしょう。それは屋敷に仕えていた宦官の者たちとて同じ」

杜夏娘は、辺令誠に叛逆の刃を向けた同志の宦官たちに目をやった。

「劉岳《りゅうがく》どの、銭朗《せんろう》どの、呉円《ごえん》どの――。どの者の名なのか、分かりますか。わたくしは出身や好物まで分かりますよ」

彼らと同志になったのは、ある事件がきっかけだった。

杜夏娘は決まりを破って見張りの若い宦官に話しかけ、歯が折れるほど殴られた。だが、その男の目には涙があった。突如、杜夏娘を殴っていた拳で地を叩いたかと思うと、今度は自分を傷つけるかのように地に頭突きを始めたのだ。

杜夏娘は暴れる宦官の腕を握り、自分を傷つける必要はないと止めた。すると、唸るような殴られた自分よりも、殴った男の心の傷のほうが深刻に思えた。

男泣きの声が上がる。背後で見張りの他のふたりが泣いていたのだ。

若い宦官も、顔をくしゃくしゃにして、どうせ殺されるのならあなたのために死んだほうがいいと杜夏娘に言った。

大げさな、と少々呆れる杜夏娘の前に、若き宦官は膿を吸い出してやった腕の傷を向けた。

――我々の故郷は山東《さんとう》、あの英雄呉起《ごき》を生んだ土地でしょう。

呉起は戦国時代の武将で、その兵法は今にも伝わる。兵との交友を重んじ、兵が傷を負って苦しんでいると、その膿をみずから吸い出してやるほどだったという。泣いていた三人の男たちは、今度は笑い出した。面が取れたかのように、違う表情を見せている。聞けば、三人は親子で同じ山東の出なのだという。妻を失い父が酒に溺れ、食うに困って父と兄弟の三人で宦官を志願したのだそうだ。

そのときから、杜夏娘と三人の宦官は辺令誠の命令に従っているふりを始めた。まるで遊戯のようで、三人との間には日に日に強い連帯感が生まれていった。

天子が長安を抜け出したと分かったとき、屋敷にいた半数ほどの宦官は屋敷の財をもって逃げ出した。外に出られることになり、杜夏娘が真っ先に案じたのは冬蝶のことだ。娘を探しに行くと別れを告げると、三人は杜夏娘に付き添うと言ってくれた。三人以外に残った宦官も、なぜか杜夏娘についてくると言い出した。皇帝という後ろ盾を失った辺令誠に従う義理もないが、逃げ出す先が思いつかないのだという。

駆け付けた建寧王府には小瓊と冬蝶の姿はなく、大明宮の後宮に皇族が集められていることを知った。皆、せっかく辺令誠の支配から離れられたというのに、辺令誠に従うふりをして一緒に後宮へ来てくれた。今、側にいるのは、杜夏娘にとって同志と呼べる存在だった。

後宮に入ると、辺令誠から十人の妃の世話を命じられた。随従の女官や宦官たちも、一度街へ出て居場所がなくて後宮へ戻ってきたのだという。後宮にいても、辺令誠に利用されるだけだ。後宮には小瓊と冬蝶の姿もなく、妃たちとどうやって逃げ出すのかを相談した。宦官らに宮殿のあちこちに火をつけてもらい、混乱に乗じて逃げることにした。

杜夏娘は目の前の辺令誠を睨んだ。

「あなたは、人を型にはめて見すぎる。個々の人間とはそれほど単純ではないのですよ」

さらに、いつか言ってやらねばと思っていたことが口をついた。

「大体、崔子龍がほかの女にうつつを抜かしているなんて。あの人をよく見ていない証拠です。ほんとうにそんな男であったなら、最初からわたくしはこれほどの苦労をせずに済んだのです」

建寧王について、辺令誠が杜夏娘に吹きこんだ話もそうだ。あの子ども好きの皇子が、冬蝶を崔家に渡すなどありえない。

「後宮や街中の屋敷にいた何千という宦官のほとんどがあなたの下を去りました。皇帝のいなくなった空の宮殿で、賊とよろしくやっていればいい」

妃の胸に、短剣の切っ先が触れる。血が伝った。いざというときは、後に残らないほどの傷をつけて辺令誠を脅そうと言い合わせてあった。

「大切な妃たちがどうなってもよいのですか。はやく門の鍵を渡しなさい」

黒々とした煙が壁の上を乗り越えて広場にまで流れ込んでいた。

夕空が次第に夜闇の色に侵食されていく。まもなく陽が沈むのだ。叛逆と火事と、追い詰められた辺令誠の焦りは相当だろう。

だが、辺令誠は薄い唇から笑みを漏らした。

「はて、お前は人の身体に刃物を刺せるのか。その感触は二度と手から消えぬぞ」

――見透かされている。

それでも、ここで引くわけにはいかない。黙って睨んでいると、辺令誠は腰に下げた鍵の束から一本抜きとって、杜夏娘の足元に投げた。

「逃げますよ」

杜夏娘は拾った鍵を握り、身をひるがえす。一団は一斉に西の方角へ駆けだした。このまま後宮に飛び込んで裏手に回れば、大明宮の西門である右銀台門の前に出られる。その門を通れば、賊軍と鉢合わせすることなく大明宮の外へ逃げられる。

「県主さま、参りましょう」

小瓊の手を摑もうとしたときだった。萌黄色の裙が杜夏娘の腕をすり抜ける。そのまま辺令誠のもとへ走っていった。

「どうなさったのです」

「わたくしは逃げません」

辺令誠も起きた事態に驚いたようだったが、薄い唇を引いて笑いだす。小瓊の首に腕を回すと、腰刀を抜いて刃を首に当てた。

「人とは面白い」

妃や宦官も、足を止める。

「冬蝶を始め、あなたさまを慕う者が多くいるのですよ」

「ですが、わたくしは唐朝の子なのです」

――このひめは自ら後宮に来たのだ。

王朝の一員として、死ぬつもりでいる。杜夏娘は臍《ほぞ》を嚙む。刻がなかったとはいえ、よく話を聞いておくべきだった。単に死を望むことは勇気ではない。こうなれば力ずくで取り戻すしかない。同志の宦官のなかに赤い髪の者を探す。その男と、目で合図したときだった。

夕陽で染まった広場に、東から駆けてくる姿がある。ぼろぼろの墨染を左右にたなびかせ、長い影を引いて猛進してくる。なぜあの若僧がここにいるのか。建寧王が遣わしたのだろうか。韋駄天のごとく駆けてくる姿は、真智だった。

「県主、どちらにいらっしゃいますか！」

凄まじい勢いで迫ってくる僧衣に、辺令誠の取り巻きが構える。辺令誠も小瓊に刃を突き付けたまま後ずさりする。今、飛びつけば小瓊を奪える。体当たりをしようと杜夏娘が駆けだしたとき、辺令誠の背に一本の矢が刺さった。辺令誠はよろめくと、手から刀を落とした。

矢が放たれた西のほうを向くと、今度は煙の中から一頭の馬が駆けてくる。辺令誠の取り巻きたちが西に構えるよりもはやく、白馬がみなの間を過ぎ去っていった。辺令誠の前には小瓊の姿がない。

馬上で小瓊を抱き、真智と落ちあった人の姿に、杜夏娘は目を疑う。それは、ずっと杜夏娘の胸にいた幼馴染の英雄、昨年の上元節《じょうげんせつ》で声を聞いたきりになっていた崔子龍だった。

「やっと、見つけましたぞ」

万感を込めたような真智の声が、杜夏娘の下まで聞こえてくる。

「お父上からお世話を命じられた私の身にもなってくださいませ」

今にも泣きだしそうな顔で真智が馬上の小瓊を見上げている。ひめは、崔子龍の腕の中で目を瞬《しばた》かせていた。真智と崔子龍がなぜか一緒にいる。杜夏娘は夢を見ているのかと思った。

「妃を捕らえよ！」

辺令誠の言葉に杜夏娘は我に返る。取り巻きたちの刀がすぐ側に迫っていた。身構えた瞬間、目の前に跳躍する影がある。その者が触れたとたん、相手の身体が飛んでいく。宦官に扮した赤い髪――書物庫で出会った知紙《ちし》だ。

占った誼《よしみ》で後宮妃たちの面倒をみていたという知紙に、杜夏娘は密かに脱出の計画を打ち明けた。すると知紙は、なぜか不本意な様子で杜夏娘に告げたのだ。

――体術なら、少し心得があります。

杜夏娘は目を瞠《みは》った。腕前は「少し」どころではない。味方の宦官らも刀で応じているが、元々内向きの雑務をする者ばかりで、辺令誠の取り巻きの宦官兵にまったく歯が立たない。知紙のみが、刀を振り回す敵を素手で投げ飛ばしている。崔子龍と真智が駆けつけてきたときには、取り巻きたちはあらかた逃げ出していた。辺令誠の姿も既にない。

「お前、怛羅斯《タラス》の……紙漉工《かみすきこう》か」

久しぶりに聞いた、崔子龍の声だった。事情は全く分からないが、知紙と面識があるらしい。知紙も崔子龍の顔をまじまじと見ると、驚きの声を上げた。

「だれかと思いましたら。私ね、あなたがおっしゃったとおり、今は文書に関する公務に携わっているのですよ。といっても、こんなていたらくなのですが」

「なぜ、お前が後宮妃と一緒に？」

「ふしぎなめぐり合わせで、自分でもよく分かりません」

占い師らしからぬ返答をする。根っからのお人よしなのだ。

「お前が蠅隊にいたのはわずかだったから、腕が立つとは知らなかった」

「殴りあったり、痛いのはどうも。文書に囲まれているのが好きなのです」

袖で小璦を煙から庇うようにしている真智が、丸い目をさらに丸くして言った。

「書物庫にいた赤毛か」

知紙は白い歯を見せて笑む。眩《まぶ》しいものでも見るように、馬上の崔子龍に目を細めた。

「ずいぶん御立派になられました。女と出会えれば英雄になれるとあなたには讖《しん》が出ておりましたが、佳《よ》き女に会えましたか」

「娘に、会えた」

崔子龍が冬蝶と会っている。それを聞いただけで、杜夏娘は泣いてしまいそうだった。昔から変わらぬ目が、杜夏娘に向く。泣くのは癪だ。つい詰《なじ》るような口調になる。

「どうして、あなたがここへ？」

「それはお互い様だ」

「白馬の、趙雲《ちょううん》が現れたのかと思いました」

主君の妻子を助け出すために、単騎で大軍に向かう白馬の英雄を、幼い頃から崔子龍は好んだ。

「そちらこそ」

崔子龍は下馬して杜夏娘に向き合う。

「着飾った女たちを連れて、西王母《せいおうぼ》かと思った」

腹に子がいると分かったときのこと、王勇傑が罰せられそうになったときのこと、杜夏娘の胸のうちに様々な感慨が湧きおこる。伝えなければと思うほど、言葉にならない。

崔子龍が生きて目の前にいる。ただそれだけは、確かな事実だった。

「盛り上がっているところすみませんが、義父も交ぜてもらってよいですかね」

真智が、崔子龍と杜夏娘の手を取って、自分の手と重ねる。ふたりの男の手は厚く、どこか粗野な感じがした。王勇傑の意を受けて、真智が繋いでくれた。かつて、小さな手を合わせた三人の幼馴染が、何年もの悲喜を超えて揃った。

何かが弾けるような音が、城壁の向こう側から聞こえた。すっと崔子龍の目が鋭くなる。

「おれは辺令誠を追わねばならぬ」

すると真智が屈んで、小瓊と視線を合わせた。

「杜夏娘どのから離れてはなりませぬ。必ず長安に戻ると、お父上は私に約してくださいました。そのとき、お父上をお支えするのはあなたさま以外におりませぬ」

帰還しても、建寧王はさらなる困難に見舞われるだろう。真智の説得にこくりと頷いた小瓊の顔が、なぜか馬に乗った崔子龍に向いている。その様に真智は苦笑し、杜夏娘に告げた。

「大明宮を抜けたら、皆で大興善寺へ向かってください。匿ってくれます」

崔子龍と一緒に辺令誠を追うつもりらしい。ふたりに行くなとは言えなかった。上元節のとき翡翠楼《ひすいろう》の前で、崔子龍は皇帝に辺令誠の非道を訴えていた。何か特別な因縁があるのだ。

「鍵を辺令誠から奪いましたから、わたくしたちは後宮の裏の右銀台門から逃げます。辺令誠は含元殿に向かっているはずです。場所は分かりますね」

崔子龍は含元殿のある南を見据え、知紙の名を呼んだ。

「蠅隊をお前に託す。皆を連れて逃げられるか」

頼りなさそうな拱手《きょうしゅ》が、馬上に向く。

「お任せください。私、逃げるのは得意ですから」

「頼んだ」

一瞬だけ、崔子龍の目が杜夏娘に向いた気がした。

白馬と墨染の後ろ姿が、煙に消えていく。

四

紫色の降りた空に、北斗の星が瞬《また》いている。

崔子龍が真智とともに外廷に繋がる門を抜けると、黒々とした煙が左右から流れてきた。煙とともに飛び出してきたのは全身を煤まみれにした男たちだ。宝物庫から盗んできたのか、財物を手に右往左往している。周囲の建物のいくつかはすでに崩れ落ちていた。くすぶった火種は明朝まで消えぬだろう。崔子龍は煙を吸わぬように時おり下馬して、先を急いだ。いくつもの宮殿や官署を通り過ぎ、暮れゆく空に聳《そび》える天子の宮殿――含元殿の前に出た。

しかし、今は主《あるじ》たる皇帝はいない。含元殿の左右には陰陽を象徴する大きな楼閣があり、昇殿のための左右の龍尾道《りゅうびどう》は茫《ぼう》とした天に続くように伸びている。蓮花《れんか》をかたどった敷き瓦の龍尾道を、真智と進んでいく。昇りきったところに、辺令誠はいた。

背の傷を数名の宦官に手当されている。高仙芝の弓で射た矢は滑らかな弧を描き、吸い込まれるように辺令誠の背に収まった。英雄を慕う者の恨みだ。傷はさぞ深かろう。

「崔子龍か」

闇が動いた、と思った。灯《ともしび》もない宮殿は、黒々として深い闇に沈んでいる。闇の一部が顔となって、話し出したかのように見えた。

「暑いな。ここはどうにも蒸す」

煙でも入ったのか、辺令誠は座り込んだまま、目を瞬《しばた》かせている。

崔子龍は真智に下がっているようにと目で促す。白馬はみじろぎもせず、辺令誠に向き合っている。主の仇だと分かるのだろう。汗のせいか毛並みに浮かんだ白いつやが、身体から滲む静かな怒りを表しているようだった。

崔子龍も、辺令誠の碧い目を見据える。怛羅斯からの帰還の際に殺しそこね、上元節でも、長安の屋敷でも仕損じた。ずっと追ってきた男が、目の前にいる。もう対峙しても恐怖は感じなかった。

「わしを殺しに来たか」

枉《おう》、という声が熱風に乗って崔子龍の耳に聞こえた気がした。

「お前は怛羅斯で何万もの唐兵を殺した。そして、潼関で英雄を死なせ、そのせいでさらに多くの人を戦死させた。生かしておくわけにはいかぬ」

「英雄、か」

闇の目が動いた。

「なぜ、高仙芝を殺してはならぬのだ」

なぜ殺してよいと思うのか。その問いを封じるような重みが、前から圧《の》し掛かってくる。果てしなく続くような深い天空が自分の頭上に落ちてくる、崔子龍はそんな感覚に陥った。

「あれは手下の兵に、金も物も気前よくくれてやる癖がある。それらはどこから湧いてくる。すべて敵国から強奪した物よ。それで唐は諸国から非難を浴びた。何度も窘《たしな》めていたが、改めぬ」

それはあの方の美点だ、という言葉を飲む。思い当たることがないわけではない。そもそも怛羅斯の戦は、高仙芝が石国《シャーシュ》を討ち、逃亡したかの国の王子が唐軍の横暴を諸国に訴えたことに端を発する。黒衣大食《アッバース》が諸国からの要請に応じて、唐と戦う流れになったのだ。ものの見方はひとつではない。辺令誠の弁にも一理ある。

しかし、辺境を守る武将にとって敵国との戦いは避けられず、特別に外れた行為をしたわけではない。なぜあのような死に至らねばならなかったのか。処刑された日の何万という兵の叫びをこの男に聞かせてやりたかった。

「あの方は、兵想いなのだ」

「その想いは配下やおのれの守るべき者にしか向けられておらぬ。まさに籬《まがき》の大将よ。あやつは官庫からも奪った。横領でなくなんという。飼いならされた盲信者ばかりで、罪だと判断できるものがおらぬ」

「撤退時に財物を焼くのは当たり前だろう」

「兵に分け与えるだけ与えて、燃やした。わしは起こった事実だけを言っている」

ふむ、と闇が息をついた。

「お前はすっかり、あの男に絆《ほだ》されてしまっているのだな。よいか、不正とはそういう馴れ合いの状態で生まれるのだ。わしは事実を冷静に見極め、陛下と相談して横領とした」

「仮にあれが不正だとして、死に値する罪なのか。であれば、楊国忠などいくつ命があっても足りぬわ」

「籬の大将であること自体はいい。ただ、従わぬ者は生かしておけぬ」

自分に従わぬ者は殺す、そう言っている。

「いったいお前は何様のつもりだ」

横領やらは名目に過ぎない。この男は、単におのれに従わぬ者を殺したのだ。

「お前は、おれの友牛蟻に毒饅頭を食わせて殺した。その上、遺体の顔の皮を剝がして辱《はずかし》めた」

「牛蟻はみずから死んだ」

色みの薄い目がじっと崔子龍を見つめている。

「わしは毒饅頭を見せた。あの男は毒が入っていると分かっていた。自分の判断で食ったのだ。遺体を卑《いや》しめたのは勝手に周囲の者がやったのだろう」

崔子龍は怒りで頭がどうにかなりそうだった。震える手で刀の柄を握る。

「牛蟻が勝手に自滅したとでも言うか」

辺令誠の手が天に向いた。

「見よ」

立ちのぼる煙を避けるように、十数羽の鳥が、等しく間をあけて飛行している。規律正しく並び、群青色に変わりゆく空の彼方へ消えていく。

「地を見よ」

今度は足元を指す。崔子龍が目を凝らすと、敷き瓦がいくつもの黒い線で覆われている。異変を感じて蟻が湧いたのだろう。辺令誠が踏みつぶしても、鞋《くつ》を避けて、すぐにまた同じ道筋をたどるように列をなしていく。

「牛蟻はみずから服従したのだ。獣や虫は生きていくために群れをなす。そのなかで、個の自律は消える。拒否することもできたのに、自ら毒饅頭を食う。そういうものだ」

食うように圧力をかけたのはこの男だ。死が逃れられぬと悟って、牛蟻はやむなく食ったのだ。その一方で、崔子龍のために叛いたあの気概さえあれば、死ぬことはなかったのではないかとも思う。

背後から、真智の静かな声が響いた。

「そうやって圭々《けいけい》のことも弄《もてあそ》んだのですね。あれは、今も苦しんでいる」

「群れで使える人間にする、というのが弄ぶことになるならそうだ。群れに適合できぬ者が苦しんだり、口がきけなくなったり、みずから命を断つこともあろうよ」

崔子龍の頭に疑問が湧いた。

「お前はいったい何を目指している」

「規律のある世」

辺令誠は迷いなく答えた。

「人の営みはすべて群れの仕組みに収束されていく。人はみな、おのれの意思で動いているように見えて、何かに動かされているだけなのだ」

思いがけず、辺令誠の言葉は崔子龍の腹に落ちた。身体が震えるほどに感じた怒りが少しずつ冷えていく。

「この戦も同じよ。戦禍について自らの意思で責を負おうとする者はおらぬだろう。挙兵した安禄山ですら、起きた事態については皇帝や楊国忠のせいだと思っているはずだ。皇帝も臣下のせいにして逃げた」

辺令誠の目の周りから血の気が抜けている。窪んだ眼窩《がんか》が南を向いた。

松明《たいまつ》の灯りが、含元殿前の広場をはさんだ南の城壁のあたりに浮かんでいる。燕軍の兵だろう。灯りが増えていっている。

「英雄などと権力に一石を投じているようで、力の僕《しもべ》そのものだ。そして、美徳として語られる英雄への忠心や群れに対する自己犠牲が、群れと群れの衝突を起こす」

薄笑いが崔子龍に向けられた。

「戦はなくならぬぞ。人が何かに支配されている限り。天が定めた人の宿命だからな」

背にざわりと何かが這うような感触がある。崔家の者だと分かったとたんなびくように態度を変えた大人たち、悔いたとはいえ、楊国忠の権を恐れて崔子龍を売った長年の友の王勇傑、気の置けない同志だと思っていたのに、辺令誠の手先だった月吾——。

覚えのある恐怖が再び崔子龍を取り込もうとしている。呼吸が上がってきた。今度は、立っていることもおぼつかなくなるような気がして、懸命に踏み堪《こた》える。渇いた口が、かろうじて言葉を発した。

「宿命とやらのせいにして、お前はおのれの咎を認めぬのだな」

覚悟を決め、刀を抜いたときだった。制するように、腕が伸びた。

＊

煤臭い風が三人の間を吹き抜けた。

真智は、崔子龍と辺令誠の前に立っている。南に浮かんでいた燕軍の灯が含元殿に向けて動き出した。今のうちに、この宦官に聞いておかねばならないと思った。

薄い夕暮れのなかで、崔子龍の顔が「どういうつもりだ」と真智に問うている。真智はただ頷いて見せた。崔子龍は真智と辺令誠を見比べ、何も言わずに抜き身の刀を収めた。

心は驚くほど落ち着いている。問いは静かに真智の口を出た。

「今の今まで、私の義父を殺すように命じたのはあなただと思っておりました。ですが、違うのですね」

この宦官の話を聞いているうちに、真智は自分が早合点《はやがてん》をしていることに気づいた。

辺令誠は、側近の宦官に支えられてかろうじて体勢を保っている。暗がりのなかでも、その顔が青白いのが分かる。うっすらと汗もかいていた。

「辺境の武威のことまで気を回していられるものか。かの地の寺に派遣されていた宦官がわしに告げてきたのだ。群れのなかでは、命じずとも勝手にわしの意を汲《く》んで動く者が出てくる。純真な献身であったり、単におのれがのし上がるためであったり。宦官とはそういうものよ」

思い当たることがあるのか、口を開きかけた崔子龍が言葉を飲んだ。

真智は続けて辺令誠に語りかける。

「規律のある世を目指すとおっしゃいましたが、その仕組みを作っていくのが人の性だと言っているようにも、私には聞こえました」

辺令誠は口を固く結んで、動かない。

「わざわざ目指さなくても、人はそういうものだと。あなた自身、籬の内に属するひとりに過ぎないことを自覚されているようだ。その上で、本当は何を目論《もくろ》んでいるのです」

辺令誠はおのれが支配する者だとは言っていなかった。人を支配するのは別の何かだと話しているように、真智には思えた。

結んでいた辺令誠の薄い唇が緩む。

「さすが天童」

ほの赤い闇に沈んだ顔が、皮肉で歪んだ。

「罪のない者を殺してはいけないと人は言う。しかし、わしの息子は何の咎もなく英雄に殺された。役人も犯人を検《あらた》めようともせず、非難もしない。みな、上に言われたことゆえ、仕方なかったと言うのだ。責を負わぬ愚か者ばかりよ」

肌は生気を失っているのに、目だけが異様な光を宿している。

「わしは規律ある世の頂点に君臨し、その責を負う。仕方がないとは決して言わぬ。ゆえに長安の宮殿に残る道を選んだ。天子から逃亡に伴うようにと命じられたが断った」

額に脂汗を滲ませ、辺令誠は立ち上がる。屈んだ中肉中背の身体が含元殿の空虚となじんで見える。

「牛蟻や高仙芝の死の責はわしにある。潼関の陥落によって、唐の危機を招いたことも認める。高仙芝の後任に郭子儀《かくしぎ》を呼ぶはずだったが、楊国忠めが病床にあった哥舒翰《かじょかん》を当てた。これはわしの失点だ」

分かったか、と薄い唇が不敵に笑った。

「人を愚かな生き物に変える支配と服従は、天が人に与えた宿命なのだ。だがわしは、おのれの責を認めることで、その宿命に抗う。犀《さい》の角《つの》のようにただ独り歩む」

辺令誠は、腰に下げた角の飾りを掌《てのひら》に包んだ。口にしたのは釈尊の言葉だった。

子に対する愛著《あいじやく》は、枝の茂った竹が互いに相絡むようなものである
筍《たけのこ》がいかなるものにも纏わりつかぬように、犀の角のようにただ独り歩め

血の気の引いた辺令誠の顔に、過去が見え隠れしている。

「子がおられたのですね」

子への愛着、理不尽にその子を失った哀しみ。すべての柵《しがらみ》から放たれようとするも逃れられず、苦悩するひとりの父の顔だ。真智はようやく、この男の顔を見た気がした。

「もう息子の顔が思い出せぬ」

諸行無常――いっさいのものは変化し、忘れ去られていくものだ、そう説くのが正しい僧だろう。それでも、真智には言えなかった。

「支配は避けられぬとあなたはおっしゃいましたが、私は義父や杜夏娘どのと出会って、必ずしもそうではないと思うようになったのです」

崔子龍が南から迫る燕軍を気にしているのが分かる。西の陽はまもなく完全に沈む。逆に南の灯りが増えてきていた。総勢三百は固い。ゆらゆらとした灯りがこちらへ近づいてくる。

だが、この宦官ときちんと向き合わねばならないと真智は思った。

「支配に対する一つの在り方として、独尊《どくそん》という言葉を考えます。山を走っていると、おのれは独りだと思うことがあるのです。ですが、杜夏娘どのと互いに尊重しあって競い走るのは心底楽しかった。私たちは独《ひと》り尊《とうと》い。私も尊い、あなたも尊い。その独尊たる者を、人は英雄と呼ぶのではないでしょうか」

義父を失ってから、それまで流れるように口をついて出た法理が、真智にはまったく分からなくなった。やっと今、ひとつだけ分かったような気がする。仏典には、自分に勝って愛おしい者はいないという教えがいくつも記されている。釈尊はおのれ自身を尊ぶことを説き、それから、その尊いわが身に推し量って相手を思うことを説いていたのではないか。

「走るのは、だれかを踏みにじるためではありません。一緒に過ごすために走るのです。ともにいる相手の顔を見ることができれば、籬から抜け出せる」

燕の兵が龍尾道の前まで迫っていた。

手下の宦官に支えられて、辺令誠はゆらめく灯りのほうへ一歩踏み出す。

「籬の外になど出られるものか。わしは宦官、辺令誠ぞ」

数名の宦官が辺令誠に影のように従う。大きな闇がぞろりと動いたように見える。

「英雄ぶるお前たちとて同じこと。籬の外に出たつもりでも、またそこも籬のなかだ。わしはわしの思うやり方で、不羈《ふき》を目指す。責を負うという形でな」

辺令誠は、くつくつと笑う。もしかしたら、真智が至った場所は、すでに辺令誠が試みて敗れた道なのかもしれない。

数歩進んだ辺令誠が、「さて」と振り返る。

「多くの者の死の責がわしにある。殺すならば、今だぞ。英雄」

崔子龍が刀を構えなおす。すると、辺令誠は突如思い出したように言った。

「そういえば、わしは杜夏娘に間違った鍵を渡したかもしれぬな」

辺令誠の腰に下げられた数本の鍵が鈍い光を帯びている。辺令誠はそのうちの一本の鍵を、掌の上で転がした。

「やはりだ。これが本物の鍵だ」

右銀台門、と刻された鍵を辺令誠は崔子龍に向けた。崔子龍が目を剝いた。

「わしが素直に鍵を渡すと思ったか。今頃、後宮で煙にいぶされておろうよ」

辺令誠は笑みを浮かべ、鍵を近づいてくる燕軍の兵へ放つ。

「おれに任せろ」

弧を描く銀の鍵に向けて、真智は駆けだしていた。

*

崔子龍の目の前で、辺令誠が笑みを漏らしている。

殺すなら今しかない。この男を殺すために、何年も蠅隊の者たちと苦難を共にしてきたのだ。

崔子龍の頭に、杜夏娘や小瓊、知紙の顔がよぎる。煙に巻かれて右往左往しているかもしれない。そう思ったとたん、崔子龍の身体は動いていた。身をひるがえして白馬に乗り、真智の後を追う。

襤褸をはためかせた真智が、階段に落ちた鍵を拾った。そのすぐ前に燕軍の兵が迫っている。兵が真智に長刀を振り下ろす。そこへ崔子龍は馬で飛び込む。敵の長刀を腰刀で打ち返した。すぐさま崔子龍は真智とともに燕軍から離れる。しかし、五騎追ってきている。矢が崔子龍たちに向かって射られた。一本、崔子龍は腕に矢を食らった。

「ここはおれが。真智は鍵を届けてくれ」

「承知した！」

真智は応えると、含元殿の西の楼閣の脇を抜けて行った。燕の五騎に崔子龍は取り囲まれた。武器は腰刀一本しかない。それでも、この兵たちに真智の後を追わせるわけにはいかない。

次々と長刀の刃が崔子龍に襲ってくる。白馬はすばやい身のこなしで五騎を翻弄した。

――さすが英雄の馬だ。

崔子龍も、交互に仕掛けられる刃を打ち返す。だが、五騎が示し合わせて同時に長刀を繰り出してきた。崔子龍はその内の二本を払う。残りの三本は躱せない。背と肩に熱い痛みが走る。白馬は嘶《いなな》きを上げて飛びあがり、五騎の輪から抜け出した。

もう真智は後宮の近くまでたどり着いただろう。傷の痛みで崔子龍は手綱を握れなかった。白馬は崔子龍を乗せたまま、後宮のある北へ走っていく。幸い、敵は追ってこない。闇と煙で崔子龍を見失ったのかもしれない。いくつもの官署を抜けて内廷《ないてい》に通ずる門に近づくと、煙が前から迫ってきた。宝物を手にうろつく盗賊たちの姿がある。門を抜けたとたん、白馬が後ろに身を崩した。崔子龍の身体が地に打ち付けられる。

白馬は後ろ脚を斬られていた。ここまで走れたのがふしぎなほどの深手だ。地に倒れてもなお、前へ進もうとする。しかし、走れなくなった馬は生きることができない。崔子龍は白馬の首を抱きしめ、礼の言葉を伝えた。

身体から血が抜けていくのを感じながら、立ち上がる。

「夏娘の元へ行かねば」

崔子龍は後宮に向かって走り出す。右足が思うように動かず、ふらつきながら煙のなかを走る。

王勇傑、牛蟻、林、高仙芝、月吾に羊暗、みな死んだ。これ以上、身近な者を死なせたくなかった。逸る心中と裏腹に、身体が重くなっていく。足がもつれ、崔子龍は転倒した。

右足が動かない。這いつくばって、前へ進もうとするが、傷を負った背が激しく痛む。

真智は杜夏娘たちと落ち合えただろうか。みな、無事に逃げられただろうか。助けにいきたいのに、前に進めない。頭上では、途切れた煙の合間から星が瞬いていた。

——おれはここで死ぬのだろうか。

走れなくなって死ぬのは馬だけではない。人も同じだった。

おのれを呼ぶ声が耳をかすめた。北から走ってくる足音が聴こえてくる。崔子龍は、身体を起こした。

「夏娘！」

声の主に向かって叫ぶ。暗がりから崔子龍の元へ駆け寄ってきたのは、やはり杜夏娘だった。

「なぜ戻ってきた」

「真智どのと落ち合って……あなたが残っていると聞いたから」

「女ひとりで危ないだろう！」

杜夏娘は叱責に構わず、星明かりをたよりに崔子龍の怪我の具合を確かめていく。

「腕に矢、肩と背にも傷が。足も動かないのですね」

崔子龍は、杜夏娘の背を押した。

「おれに構わず、はやく逃げろ」

「県主には、知紙たちがついています」

「お前のことを案じているのだ。お前にまで死なれたらおれは――」

だが、杜夏娘は崔子龍の言葉などまるで聞いていない。崔子龍の右脇から腕を入れて立たせようとする。

「後宮に血止めの薬があるはずです」

「おれはひとりでも何とかなる。お前は真智たちの元へ」

立ち上がってもなお、杜夏娘は頑《かたく》なに崔子龍の身体を離さない。流れる煙に目を細め、叱るように言った。

「なんて聞き分けがないのでしょう。あなたには何度も申し上げたはずです」

涙の張った黒い瞳が、崔子龍に向いた。

「わたくしはあなたと一緒に走れる」

その瞬間、崔子龍の脳裏に、澄んだ翠の光にみちた景色が広がった。これまで何度も頭をよぎったあの光景だ。白い素馨《そけい》の咲き乱れる庭で、杜夏娘が伝えようとしていたその言葉が、やっと崔子龍の耳に聞こえた。

身体を支える杜夏娘の手を取る。これまでも幾度となく差し伸べられたこの手を、二度と離してはいけないと思った。

杜夏娘は前を向き、一歩踏み出した。杜夏娘の肩を借りて、崔子龍も左足を踏み出す。杜夏娘がまた一歩進む。

陽が沈み、あたりは杳《よう》としている。煙をよけながら、崔子龍と杜夏娘は少しずつ進んでいく。

どこかから、ふたりを探す真智の声が聴こえた。

五

天宝十五載《さい》（七五六年）、長安を出奔した皇帝の一行は、粛清の血に塗《まみ》れた。まず、将校や皇太子付きの宦官によって楊国忠が誅殺された。だれひとり庇《かば》う者もなく、その身に矢を何本も射られ、凄惨な最期だったという。楊貴妃も、玄宗の腹心宦官高力士《こうりきし》の手により縊《い》殺《さつ》された。幼子から楊貴妃の美貌の姉たちに至るまで、楊家の者は皆ことごとく惨殺の憂き目にあった。

蜀《しょく》に逃れる皇帝と別れ、霊武《れいぶ》で武将郭子儀と落ち合った皇太子李亨《りこう》は、同年七月十二日に唐国の第七代皇帝（粛宗《しゅくそう》）として即位した。年号は至徳《しとく》と改まり、長安から離れた地で新しい御世が始まる。

　一方の燕は長安を陥落したものの、皇帝安禄山はあくまで洛陽に朝廷を置き、長安には配下の武将を置いた。だが翌年正月には、安禄山は暗愚で名高い息子の安慶緒《あんけいしょ》により暗殺される。安慶緒が第二代皇帝として即位したものの、情勢は未だ安定しない。

　長安の宮殿は、空のままだった。

「何か食わせてくれ」

　庭に飛び込んできたのは、坊主頭の真智だ。

「もう寺には戻りたくない」

　崔子龍は土いじりをする手を止め、腰を伸ばした。

「蒸かしたばかりの饅頭がある。子どもらが食い切っていなければだが」

「なんと」

　真智は庭で集まっている子らの元へ駆けていく。

　辺令誠を追い詰めたあの日、大明宮を抜け出した崔子龍たちは、大興善寺で小璦らと落ち合うことができた。崔子龍はしばらく寺の僧房で厄介になった後、妻子らを伴い、崔家のあった場所に移り住んだ。屋敷にはだれもおらず、家の者らがどこに逃げたのかも分からない。金目のものはすべて奪われていたが、幸い家具はそのまま残っていた。屋敷は家族三人に加えて蠅《はえ》隊がともに暮らすにも十分すぎるほどの広さだった。

　崔子龍は左足を折って再び腰を落とす。背や腕に受けた傷はだいぶ癒えたが、右足はもう動かなかった。

土から取り除いた石を木陰に積んだ石の山に投げる。庭を畑にし、農作物を作れぬかと崔子龍は試みている。はじめてのことでうまくいくのか分からない。農夫に教えてもらいながら進めていた。

庭をかけまわる子どもたちを躱《かわ》しながら、真智が饅頭を両手に戻ってくる。

「翻訳はそれほどつらいか」

武威の寺から大興善寺に入った不空三蔵《ふくうさんぞう》により、真智は恐るべき量の仏典の翻訳を命じられているのだという。この三蔵の試験を受けて真智は得度したが、そりが合わぬらしく、隙をみては崔家に逃げ込んでいる。

「おれが余計なことを言って僧らと諍《いさか》うのを案じているのだろうが、おれはもう昔の悪童ではないというのに」

「微妙な情勢ゆえ、房内で大人しくしていろということなのだろう」

表向きは中立の立場を取っている大興善寺だったが、唐の皇帝の意を受けた不空三蔵が水面下で皇帝の使者とやり取りをしている。自分に何かあったときのために、三蔵は建寧王と縁のある真智を温存しているように崔子龍には思えた。

今年二月、新しい皇帝は軍を伴い、霊武から長安にほど近い鳳翔《ほうしょう》の地へ移った。建寧王は真智との約束どおり、長安の奪回に向けて動いているのだ。

崔子龍は顔を覆っていた布を取った。饅頭をむさぼりながら、真智が顎で崔子龍の手中を指した。

「家にいるときまで顔を隠す必要はあるまい」

「土いじりをしていると、日射しが眩しい」

真智は興醒めするような顔をして、指を舐める。

「蘭陵武王《らんりようぶおう》でもあるまいし。女らがうるさいのは分かるが」

うつくしい容貌を敵に侮《あなど》られぬために、戦場で仮面を着けていたという伝説をもつ武将の名を真智は口にした。

数名で住み始めた家は、引き取ったみなしごや後宮の女官やらが住まうようになり、今では大所帯になっていた。

「しかし、なぜ杜夏娘どのではなく小瓊どのが悋気《りんき》をするのか。女とは不思議だな」

小瓊は周囲の勧めで大興善寺に匿われたが、元々縁のあった杜夏娘母娘と過ごしたいという本人の希望で、崔子龍が引き取ることになった。なぜか小瓊は崔子龍を師父と呼び、慕ってくるのだ。このひめはこの数か月で急に大人びた気がする。世が世なら皇帝の孫として丁重な扱いを受けたのだろうが、今では言葉づかいや振るまいも下町の娘のようだ。しかし、気風がよく面倒見がよいのは以前かららしい。今も庭で、近所の子どもたちと遊んでやっている。温かな日射しが注ぐ庭には、若草が萌え、色とりどりの春の花が咲き誇っている。燕軍の侵略などなかったかのようにうららかだった。

街も同様だ。東西の市も、燕の手に落ちる以前と同じ時刻に開く。主要な官人は洛陽へ連行されたが、残った吏員は相変わらず役所に上がっている。何も変わらない日常があるかのように思える。

だが、違うのだ。道端で行き倒れている者、暴徒や燕の兵に家族を殺されたみなしご、戦禍に心を病んだ者、燕軍の侵攻による傷痕が確かにある。それにもかかわらず、皆、以前と同じであるかのように振舞おうと努めている。それは決して悪いことではないはずなのに、崔子龍にはどうにも気味が悪かった。

「今、長安は燕と唐どちらに属しているとも言い難い。だが、民はまるでどこか架空の国に統治されているかのように動いている。これはどういうことなのだろうな」

国という籬を自ら作ろうとしているように見えるのだ。辺令誠の言葉が否が応でも思い出される。

「臆するな」と、真智は丸い目を崔子龍に向けた。

「人は獣や虫と違うところもある。人には智がある」

こういった話は、王勇傑が得意だった。つくづく惜しい男を亡くしたと思うが、ふしぎなことに真智と話していると王勇傑と話している気分になる。

まさに真の智だ、と崔子龍は思った。

崔子龍は、真智のように辺令誠に接することはできない。それまでけだもののように思っていた辺令誠だったが、真智が語り掛けたことで、その素顔を垣間見ることはできた気がした。この僧が法名のごとく智者であるゆえにできたことだ。

あの日、真智が守るべき小瓊ではなく崔子龍に付いてきたのは、崔子龍が辺令誠を殺すのを止めるためだったのかもしれない。

「辺令誠を殺さなかったこと、臆病だと思うか」

辺令誠の非道を許したわけではない。しかし、あの男が責を負う形で抗うと言った宿命とは、崔子龍が立ち向かおうとしていたものと同じではなかったか。籬のなかで、辺令誠は皇帝すら放り出した事態の後始末をしようとした。街に流れてきた宦官によると、崔子龍と真智が含元殿を抜け出した後、辺令誠は燕の将と交渉をしたらしい。鍵を渡す条件として、長安の民に狼藉を働かぬように約させたのだという。

「王勇傑は、自分に火をつけた男を害そうとしなかった。最期の瞬間まで考えていたのは残したおれのことだったと思う。ゆえに、おれも仇を討とうとは思わなかった。別のことをなさねばならぬような気がした」

いかにもあの熱い男の最期だ。困難を伴うと分かっていながら志を継ごうと真智が決意したのも頷ける。十以上も歳下のこの僧に、崔子龍はもうひとつ吐露した。

「おれを担ぐ者たちがいるであろう?」

まだ戦火が治まらぬころ、崔子龍は蠅隊の者や西市の有志で自警団を作った。今も朝夕の見回りなどをしているが、ただ言い出しただけで動けない自分を英雄のように祭り上げて慕ってくる者が後を絶たない。

「持ち上げられているうちに盲目になり、知らずのうちにだれかを踏みにじっていたらと恐ろしくなる」

あの碧い目が、支配と服従の結びつきからは逃れられぬと、見つめているような気がする。

「饅頭ができましたよ」

振り返ると、湯気の立つ饅頭を抱えた妻の姿があった。

「そろそろ真智どのが泣き言を漏らしながらいらっしゃる頃だと思いました」

杜夏娘が差し出した皿に、真智が目を輝かせて飛びつく。

めざとく集まってきた子らにも、杜夏娘は饅頭を配っていく。寺で美味い饅頭の作り方を教えてもらったと言って、ここのところ毎日のように自分でも蒸していた。

饅頭を頰張りながら、真智は崔子龍を見上げた。

「大興善寺でも目にしただろう。災厄に見舞われれば、鼠もその地から逃れようとする。しかし逃げられぬ者のために、身も財も擲《なげう》って長安の民を救おうとした人たちが集まっていた。あれを人の意思といわずに何という」

袖を捲《まく》った杜夏娘の腕には、青黒い刺青が覗いている。歯も欠けており、守ってやれなかったことが悔しく、崔子龍は情けないほどに泣いた。ところが杜夏娘は、傷のある女人の英雄を知っていると言って、むしろ誇らしげにしている。

だれかを助けるにしても、やり方を考えたほうがいい。そう説くと、杜夏娘は「見過ごせません」と、何かを思い出したかのように口元を綻《ほころ》ばせるのだった。

辺令誠は、人を愚かな生き物に変える支配と服従を、天が人に与えた宿命だと言っていた。仮にそうなのだとしても、臆せずに胸を張ればいい。

「趙雲！」

戯《たわむ》れる子どもらから、英雄の名がいくつも上がっている。杜夏娘と目が合う。ふたりで思わず笑った。時代は変わっても、子の遊びは変わらぬらしい。

轟轟《ごうごう》と唸るような不気味な音が鳴り響いた。火に焼かれ、兵や賊徒に破壊された家屋のほとんどはそのままになっており、嵐のような春風が抜けると獣が吠えるような音をなすのだ。街を歩くと、まだ焦げくさい臭いが消えていない。

それでも、子らはたくましく遊んでいる。

「冬娘《とうじょう》はどの英雄をやりたい？」

杜夏娘から、娘の本当の名前を教えてもらった。冬に生まれた白肌の娘は、相変わらず自分の意思を伝えられずに苦しんでいる。身振りで示す冬娘の代わりに、小瓊がその意を汲み取ろうとしていた。少しでも冬娘が意思を示せるようにと、このひめは冬娘に字も教えている。崔子龍と杜夏娘は、周囲に素性を悟られぬように、このふたりを分け隔てなく同じ部屋で寝起きさせていた。元から気が合ったのか、姉妹のように睦まじいのだった。

小瓊がやさしく冬娘を促す。

「冬娘にとっての英雄でいいのよ」

土から石を取り除く作業に、崔子龍が再び取り掛かろうとしたときだった。

「わたしの英雄は……母上」

聞きなれない声に、崔子龍の手が止まる。顔を上げると、冬娘が自分でも驚いたような表情をしている。冬娘を見る杜夏娘の目が大きく開いている。震える右手は口元を押さえ、左手は崔子龍のほうを探ってきた。その手を取り、強く握り返す。

「冬娘？　今の、お前の声か」

恐る恐る近づいていく真智の口から饅頭がほろりと落ちる。屈んで冬娘の顔を覗き込んだ。

雪のように透いた肌に、赤みがさしていく。顔がこちらに向いた。目には黒曜石のようなきらめきがある。自分の娘はこんな顔をしていたのだ。鮮やかな若草に、咲き乱れる春の花、はじめて見るあどけない笑みが目にまぶしい。「それから」と、小さな唇が崔子龍に向かってはっきりと言った。

「父上」

＊

中国の史籍である『資治通鑑《しじつがん》』によると、天宝十五載（至徳元載、七五六年）、潼関の陥落を知った唐の皇帝玄宗は、宦官辺令誠に宮門の鍵を託し、楊貴妃姉妹や楊国忠らと長安を抜け出した。妃や皇女、皇孫で宮中にいなかった者は、みな見捨てて出発した。

その日の早朝、官人らが参内する時刻になり宮門があくと、なかから女官や宦官らが飛び出し、宮廷の内外は大騒ぎになった。天子のゆくえは知れず、貴顕や民は四方に逃げかくれ、逆に、山の貧民が都にあらわれて暴徒と化し、宮殿や貴顕の屋敷に押し入り、金銀財宝を盗み去り、放火した。

その騒ぎのなかで、辺令誠は自ら指揮を執って消火にあたった。また、各坊を荒らす安禄山旗下の賊将に宮廷の鍵を献上し、人を募って府郡県官の代行者を決め、各地に派遣して地方にいたるまでの秩序の維持にあたらせた。その働きにより、民の暮らしは少しずつ落ち着きを取り戻していったと記されている。

長安陥落の翌年九月、広平王李俶《こうへいおうりしゅく》（のちの代宗《だいそう》）を総師とした唐軍は、建寧王李倓らの活躍によって長安の奪回に成功する。

辺令誠は、玄宗から天子の座を継いだ粛宗《しゅくそう》（広平王の父）にまみえるが、天子から託された都を守らなかった咎《とが》で、処刑されている。

主要参考文献

『新唐書』欧陽修、宋祁撰（中華書局）
『舊唐書』劉昫等撰（中華書局）
『資治通鑑』司馬光／田中謙二編訳（ちくま学芸文庫）
『完訳 十八史略 下』曽先之編／森下修一訳（徳間書店）
『中国歴史シリーズ 中国の歴史 四』陳舜臣（講談社文庫）
『唐の行政機構と官僚』礪波護（中公文庫）
『唐代政治制度の研究』築山治三郎（創元社）
『譯註 日本律令 七 唐律疏議譯註篇 三』律令研究会編（東京堂出版）
『顔真卿 剛直の生涯』外山軍治（創元社）
『楊貴妃 大唐帝国の栄華と暗転』村山吉廣（中公新書）
『安禄山と楊貴妃 安史の乱始末記』藤善真澄（清水書院）
『安禄山 皇帝の座をうかがった男』藤善眞澄（中公文庫）
『唐両京城坊攷 長安と洛陽』徐松撰／愛宕元訳注（東洋文庫）
『唐長安 大明宮』楊鴻勛／向井佑介監訳 向井佑介、髙井たかね、田中一輝訳（科学出版社東京）
『古都西安 隋唐長安城』肖愛令ほか（西安出版社）
『唐宋時代の交通と地誌地圖の研究』青山定雄（吉川弘文館）
『長安』佐藤武敏（講談社学術文庫）
『中国古代の年中行事 第一冊 春』中村裕一（汲古書院）

『科挙対策　律令』幾喜三月（楽史舎）
『唐王朝の賤人制度』濱口重國（東洋史研究会）
『中国古代の身分制――良と賤』堀敏一（汲古書院）
『宦官　側近政治の構造　改版』三田村泰助（中公新書）
『宦官　中国四千年を操った異形の集団』顧蓉　葛金芳／尾鷲卓彦訳（徳間書店）
『宦官物語　男を失った男たち』寺尾善雄（河出文庫）
『中国佛教史研究』藤善眞澄（法蔵館）
『唐代佛教史の研究』道端良秀（法蔵館）
『ブッダのことば　スッタニパータ』中村元訳（岩波文庫）
『スッタニパータ［釈尊のことば］全現代語訳』荒牧典俊、本庄良文、榎本文雄訳（講談社学術文庫）
『ブッダが説いた幸せな生き方』今枝由郎（岩波新書）
『仏教、本当の教え　インド、中国、日本の理解と誤解』植木雅俊（中公新書）
『初期仏教　ブッダの思想をたどる』馬場紀寿（岩波新書）
『歴史群像グラフィック戦史シリーズ　戦略戦術兵器事典7　中国中世・近代編』（学研プラス）
「高仙芝〔唐の将軍〕について」桑原武夫（「潮」№251　潮出版社）
『民族・戦争』前嶋信次（誠文堂新光社）
「唐代密教儀礼論研究――不空三蔵の密教儀礼を例として」田中悠文（「密教学研究」通号28　日本密教学会事務局）
「不空三蔵における護国活動の契機について」山口史恭（「豊山学報」59　真言宗豊山派総合研究院）

「佛教文化研究」第二號（仏教文化研究所）
「安史の乱と仏教界」山崎宏（「立正史学」31　立正大学史学会編）
「唐代監軍使制の確立について」矢野主税（「西日本史学」14　西日本史学会）
「唐代宦官権勢獲得因由考」矢野主税（「史学雑誌」63-10　山川出版社）
「宦官」猪原達生（『アジア遊学191　ジェンダーの中国史』勉誠出版）
「蕃将たちの活躍：高仙芝・哥舒翰・安禄山・安思順・李光弼」森部豊（『アジア遊学220　杜甫と玄宗皇帝の時代』勉誠出版）
「思想の動向　唐代宦官論――近年の中国人研究者の論説を中心に」松本保宣（「立命館文學」562　立命館大学人文学会編）
「唐代宦官の呼称について　内使・中使を中心に」兼平雅子（「立正史学」122　立正大学史学会編）
「唐代宦官職掌研究の成果と課題」兼平雅子（「立正史学」115　立正大学史学会編）
「東アジアの都城　唐の長安城大明宮含元殿の発掘と龍尾道の復元」王維坤（『古代東アジア交流の総合的研究：国際日本文化研究センター共同研究報告』人間文化研究機構国際日本文化研究センター）

〈取材協力〉茜　灯里

解説　新しい英雄の登場

瀧井朝世

魅力的で多彩な登場人物、謀略あり&裏切りあり&意外な真相ありで二転三転する展開、胸に迫ってくる人間ドラマ、現代社会にも通じる熱いメッセージ。これが本当にまだこの作家の二作目なのかと思うくらい、史実を胸熱のエンターテインメント小説に仕立て上げる手腕に感嘆してしまう。『戴天』は、中国史に詳しくない読み手をも夢中にさせる吸引力を持った作品だ。

著者の千葉ともこは二〇二〇年に『震雷の人』（現・文春文庫）で第二十七回松本清張賞を受賞してデビューを果たした。前作も本作も題材として扱っているのは中国は唐の時代に起きた安史の乱だ。ただし登場人物は異なるので、こちらから手に取っても問題はない。前作ではこの騒乱の時期を辺境の人々の視点から、本作では中央の人々の視点から描いている。

玄宗の時代、開元の治と呼ばれ絶頂期を迎えた唐。しかしほどなく官僚の腐敗や玄宗が楊貴妃にいれこんだことから政治は揺らいでいく。七五一年にはタラス河畔で唐とアッバース朝の間で戦闘が起き、高仙芝が率いた唐軍は甚大な損害を被る。そして七五五年から始まったのが、節度使だった安禄山と史思明が起こした安史の乱である。

主要人物は複数いる。山東貴族の名門の息子、崔子龍は友人の裏切りによって陰部を欠損し、失意のままタラス河畔の戦いに従軍するが、宦官・辺令誠の策略にはまって退散。約三年半後、崔子龍と彼が率いる兵たちは首都・長安に戻って潜伏している。一方、僧侶の真智は亡き義父の意を継ぎ、宰相の不正を糺《ただ》そうと一計を案じるが窮地に陥ってしまう。その際に救いの手を差し伸べたのが楊貴妃の女性奴隷、夏蝶である。やがて反乱軍が迫ってきた時、彼らの運命は複雑に絡まり合っていく。タラス河畔、競走が行われている山中、長安の離宮、華清宮などと舞台は転換し、章を追うごとに読者の頭にはまったく異なる景色が広がっていくはずだ。

単行本刊行当時、著者にインタビューをした（小学館の電子雑誌「WEBきらら」二〇二二年七月号。文芸サイト「小説丸」に転載あり）。その際に聞いたところによると、崔子龍には名家の生まれという「持っている側の立場」と、身体を欠損したために「持たずに虐げられている立場」の両方の苦しみを持たせたかったたという。主要人物のうち唯一の実在人物である辺令誠に関してはあまり資料はないが、史書に載っている行動だけを読んでも一貫性のなさが印象に残り、そこから人物を創作した。彼に関しては「恐怖」を描きたかったといい、「人は知らず知らずに権威に支配されて、自分の考えを持たなくなってしまう。（中略）ただ権威に従うだけで誰も自分のせいだと言わなくなり、洗脳されていく。そうした部分を書きたかったんです。崔子龍も辺令誠も権威に苦しんでいますが、崔子龍の場合は人の話を聞かないし、辺令誠の場合は人の顔が見えなくなっている。どちらにも、力対力のしがらみから抜け出してほしい、という思いでした」。また、身体に欠損のある男、去勢された宦官、俗世界から距離を置いた僧侶という人物を選んだのは、「権威の一面として、男性性があると思っていました。働いている頃、ホモソーシャルな狭い組織の中で男性自身も生きづらそうだと感じていたんです。やせ我慢は本当の強さではないし、辛い時は辛いと言っていいんじゃないか、というところは書きたかったです。それで崔子龍や宦官のように狭い世界で生きづらさを抱える存在と、僧侶という不羈《ふき》の世界にいる存在を出しました」。

夏蝶や、出番は少ないが三日月の形の傷を持つ女将も強さを秘めていて魅力的だが、「女性がすごく強かったことも、私がこの時代を好きな理由です。この頃はまだ女性も馬に乗る時に跨っていたんですよ。唐のあと次第に纏足の時代に入り、女性は走れなくなるし、馬に乗る時も横座りするようになるので」とのこと。

こうした登場人物たちが各々の信念をもって、国が傾きかけた時に行動を起こす。国を乗っ取ろうとする者、立て直そうとする者、陰で操ろうとする者、糺そうとする者――。誰が正しく、誰が間違っているとは言いきれない。個々の立場によって正義は異なり、単純な善と悪の二項対立では説明できないのだ。そのなかで、人民のために行動するとはどういうことか、真の政治とは何か、権力とは何かを問いかけてくるのが本作だ。再び著者のコメントを引くと、本作で描きたかったのは「英雄」だという。「自分にとっての英雄とはなんだろうと考えた時、自分を大切にできる人だな、と思った」と。

作中、辺令誠はこう語る。

「英雄などと権力に一石を投じているようで、力の僕《しもべ》そのものだ。そして、美徳として語られる英雄への忠心や群れに対する自己犠牲が、群れと群れの衝突を起こす」

この言葉には、力で圧する英雄や、自己犠牲をともなう英雄的行為を否定する著者自身の思いもこめられている。では、描きたかったのはどのような「英雄」なのか。それは、真智が語っている。

「支配に対する一つの在り方として、独尊《どくそん》という言葉を考えます。（中略）私たちは独《ひと》り尊《とうと》い。私も尊い、あなたも尊い。その独尊たる者を、人は英雄と呼ぶのではないでしょうか」

これは現代社会を生きる自分たちにも投げかけられている言葉だろう。自分は自分にとって大事な存在だということを自覚する。その前段階があってこそ、人は権威に支配されず、惑わされず、自分の頭で考え、自分の意志で行動できるといえるのではないだろうか。

驚くことに、著者は独学で中国史を学んだという。幼い頃に酒見賢一の『後宮小説』

を夢中で読み、そこから中華ファンタジーを読むようになり、学生時代には夏休みを利用して二か月ほど湖南大学に留学した。卒業後は劇団関連で演出か台本を書く仕事を希望していたが、就職氷河期でほとんど枠がなく、公務員となった。小説なら一人で演出も照明も役者もできると思い、小説教室に通い始める。そこでは中国の時代ものの他に現代小説も書いていたが、長篇としてははじめて書いた『震雷の人』でデビューを決めたというわけだ。

唐の時代には親近感を抱いているという。小学生時代にバブルを経験し、就職活動時には氷河期を迎えていた著者にとって、絶頂期からみるみるうちに転落した唐の情勢変化は、自分が生きてきた時代と重なるものがあったようだ。また、公務員時代には日本の行政機構の基本が唐の律令や制度を参考に作られていることから、「役職名や機構の仕組みが同じで、遠い気がしなくて」。

著者の第三作となる『火輪の翼』は〈安史の乱〉シリーズ最新刊で、この騒乱を終わらせようとする人々の姿が描かれているという。今度はどのようなドラマを見せてくれるのか、こちらも楽しみである。

（ライター）

単行本　二〇二二年五月　文藝春秋
DTP制作　ローヤル企画

文春文庫

戴《たい》天《てん》

定価はカバーに
表示してあります

2024年3月10日　第1刷

著　者　千葉《ちば》ともこ
発行者　大沼貴之
発行所　株式会社　文藝春秋

東京都千代田区紀尾井町3-23　〒102-8008
TEL　03・3265・1211㈹
文藝春秋ホームページ　http://www.bunshun.co.jp

落丁、乱丁本は、お手数ですが小社製作部宛お送り下さい。送料小社負担でお取替致します。

印刷・図書印刷　製本・加藤製本
Printed in Japan
ISBN978-4-16-792187-3

（　）内は解説者。品切の節はご容赦下さい。

田牧大和
甘いもんでもおひとつ　藍千堂菓子噺

菓子職人の兄・晴太郎と商才に長けた弟・幸次郎。次々と降りかかる難問奇問に、知恵と工夫と駆け引きで和菓子屋を切り盛りする。和菓子を通じて、江戸の四季と人情を描く。（大矢博子）

た-98-1

田牧大和
晴れの日には　藍千堂菓子噺

菓子バカの晴太郎が恋をした!?　ところが惚れた相手の元夫は、奉行所を牛耳る大悪党。前途多難な恋の行方に不穏な影が忍び寄る。著者オリジナルの和菓子にもほっこり。（姜　尚美）

た-98-2

千野隆司
出世商人《しゅっせあきんど》（一）

急逝した父が遺したのは、借財まみれの小さな艾屋《もぐさや》だった。跡を継ぎ、再建を志した文吉だったが、そこには商人としての大きな壁が待ち受けていた!?　書き下ろし新シリーズ第一弾。

ち-10-1

千野隆司
出世商人（二）

借財を遺し急逝した父の店を守る為、新薬の販売に奔走する文吉。しかし、その薬の効能の良さを知る商売敵から、悪辣な妨害が……。文吉は立派な商人になれるのか。シリーズ第二弾。

ち-10-2

千野隆司
朝比奈凜之助捕物暦

南町奉行所定町廻り同心・朝比奈凜之助。剣の腕は立つが、どこか頼りない若者に与えられた殺しの探索。幼い子を残し賊に殺された男の無念を晴らせ！　新シリーズ、第一弾。

ち-10-6

千葉ともこ
震雷の人

「言葉で世を動かしたい」。その一心で文官を目指す名家の青年と、理不尽な理由で世間から除け者にされてきた兄妹が〈安史の乱〉と対峙する。第27回松本清張賞受賞作。（三田主水）

ち-12-1

恒川光太郎
金色機械

時は江戸。謎の存在「金色様」をめぐって禍事が連鎖する――。人間の善悪を問うた前代未聞のネオ江戸ファンタジー。第67回日本推理作家協会賞受賞作。（東　えりか）

つ-23-1